LA PRINCESSE
ET SON MERCENAIRE

Shari Anton

La princesse et son mercenaire

Traduit de l'américain par Florence Bertrand

J'ai lu
pour elle

Titre original :
Twilight Magic
Warner Books, Hachette Book Group USA

1

Angleterre, 1145

— Pas ce matin, dame Emma. Le roi a des affaires de grande importance à discuter avec ses conseillers. Il sera occupé pendant presque toute la journée.

Emma de Leon serra les poings si fort que ses ongles s'enfoncèrent dans ses paumes. Elle s'efforçait de maîtriser sa frustration. À quoi lui servirait-il de s'énerver contre le valet du chambellan ?

La veille, un autre valet avait refusé de lui obtenir l'audience qu'elle réclamait. Au cours de l'été qui venait de s'écouler, elle avait entendu maints et maints prétextes pour l'empêcher de voir le souverain. À présent, le temps pressait. Le roi Etienne séjournait si rarement au palais de Westminster qu'elle ne disposait que de peu de temps avant qu'il ne reparte.

— Demain matin, peut-être ? demanda-t-elle au petit homme pâle qui lui faisait face.

Il émit un petit sifflement dédaigneux.

— Le royaume est en guerre, madame. Les audiences royales sont sujettes aux exigences de l'heure.

Emma ne connaissait que trop bien les ravages qu'occasionnait la guerre dans le pays. Sans ce conflit qui avait durement touché sa famille, elle n'en serait pas réduite à supplier le souverain d'intervenir en faveur de sa sœur cadette.

— Le destin d'une enfant est en jeu, dit-elle aussi calmement que possible, et il ne me faudrait que quelques instants pour déposer ma requête. Le roi doit pouvoir se libérer un moment, ne serait-ce que par pitié.

— Si je cédais à tous ceux qui réclament du temps et de la pitié au roi, Sa Majesté serait un vieillard avant que nous en ayons terminé.

De nouveau, Emma dut faire un effort pour se dominer, refoulant non sans mal l'envie de répliquer vertement au gardien des appartements royaux.

— Je sais que le temps du roi est précieux, mais il est le seul à pouvoir décider du sort de sa pupille.

— La vie de l'enfant est-elle en péril ?

— Non, mais…

Devant le sourire supérieur du valet, Emma se mordit la lèvre, comprenant qu'elle aurait dû mentir, et prétendre que Nicole courait un grave danger. Trop tard ! Du reste, sa sœur ne s'était pas plainte de sévices physiques : elle ne semblait ni battue ni fouettée. Au contraire, le ton de ses lettres était paisible, conciliant, empreint d'une affreuse résignation.

Aucune supplique, aucune prière pour qu'on vienne la libérer. Si elle n'avait pas reconnu l'écriture de sa sœur, Emma aurait été convaincue que Nicole n'était pas l'auteur des lettres. Que s'était-il passé ? L'enfant avait radicalement changé, ou alors le couvent lui avait ôté toute son énergie et sa joie de vivre. De toute urgence, songeait Emma, il fallait l'arracher à Bledloe Abbey avant qu'elle ne sombre dans le désespoir.

Elle avait fait un serment à Nicole et, depuis quatre mois, elle tentait en vain de l'honorer. Aujourd'hui, elle estimait avoir suffisamment attendu.

Mais comment approcher le roi ? Face à elle, le valet eut un geste indifférent de la main qui ne fit qu'accroître l'irritation qu'elle éprouvait.

— En ce cas, l'affaire n'est guère urgente, déclara-t-il. Je vous suggère de rédiger une requête sur parchemin afin que le roi puisse l'examiner à loisir.

— Une telle pétition a été envoyée à Sa Majesté à la fin de l'été, et à ce jour, elle est demeurée sans réponse. Je suppose que le parchemin a été... égaré.

Égaré à dessein, sans doute. Écarté par les valets du chambellan comme un vulgaire document. Feu son père, Hugues de Leon, était tenu pour un traître, et personne à la cour ne se sentait dans l'obligation de témoigner gentillesse ou compassion à l'égard de sa fille.

Le valet étrécit les yeux.

— Rien de ce qui est confié à cet office n'est égaré. Patience, madame. Le roi examinera votre pétition en son temps.

Sur quoi, il se détourna et emprunta le couloir qui menait à l'entrée des appartements royaux.

Emma le suivit des yeux, la mort dans l'âme, et refoula la tentation de se précipiter vers la porte et d'entrer de force. Une telle audace risquait de nuire encore à sa cause. Avec un soupir de rage, elle s'enfuit dans la direction opposée, luttant contre l'envie de hurler, consciente que c'eût été peine perdue.

Personne ne lui aurait prêté la moindre attention.

Depuis son arrivée à Londres, elle était maintenue à l'écart, traitée comme une étrangère indésirable. Ce n'était pas tout à fait une surprise. Dès qu'elle avait appris qu'elle était envoyée à la cour, passé le premier moment d'enthousiasme, Emma avait deviné que sa présence n'y serait sans doute pas très appréciée. Cependant, elle ne s'était pas attendue à tant de mépris et de méchanceté : encore maintenant, alors qu'elle pénétrait dans les splendides appartements de la reine Mathilde, où elle passait le plus clair de son temps, elle sentait le poids du dédain autour d'elle.

Plusieurs femmes élégamment vêtues, des dames de compagnie de la reine, avaient levé les yeux de leurs travaux d'aiguille en entendant des pas approcher. Toutes s'étaient détournées à sa vue.

Déterminée à les ignorer, Emma se laissa tomber sur un banc tout au bout de la salle, près de la meurtrière, écoutant la pluie fouetter les épais murs de pierre. Elle s'efforçait de mettre de l'ordre dans ses pensées, de ne pas se laisser abattre par la situation intenable où elle se trouvait.

Le jour même de la mort de son père, le roi Etienne avait anobli Alberic de Chester et lui avait offert la baronnie du défunt. Les trois sœurs de Leon avaient vu leur sort décidé avec la même hâte : l'une d'elles épouserait Alberic de Chester, une autre serait envoyée à la cour, et la troisième rejoindrait l'Église.

Le choix d'Alberic s'était porté sur Gwendolyn, ce qui n'avait guère surpris Emma. Sa sœur, qu'elle trouvait de loin plus jolie et plus aimable qu'elle, possédait de nombreux atouts pour conquérir un homme. Quant à Nicole, outre le fait qu'elle était trop jeune, elle avait malencontreusement tenté de poignarder le nouveau baron à l'aide d'une dague. Un incident qui n'avait pas endurci Alberic, puisqu'il était prêt à la voir revenir à Camelen, manifestant par là un cœur généreux.

Encore fallait-il obtenir le consentement du roi. Emma avait promis à Nicole de solliciter de Sa Majesté la permission de la retirer du couvent. Depuis peu, elle avait même songé à profiter de cette requête pour défendre sa propre cause, mais elle savait, au fond d'elle-même, qu'elle ne tenait pas à retourner à Camelen. La perspective d'être dépendante de sa sœur et de son beau-frère ne lui plaisait guère.

Dire qu'elle avait été tout excitée en apprenant par Alberic qu'elle allait être envoyée à la cour d'Etienne ! Arrivée avec l'espoir de s'y faire une place malgré les embûches, elle voyait à présent son horizon complètement fermé. En vérité, elle ne tenait pas plus à rester à Westminster qu'à regagner Camelen.

Toutefois, elle devait reléguer sa propre insatisfaction au second plan et se concentrer sur le meilleur moyen d'aider Nicole. Une fois l'avenir de sa petite sœur assuré, Emma pourrait se soucier de son propre sort.

Non qu'elle ait le moindre contrôle sur sa destinée, songea-t-elle avec amertume. Cela aussi était entre les mains du roi. Un roi dont le temps était compté et gardé par des valets hargneux et hostiles.

Un petit attroupement s'était formé à la porte, annonçant le retour de la reine Mathilde. La promenade dans le jardin, que la souveraine effectuait quotidiennement en compagnie de sa cour rapprochée, était terminée. Quand elle rentra, tous se levèrent. La reine alla prendre place sur sa chaise magnifiquement sculptée puis, d'un petit geste de la main, autorisa chacun à retourner à ses occupations.

Emma hésitait. Devait-elle de nouveau prier la reine d'intercéder en sa faveur ? À quoi bon ? Mathilde, qui n'avait de commun avec l'Emperesse que le prénom, ne se montrait pas plus encline à secourir la fille du traître que les valets du chambellan. Aucun des favoris du couple royal ne semblait d'ailleurs s'intéresser aux problèmes d'Emma, hormis une âme charitable, qui, justement, s'approchait d'elle.

Dame Julia de Vere, la charmante nièce du comte d'Oxford, était arrivée à la cour des années plus tôt, comme otage, afin de garantir la loyauté de son oncle dans la lutte que menait le roi pour conserver son trône. Bien qu'Emma et elle soient toutes les deux prisonnières de la couronne – détenues entre les murs somptueux du Palais de Westminster et non dans la lugubre Tour Blanche, mais prisonnières quand même –, Julia de Vere était traitée par tous avec respect et courtoisie. À vrai dire, Emma éprouvait une certaine surprise à jouir de l'amitié de Julia. Et une extrême gratitude.

Emma admira une nouvelle fois l'élégance de la jeune fille : elle portait un bliaud en soie couleur saphir, brodé de fil d'or, qui rehaussait sa blondeur naturelle. Décidément, Julia était à sa place dans ce magnifique palais. Pas elle, songea Emma. Avec ses cheveux d'un châtain quelconque et son bliaud en lainage vert fané, elle avait conscience que la comparaison n'était guère à son avantage.

Elle acceptait donc de bonne grâce que sa position soit moins privilégiée à la cour, alors même que son rang était supérieur à celui de la nièce d'un comte. En tant que fille d'un baron normand, elle faisait partie de la noblesse, mais surtout, elle était la fille d'une princesse de Galles, ce qui, en théorie, la situait bien au-dessus de Julia. Peut-être était-ce à cette ascendance, du reste, qu'elle devait sa présence au palais plutôt que dans la Tour.

Souriante, Julia vint s'installer à côté d'elle sur le banc, prenant soin d'étaler sa robe autour d'elle.

— Comment allez-vous aujourd'hui ? demanda Julia. Vous êtes debout et vous me semblez moins pâle.

— Mieux, en effet. Je vous remercie.

— Cela doit sembler long, quatre jours dans l'obscurité avec une migraine. Je pense toujours que vous devriez consulter un médecin.

Bien que les intentions de Julia fussent louables, Emma n'était pas prête à suivre ce conseil : elle n'avait besoin de personne pour connaître la source de ces maux de tête et le moyen de les faire cesser. Cependant, le remède lui paraissait pire que le mal. Elle préférait la douleur aux visions diaboliques qui l'avaient tourmentée dès sa plus tendre enfance. Depuis qu'elle avait découvert le moyen d'éviter ces visions, elle y recourait sans hésiter – mais pas avec un succès total.

Cependant, il lui était impossible de se confier à Julia. Celle-ci serait horrifiée, et Emma ne voulait pas perdre son amitié. Mieux valait changer de sujet.

— Le médecin perdrait son temps. Comment était la promenade dans le jardin ?

— Les fleurs commencent à se faner, dit son amie dans un soupir. Dans une quinzaine de jours, ce sera la Saint-Michel, et l'arrivée des premiers froids. Vous devriez venir avec nous demain. Ce sera peut-être la dernière occasion de nous promener en barque sur l'étang et de nourrir les cygnes. À propos, avez-vous pu déposer votre requête auprès du valet du chambellan ?

Emma retint un frisson à l'idée de passer une journée au bord de l'eau.

— Apparemment, répondit-elle, le roi est trop occupé aujourd'hui pour aborder d'autres questions que celles ayant trait à la guerre. Demain aussi. Peut-être aurai-je plus de chance le jour d'après.

Julia se pencha vers elle.

— Je suppose que vous n'avez pas invité le valet à partager votre lit.

— Miséricorde, non ! s'écria Emma, qui était pourtant à la cour depuis assez longtemps pour ne pas être tout à fait choquée par la suggestion de Julia.

— Le seul moyen de traiter avec ces valets pompeux et pédants est de les soudoyer, affirma Julia. Que ce soit avec de l'argent ou avec son corps. Si vous n'avez pas l'argent nécessaire, passer une nuit ou deux dans le lit d'un valet pourrait le disposer en votre faveur.

Emma avait déjà eu l'occasion de se rendre compte que Julia n'hésitait pas à recourir à cette pratique en cas de besoin, et cela malgré la bourse généreuse que lui allouait son oncle. Cependant, elle choisissait ses partenaires avec soin, et en général, se montrait fort discrète.

À vrai dire, prendre un amant semblait être chose courante. Une fois la reine retirée dans sa chambre, un véritable va-et-vient s'ensuivait dans le logis. Des hommes s'y faufilaient, des femmes s'en éclipsaient. Emma, elle, avait installé sa couche dans un coin sombre de la vaste salle, autant pour éviter d'être piétinée ou confondue avec une autre, que par souci d'être au calme et de prévenir les maux de tête.

— Je refuse d'offrir ma vertu à un petit homme si mesquin, et je n'ai pas d'argent à lui proposer. Et non, je ne peux pas accepter le vôtre car je n'ai pas la possibilité de vous rembourser. Accordez-moi ma fierté.

— La fierté ne vous ouvrira pas la porte du roi.

Peut-être que non, mais de là à se donner en pâture à un valet qui ne l'attirait en rien... D'ailleurs, même si elle se résignait à une telle démarche, elle doutait qu'il accepterait. Contrairement à la plupart des femmes qui vivaient au palais, elle n'était ni mince ni jolie, et elle serait mortifiée s'il la repoussait avec horreur.

Et puis elle connaissait déjà l'homme à qui elle réservait sa virginité, et – grâce au Ciel – ce n'était pas l'un des valets.

— En ce cas, je trouverai un autre moyen d'accéder aux appartements du roi. Peut-être devrais-je m'adresser directement au chambellan.

— Hmm. Il est aussi difficile d'obtenir une audience avec le chambellan qu'avec le roi. En vérité, Emma, il vous faut soudoyer un des valets, sinon vous ne parviendrez jamais à rien.

Emma soupira intérieurement.

— Il doit bien y avoir une autre solution.

— Quoi qu'il en soit, vous n'avez pas de temps à perdre. J'ai entendu dire que le roi repart sur le champ de bataille dans quatre jours.

Quatre jours !

Eh bien, si elle ne pouvait se faire entendre des valets ni en appeler directement au chambellan, il faudrait qu'elle contourne ces obstacles. Qu'elle parvienne à tromper l'attention des gardes et à s'introduire dans les appartements royaux sans y avoir été invitée.

Malheureusement, elle n'avait pas d'armes à sa disposition – hormis une seule. L'audace.

Le surlendemain, de bonne heure, elle serait parmi la foule de courtisans, aides et conseillers qui fourmillaient devant sa porte, prête à se faufiler à l'intérieur à tout moment.

Peu importait le risque qu'elle soit encore plus mal considérée à la cour – elle y était déjà si mal traitée que sa situation ne pouvait guère se détériorer davantage. L'essentiel était pour elle de respecter le serment fait à Nicole. La fierté, l'honneur, et sa conscience n'en exigeaient pas moins d'elle.

Darian de Bruges marchait dans les couloirs de la résidence royale aux côtés de Guillaume d'Ypres, commandant des mercenaires flamands. Il réglait son allure sur celle de son mentor, à la silhouette plus ronde et plus trapue.

Ce n'était pas la première fois qu'il venait au palais, mais il s'émerveillait encore de pouvoir pénétrer à sa guise dans les jardins, sans parler des appartements royaux. Bien sûr, certaines gens auraient préféré qu'un homme tel que lui ne soit pas autorisé à entrer dans Londres, et encore moins au palais.

Tant pis.

Le roi Etienne avait besoin d'hommes comme lui pour vaincre l'Emperesse Mathilde. Des hommes courageux, capables de prendre des risques et de mener à bien des missions que les nobles répugnaient à accomplir. En tant que mercenaire expert dans l'art de la guerre, il était prêt à tout pour triompher d'un ennemi.

Ses bottes claquaient sur les planchers bien astiqués, un peu trop fort pour un homme accoutumé à s'approcher des autres subrepticement afin de leur porter un coup fatal. Mais ce matin, sa tâche consistait simplement à prêter ses yeux et ses oreilles à son commandant.

Une tâche aisée, mais dont peu de gens se seraient acquittés aussi bien. Guillaume se fiait totalement au talent d'observateur de son second, d'autant plus que

Darian était aussi l'un des rares mercenaires à savoir que sa vue commençait à baisser. Le roi Etienne ignorait tout du handicap croissant du commandant, et Guillaume tenait à garder le secret aussi longtemps qu'il ne faisait pas obstacle à ses activités sur le champ de bataille.

Darian espérait que ce moment ne viendrait pas avant bien longtemps.

— Savez-vous pourquoi nous avons été mandés, et qui d'autre sera présent ? demanda-t-il.

Guillaume secoua la tête.

— Le valet n'a rien dit, mais je ne serais guère surpris de croiser l'évêque Henri. Il n'a pas approuvé le plan que nous avons dressé hier midi et je crains qu'il n'ait persuadé le roi de revenir sur sa décision.

Damnation ! Si le roi changeait d'avis, Darian ne quitterait pas Londres de sitôt, et Edouard de Salis, un homme vil et cruel, continuerait à ravager des villages et à massacrer des innocents.

Fils de baron, Edouard de Salis profitait du chaos causé par la guerre pour s'enrichir impunément, semant la terreur sur son passage. Bien que le roi l'ait sommé à plusieurs reprises de mettre un terme à ses pillages, de Salis avait ignoré les ordres du souverain.

Ce monstre devait être éliminé. Or la veille, Darian avait reçu l'ordre royal de l'expédier en enfer.

Malheureusement, un des défauts du roi Etienne était son incapacité à résister à un argument convaincant, et Henri, évêque de Winchester et frère du roi, qui n'avait pas approuvé la décision concernant de Salis, était fort habile quand il s'agissait de présenter des arguments convaincants.

— Vois-tu l'évêque Henri ? reprit Guillaume.

À l'approche de leur lieu de rendez-vous, Darian pouvait mettre sa haute stature à profit pour essayer de repérer les hommes et les femmes qui se pressaient aux portes de l'antichambre.

— Non. Et je ne vois pas non plus les comtes ni les conseillers qui étaient présents hier midi.

C'était bon signe. Si l'évêque Henri avait réussi à persuader le roi de se raviser, il serait sûrement venu savourer son triomphe.

— Peut-être sont-ils déjà auprès du roi. Ah, les portes s'ouvrent.

Les énormes battants en chêne tournèrent sur leurs gonds. Aussitôt, la foule se précipita à l'intérieur. Tous jouaient des coudes, tâchant de prendre l'avantage sur leurs voisins. Leurs efforts seraient inutiles. À moins qu'ils n'aient été convoqués par le roi ou qu'ils n'aient versé à l'avance une somme considérable au valet, ils seraient forcés d'attendre que le domestique les juge dignes d'un face-à-face avec Sa Majesté.

Une femme en était apparemment arrivée à cette conclusion.

Vêtue d'un bliaud couleur topaze sur une chemise blanche, cette jeune personne brune aux courbes voluptueuses semblait presque hésiter à franchir le seuil. Elle effleura d'un geste fébrile son voile qui n'avait nul besoin d'être rajusté, trahissant sa nervosité. Placé derrière elle, Darian ne distinguait pas son visage, mais imaginait sans peine les doutes qui envahissaient son regard.

Il se surprit à se demander de quelle couleur seraient ses yeux lorsqu'elle les lèverait vers lui, et se força à reporter son attention sur l'objet de sa présence en ces lieux.

Certains d'être admis les premiers chez le roi, Guillaume et lui avancèrent sans hâte. Darian s'en félicita, car il n'aimait guère les foules, pas plus que l'air étouffant du palais. Il était impatient que cette audience se termine et le laisse libre de vaquer à des tâches plus importantes, loin des personnages de noble descendance, dont la plupart étaient absorbés par de petits soucis mesquins.

La dame en tunique topaze inclina la tête et se plaça derrière deux hommes de carrure imposante qui se frayaient un chemin à travers la foule, faisant de son mieux pour échapper à la vigilance des gardes postés de part et d'autre de la porte. Sous les yeux intrigués de Darian, elle se faufila dans l'antichambre sans encombre.

Elle n'est pas censée être ici, songea-t-il.

Il admirait l'audace de la dame, mais savait que ses efforts étaient vains. Elle avait peut-être pu tromper la première série de gardes, mais elle n'irait pas plus loin si elle ne figurait pas sur la liste de ceux qui avaient été autorisés à s'entretenir avec le roi. Et il doutait fort que ce soit le cas.

Quoi qu'il en soit, cela ne le regardait pas. Il ne pouvait rien faire pour l'aider, même s'il l'avait voulu, et il n'en avait nullement l'intention.

Cependant, sa curiosité le poussa à donner un léger coup de coude à Guillaume.

— La femme en jaune, souffla-t-il doucement. Savez-vous qui elle est ?

Guillaume plissa les yeux.

— Dame Emma de Leon. Connais-tu son histoire ?

Il avait effectivement entendu parler d'elle et de son triste destin.

— La fille de messire Hugues de Leon, qui a eu la malchance de mourir alors qu'il était au service de l'Emperesse Mathilde. C'est la pupille du roi Etienne, mais elle est à peine tolérée à la cour.

Tout comme lui, qui ne se sentait guère le bienvenu en ces lieux. Il refoula un pincement de compassion.

— Une pupille du roi doit-elle figurer sur la liste du valet pour s'entretenir avec son tuteur ?

— Probablement. Pourquoi ?

— Je me demandais, c'est tout.

Par chance, Guillaume accepta sa réponse sans faire de commentaire, car Darian aurait eu quelque difficulté à justifier sa curiosité.

Il avait du mal à s'expliquer l'intérêt qui le portait à observer discrètement Emma de Leon. À présent, elle jetait de brefs coups d'œil inquiets autour d'elle, cherchant sans doute un endroit où se cacher. Il eut tout loisir d'admirer son profil sous des angles intéressants.

Elle était jeune, dotée d'un teint lisse et crémeux et d'un petit nez délicat qui contrastait étrangement avec son menton volontaire.

Le bliaud dissimulait les contours de sa silhouette, mais ses épaules bien faites, sa taille mince et ses hanches rondes suggéraient des courbes douces et tentantes. Ses mains avaient de la grâce, et ses mouvements, quoique furtifs, n'en étaient pas moins harmonieux.

Emma de Leon n'était peut-être pas la plus belle femme qu'il eût jamais vue, mais elle possédait un charme certain et assez d'atouts pour attirer le regard d'un homme.

En tout cas, celui d'un noble. Un mercenaire comme lui, c'était une autre affaire.

À son grand regret, Darian dut renoncer à l'admirer de plus près et découvrir la couleur de ses yeux. Le devoir l'appelait. Il suivit Guillaume jusqu'à la porte, qui se trouvait gardée par un valet hautain et deux robustes soldats.

— Comte Guillaume, vous êtes attendus.

Darian réprima un sourire. Le roi reconnaissant avait en effet offert à Guillaume, mercenaire d'ascendance noble, le titre de comte de Kent. Habitué à se fondre dans l'ombre de son maître, Darian ne s'étonna pas d'être ignoré par le valet, qui se contenta de faire signe aux gardes d'ouvrir la porte.

Cependant, avant d'entrer dans le cabinet du roi, il surprit une lueur rusée dans les yeux du valet. Il se raidit aussitôt, saisi par un étrange sentiment d'appréhension.

Les sens en alerte, il continua de suivre Guillaume. Tout semblait calme, normal. Le roi Etienne occupait son fauteuil sculpté, le chambellan debout près de lui. Tous deux offraient un visage impassible.

Il n'y avait personne d'autre dans la pièce. Pas même un serviteur.

Conscient d'une menace confuse, Darian ressentit des picotements à la nuque. Au même moment, des cris s'élevèrent dans l'antichambre.

— Place ! Écartez-vous... Laissez passer l'évêque !

Henri, de toute évidence. Les soupçons de Darian ne tardèrent pas à se confirmer.

— Qu'ils entrent ! Ils seront témoins de la justice du roi.

— De quoi diable parle Henri ? bougonna Guillaume.

Darian ignora la question, mais le sombre pressentiment ne le quittait pas.

Henri, le puissant évêque de Winchester, frère du roi, fit irruption à l'intérieur, vêtu de la tenue d'apparat qu'exigeaient les circonstances. Il se hâta vers le roi Etienne, suivi de quatre soldats qui portaient une litière, et de la foule des courtisans.

La pièce se remplit de gens. L'air devint chaud, presque suffocant.

L'évêque Henri indiqua aux porteurs un endroit sur le sol, aux pieds du souverain. Les hommes y déposèrent leur fardeau.

Darian percevait le bourdonnement des voix autour de lui. Il se rendit même compte que Guillaume, mal à l'aise, changeait de position. Mais toute son attention était attirée par le visage de l'homme étendu là, mort.

Celui d'Edouard de Salis, le vil, le cruel individu que, la veille, le roi lui avait ordonné, à lui, Darian, d'assassiner.

Quelqu'un s'en était chargé à sa place.

— Darian de Bruges ! cria l'évêque Henri. Je t'accuse de meurtre !

2

Emma s'émerveillait de sa bonne fortune. Elle s'était attendue à affronter un valet autoritaire, à déployer des trésors de persuasion, à convoquer tout son talent de négociatrice, mais, comme par magie, les portes de l'antichambre royale s'étaient ouvertes devant elle. Certes, elle n'était pas encore au bout de ses peines, mais elle se trouvait désormais si près du but qu'elle ne permettrait à personne de l'arrêter.

Pour l'instant, elle ne voyait pas la scène qui se jouait dans la pièce. Elle avait aperçu brièvement l'évêque Henri lorsqu'il avait traversé l'antichambre, les porteurs de litière dans son sillage. Quant à savoir qui était le malheureux que l'on transportait, ou comment il était mort, elle n'en avait pas la moindre idée.

En revanche, l'évêque avait crié le nom de l'homme qu'il accusait de meurtre. Darian de Bruges.

Darian – un prénom inhabituel.

— Je n'ai pas tué Edouard de Salis.

Une voix grave et harmonieuse résonna fermement entre les murs de la pièce. Emma tendit le cou pour apercevoir l'homme qui venait de parler, mais les gaillards qu'elle avait utilisés comme boucliers pour entrer lui masquaient la vue.

Peu importait. Le mort et son assassin ne la concernaient en rien. Gagnée par l'impatience, Emma s'avança tout doucement. Dès que cet incident serait clos, elle devrait figurer parmi les premiers à s'approcher du roi.

— N'est-ce pas là l'homme que vous nous avez décrit hier comme vil et cruel ? demanda l'évêque.

— C'est lui, en effet, répondit Darian.

— Il a été trouvé mort ce matin dans une ruelle de Southwark, la gorge tranchée.

— Quelle chance pour nous tous.

Des ricanements fusèrent en réaction au commentaire ironique de Darian.

Emma distinguait l'évêque, à présent. Dans ses robes amples, il se tenait près de l'élégant siège sculpté occupé par le roi Etienne, qui écoutait avec attention. Elle reconnut aussi le capitaine des mercenaires flamands, le comte Guillaume, un favori de la reine Mathilde, qu'elle avait croisé fréquemment dans le logis de la souveraine. Il s'était penché sur la litière afin de mieux voir la victime.

— Vous avez la réputation de manier la dague avec brio, Darian, reprit l'évêque. Avez-vous cette arme sur vous ?

— Il n'est pas permis d'entrer ici avec une arme. Je ne suis pas stupide au point d'en porter une en présence du roi.

Emma se glissa dans un petit espace ménagé entre deux personnes, et poursuivit son avancée.

— Vous n'avez pas dormi dans vos quartiers hier soir, assena l'évêque, sur un ton vibrant de colère. Certains de vos camarades sont prêts à témoigner qu'ils ne vous ont pas vu avant l'aube. Pouvez-vous au moins produire des témoins fiables pour justifier de vos allées et venues ?

Pendant quelques secondes, un silence total régna dans la salle.

— Non.

Emma changea légèrement de position, et put enfin découvrir l'accusé. Aussitôt, son pouls s'accéléra, et elle réprima un cri, indifférente à la rumeur qui enflait autour d'elle.

L'homme aux cheveux blonds et aux yeux noisette, tout de noir vêtu, qui se nommait Darian de Bruges, ne lui était pas inconnu.

Large d'épaules, les hanches minces, grand et élancé, il était solidement campé sur ses jambes légèrement écartées, les bras croisés sur sa poitrine, dans une posture de défi qui lui allait divinement bien.

La stupeur, mêlée à une sensation d'ivresse intense, la fit chanceler. Après des années passées à l'attendre, à lui comparer tous les hommes qu'elle rencontrait, l'amant de sa vision lui apparaissait enfin dans la réalité.

Emma ferma les yeux. Elle connaissait par cœur les contours de son torse nu – ses muscles tendus, parfaitement dessinés. Ses avant-bras étaient légèrement hâlés par la caresse du soleil. Sous la dernière de ses côtes gauches, il portait une cicatrice. Une fossette se creusait sur ses joues quand il souriait, et le sourire qu'il lui adressait en lui tendant la main en une invitation enjôleuse, séductrice, était radieux.

Elle n'avait pas touché sa main dans sa vision, mais elle avait toujours imaginé que sa peau serait chaude, son étreinte ferme, sûre, ses doigts habiles et expérimentés.

Certes, elle s'était attendue à ce que son amant soit normand ou gallois, comme elle, mais son nom suggérait…

Emma ouvrit brusquement les yeux, la réalité s'imposant à elle avec la force d'un fouet. Bruges était une ville des Flandres. Darian était un mercenaire flamand. Accusé de meurtre, de surcroît !

Doux Jésus.

Oh, sort cruel ! Un mercenaire ? Un meurtrier ?

Elle ne s'abaisserait tout de même pas à coucher avec un meurtrier…

Elle fouilla désespérément le visage de Darian, cherchant des signes de culpabilité ou d'innocence. Son expression impassible ne trahissait rien.

— Sire, voyez, plaidait l'évêque. Darian de Bruges n'a pas fait mystère de son mépris pour Edouard de Salis. Il ne peut fournir de témoins attestant de l'endroit où il se trouvait cette nuit. Il ne peut pas davantage produire sa dague.

L'évêque tendit la main vers un des porteurs. Un éclair argenté passa entre les deux hommes.

— Cette dague a été retrouvée près du corps. Je crois savoir qu'elle appartient à Darian de Bruges.

Darian arqua un sourcil, mais n'esquissa pas un geste en direction de l'évêque. Il ne confirma pas les dires de ce dernier, ne les nia pas non plus.

Il y eut un bref silence, après quoi le comte Guillaume tendit la main.

— Donnez-moi ça.

Avec un mauvais sourire, l'évêque s'exécuta.

— Il semble que vous ayez moins de contrôle sur vos mercenaires que vous ne voudriez nous le faire croire, Guillaume.

Guillaume tapa la dague contre sa paume, les yeux étincelants de colère.

— Jamais je n'ai vu Darian se comporter de façon malhonnête, et je le crois quand il nie avoir commis ce geste. Celui qui a assassiné de Salis a fait du beau travail pour incriminer Darian.

L'évêque Henri écarta sa remarque d'un geste dédaigneux.

— Voilà bien les paroles d'un commandant qui défend un de ses soldats favoris. Je suis prêt à considérer la possibilité que Darian dise la vérité, à condition qu'il puisse fournir un témoin crédible. Mais je constate qu'il ne souhaite pas se plier à cette demande. Ou alors il n'a pas de témoin.

Tous les regards convergèrent de nouveau sur Darian.

Emma s'approcha encore, le suppliant intérieurement de céder. De prouver son innocence en concédant à l'évêque les informations qu'il réclamait : où il se trouvait la veille au soir, et avec qui.

Mais Darian se contenta de se tourner vers Guillaume.

— J'ignore qui a tué de Salis, reprit-il du même ton ferme, et pourquoi ma dague ne se trouve pas en ma possession, mais je vous jure qu'il n'est pas mort de ma main.

Il était sincère, décida Emma. Darian n'avait pas assassiné de Salis, en dépit des accusations de l'évêque. Peu importait qu'il ne puisse pas fournir de preuves. Comme l'avait déclaré le comte Guillaume, quelqu'un avait trahi Darian. Le roi allait certainement s'en rendre compte.

Etienne se leva et tendit la main vers Guillaume, qui lui remit la dague. Le souverain la retourna dans sa paume, fixant l'arme, les sourcils froncés.

Mauvais signe.

Une bouffée d'angoisse et de colère submergea Emma tandis qu'elle repensait à ses visions. Une fois de plus, elle hésitait sur l'attitude à adopter.

Le doute l'habitait depuis qu'elle était toute petite. Désemparée, et parfois terrifiée par ces étranges images qui lui apparaissaient dans des flaques d'eau, elle s'était confiée à sa mère. Celle-ci l'avait regardée avec compassion, avant de lui recommander fermement de garder ces visions pour elle. Emma avait obéi. Par la suite, elle n'en avait plus parlé à personne, pas même à sa mère.

La douleur était encore vive, et le remords presque insoutenable, quand elle s'autorisait à penser à la vision qu'elle n'avait pas eu le courage et la sagesse de révéler. Si elle avait dit à quelqu'un que sa mère mourrait en donnant naissance à Nicole, les sages-femmes auraient peut-être pu tenter d'éviter la tragédie.

Et peut-être pas. Qui sait si on ne l'aurait pas accusée d'avoir provoqué la mort de sa mère…

De même, que serait-il advenu si elle n'avait pas cédé à la lâcheté et repoussé les visions au sujet de son père et de son frère ? Elle avait senti le danger qu'ils couraient à Wallingford. Aurait-il fallu leur recommander la prudence ? Avec cette mise en garde, son frère et lui auraient-ils péri quand même ?

Emma réprima un soupir de dépit. Ses pressentiments et ses maudites visions la plaçaient toujours face à un épouvantable dilemme. Comme maintenant.

Que faire ?

Si elle se taisait, Darian sortirait-il indemne de cette épreuve ? Ou devait-elle intervenir et lui sauver la vie pour que sa vision de lui se réalise ?

Pendant qu'Emma se débattait dans ses pensées, le roi fixait Darian d'un air sombre.

Darian regarda la dague qui étincelait par intermittence entre les mains du souverain. La tête de lion sur le manche prouvait qu'elle lui appartenait bel et bien. Quelqu'un avait dû la lui voler après son retour au dortoir, tôt ce matin. Il se souvenait d'avoir glissé l'arme dans son sac avant d'aller retrouver Guillaume pour déjeuner et se présenter ensuite au palais. Le voleur avait eu tout son temps, près de deux heures, pour commettre le crime et laisser la dague près du corps de la victime.

S'agissait-il d'un mercenaire ? Darian ne pouvait exclure cette éventualité, alors qu'il lui répugnait au plus haut point d'imaginer qu'il puisse y avoir un traître parmi eux. Tout ce qu'il souhaitait aujourd'hui, c'était vivre assez longtemps pour confondre ce misérable.

Mais pourquoi l'évêque Henri avait-il provoqué une scène publique alors que l'affaire aurait pu être traitée discrètement, en secret ?

Naturellement, un assassinat à Southwark ne pouvait qu'attirer l'attention du prélat. Il résidait au palais de Winchester à Southwark, et c'était à lui que les tavernes, maisons de jeu et autres établissements de détente et de plaisir sur la rive gauche de la Tamise payaient leurs loyers et licences.

Étrange situation. Car même si Henri s'était opposé à la décision d'éliminer de Salis, le roi n'avait pas pu oublier qu'il avait lui-même chargé Darian de l'assassiner.

Mais le roi ne pouvait admettre publiquement son ordre. Ayant accepté la mission, Darian était parfaitement conscient qu'il prenait seul tous les risques, endossait toute la responsabilité, et ne recevrait pour tout honneur et pour toute récompense que sa solde.

Le roi devait aussi savoir que Darian n'aurait jamais assassiné de Salis dans un lieu aussi fréquenté que Watling Street. Il était plus habile de le supprimer, à la campagne, dans un coin retiré, afin de donner l'impression que l'homme s'était tout bonnement volatilisé.

Toute l'affaire avait des relents de complot.

Enfin, le souverain cessa de manipuler la dague.

— Vous admettez que cette arme vous appartient ?

— Comme je l'ai dit, je ne comprends pas comment on a pu la retrouver près du corps. La dernière fois que je l'ai vue, c'était ce matin, quand je l'ai mise dans mon paquetage.

— Et vous ne pouvez pas fournir de témoignage sur vos allées et venues de cette nuit ?

Il n'avait sous la main aucun témoin fiable. Les deux hommes qu'il avait rencontrés ne satisferaient jamais l'évêque. D'ailleurs, l'honneur exigeait que Darian taise leurs noms. Leur demander de témoigner en sa faveur était impensable.

— Je crains que non, Sire.

— Vous ne nous proposez rien qui puisse soutenir votre protestation d'innocence, Darian.

Le ton et l'expression du roi suggéraient ses bonnes dispositions à l'égard de Darian, moyennant une explication sur la présence de la dague à Southwark, ou tout autre élément qui puisse le disculper.

Mais Darian n'avait rien à lui offrir.

— Je ne peux vous donner que ma parole d'honneur.

Henri émit un ricanement méprisant.

— La parole d'un mercenaire flamand ? Vous ne doutez de rien !

Du fond de la salle s'éleva un cri.

— Justice !

Une autre voix reprit l'injonction, puis une autre, jusqu'à ce que le mot résonne entre les murs tel un chant impitoyable. Darian sentit son estomac se nouer face à l'iniquité de la condamnation.

Il envisagea une seconde de s'enfuir, et repoussa aussitôt cette pensée. Même s'il parvenait à se frayer un chemin jusqu'à la porte, un tel acte serait perçu au mieux comme une preuve de lâcheté, au pire comme un aveu de culpabilité.

Il demeura donc immobile, le souffle coupé. Il sentait presque le nœud de la corde se refermer autour de son cou.

Le roi fit signe à la foule de se taire, et le silence pesant qui tomba sur la pièce lui parut presque aussi terrible que la clameur.

— Vous ne nous laissez pas le choix, Darian. Si c'est là votre dague, et si, comme l'affirme mon frère, elle a été trouvée à côté du corps, nous devons vous juger coupable. Gardes, emmenez le prisonnier et prévenez le bourreau.

La sueur perla à son front. La bile lui monta dans la gorge.

Des gardes vinrent l'encadrer et lui saisirent les bras. Darian était incapable de mettre de l'ordre dans ses pensées.

Le comte Guillaume allait s'interposer, sans doute. Il trouverait le moyen de lui épargner la pendaison. Sa vie n'allait tout de même pas s'achever de manière si injuste, si ignoble.

Soudain, il entendit des pas, légers mais fermes, sur le plancher, et ne put s'empêcher de se retourner vers l'origine du bruit.

Emma de Leon s'arrêta au premier rang de la foule, les mains crispées sur son bliaud topaze. Elle fit une profonde révérence.

— Sire, puis-je approcher ?

Le roi soupira et lui adressa un sourire condescendant.

— Dame Emma, le moment est mal choisi pour m'entretenir de votre pétition. Je suis conscient de votre désir de venir en aide à votre sœur, et je…

— Vous vous méprenez sur mon audace, Sire. Ce que j'ai à dire ne concerne pas Nicole, encore que, si vous pouviez m'accorder un instant de plus pour considérer ma requête, je vous en serais éternellement reconnaissante.

Elle s'humecta les lèvres, comme si elles étaient soudain devenues sèches.

— Ce que je dois vous déclarer… je devrais dire, vous confesser… eh bien, je crois que vous ne tenez pas à pendre un innocent.

Darian eut vaguement conscience de voir le roi arquer un sourcil. L'évêque Henri quitta son poste près de la litière pour venir se placer au côté du souverain. Qu'avait en tête Emma de Leon ? Alors même que son instinct lui dictait de se méfier de l'intervention aussi inopportune que suspecte de la jeune femme, Darian ne put s'empêcher de remarquer ses grands yeux, d'un marron intense. Ils lui évoquèrent ceux d'une biche, dont ils avaient la douceur et la luminosité.

Mais alors que le regard d'une biche exprimait la candeur, celui d'Emma était voilé, chargé de profonds mystères. Elle fixait intensément le roi, qui lui fit signe d'avancer.

Tant de questions se bousculaient dans l'esprit de Darian qu'il n'eut pas le temps de les organiser pendant qu'Emma s'approchait du souverain. Il avait toutefois une certitude : elle ne pouvait savoir où il se trouvait la nuit précédente. Aucune dame respectable ne se hasarderait du côté de Southwark à la nuit tombée, quand les rues fourmillaient d'ivrognes et de prostituées. Or Emma lui semblait être une femme douée d'un grand discernement.

En revanche, elle avait peut-être une information sur la personne qui avait dérobé sa dague. C'était une possibilité. Ce serait un miracle.

— Les confessions doivent être entendues en privé, mon enfant, observa l'évêque sur un ton doucereux. Je suis disposé à écouter ce qui vous trouble si profondément.

Darian retint un grognement ironique.

Emma se contenta de baisser la tête.

— Je vous remercie, Monseigneur, mais ce que j'ai à dire doit être connu de tous ceux qui sont ici présents.

Puis, redressant les épaules, elle prit une longue inspiration. Les mots jaillirent, clairs et sonores.

— Darian de Bruges est innocent de ce meurtre, Sire. S'il ne veut pas vous révéler où il se trouvait la nuit dernière, c'est pour... me protéger.

Ses paroles pénétrèrent lentement la conscience de Darian. Il la dévisagea, frappé de stupeur.

Les gardes le lâchèrent aussitôt. Le soulagement l'envahit, même s'il soupçonnait que ce moment de répit ne durerait pas.

Dieu du Ciel, en suggérant qu'ils avaient passé la nuit ensemble, Emma jetait le discrédit sur ses accusateurs, mais elle jouait sa propre réputation, déjà mise à mal.

Pourquoi ? Pour quel motif cherchait-elle à l'innocenter ? En vérité, elle n'avait rien à gagner à cette intervention... À moins que... Il fallait bien qu'elle eût un avantage à se porter à son secours. Aucune dame de son rang ne viendrait sauver un mercenaire, étranger de surcroît, sans une bonne raison... Laquelle ?

Quelles que soient ses motivations, il ne pouvait la laisser se mêler de cette affaire. Son mensonge ne ferait qu'aggraver la situation si la vérité venait à être connue.

Darian ouvrit la bouche, prêt à nier les propos d'Emma de Leon ; la main du comte Guillaume se referma sèchement sur son avant-bras, lui intimant un ordre clair. Silence ! Darian se surprit à obéir, cédant à la force de l'habitude.

Le roi paraissait soupçonneux, et à raison.

— Dame Emma, avons-nous bien compris le sens de votre témoignage ? Vous affirmez être au courant des faits et gestes de Darian la nuit dernière ?

Emma acquiesça.

— Toute la nuit ?

Elle hocha de nouveau la tête, le rouge montant à ses pommettes, tandis que des murmures méprisants s'élevaient autour d'elle.

Darian se pencha vers Guillaume, qui lui maintenait toujours le bras.

— C'est de la folie, murmura-t-il. Elle ment.

— Laisse-la dire.

— C'est injuste.

Guillaume leva les yeux au ciel.

— Injuste ou pas, elle t'offre ta liberté. Pour l'amour du Ciel, Darian, ne l'empêche pas d'agir à sa guise !

Un conseil raisonnable, sans doute, mais Darian trouvait fort déplaisant de rester là, les bras ballants, tandis qu'une femme se compromettait pour le sauver d'un châtiment, même s'il était innocent du crime dont on l'accusait.

Les murmures grossirent, de plus en plus crus. Catin ! Fornicatrice ! Seigneur, cette femme ne méritait pas pareille humiliation. Sans compter que l'évêque Henri risquait fort de la condamner à un an de pénitence. Pourquoi diable s'était-elle mise dans cette situation ?

L'évêque Henri, le visage aussi sombre et aussi menaçant qu'un ciel d'orage, leva une main pour exiger le silence.

— Où ? demanda-t-il lorsque la foule se fut enfin tue.

Emma de Leon arqua un sourcil insolent, et Darian se surprit à être amusé.

— Cela a-t-il de l'importance ?

— Répondez !

— Dans le logis de la reine.

Une exclamation de stupeur échappa à la foule, et l'évêque émit un grognement outré.

— En ce cas, nous ferons venir les dames de compagnie de la reine et nous leur demanderons de confirmer la présence de Darian en ces lieux.

— La reine est économe de ses bougies, répondit Emma. Celles qui ne dormaient pas n'auront pas vu clairement le visage de Darian, pas plus qu'elles n'auront prêté attention à quelqu'un qui occupait une couche au bout du logis.

— Sire, explosa l'évêque Henri, perdant tout sang-froid, cette femme est la fille d'un traître ! Sa parole n'est pas digne de foi, pas plus que celle d'un mercenaire. J'affirme qu'elle ment !

— Pourquoi mentirait-elle, Henri ?

C'était exactement la question que Darian se posait.

— Je l'ignore, mais si nous la croyons, nous allons libérer un assassin !

Les mains nouées derrière le dos, le visage songeur, le roi Etienne fit deux pas vers Emma.

— Nous souhaitons ardemment découvrir la vérité, madame. Mon frère a raison de le souligner : votre parole est suspecte. N'y a-t-il rien d'autre que vous puissiez nous offrir ?

Emma s'humecta les lèvres de nouveau et, pour la première fois, Darian la vit risquer un coup d'œil vers lui. Pas suffisamment longtemps, toutefois, pour qu'il puisse deviner le cours de ses pensées.

— Je peux vous parler de ses cicatrices, déclara-t-elle, d'une voix si basse que Darian dut tendre l'oreille pour saisir ses paroles. Celle qu'il a au côté gauche est longue et mince. Je préférerais ne pas mentionner les autres, si ce n'est pas nécessaire.

Comment diable le savait-elle ?

L'évêque ne lui laissa pas le temps d'y réfléchir.

— Je vous supplie, Sire, de considérer que cette femme prétend avoir souillé la pureté du logis de notre reine bien-aimée. Elle a forniqué avec un homme qui n'est point son mari. En vertu des lois de l'Église, le châtiment…

— Nous sommes conscients des lois de l'Église, Henri.

Le roi se tourna vers son frère.

— Ceci n'est pas un tribunal religieux, mais un tribunal royal. Et bien que nous n'appréciions guère les révélations de ce matin, nous sommes enclins à faire preuve de compassion. Darian de Bruges épousera Emma de Leon et tous les deux devront quitter la cour.

Le cœur de Darian bondit dans sa poitrine. Le mariage ! Jamais. Ni avec cette femme ni avec une autre. Et puis, il ne se fiait pas à une dame qui avait tiré parti de son infortune pour obtenir… quelque avantage secret.

La foule parut enthousiasmée par la décision du roi. L'évêque Henri, pour sa part, semblait frappé de stupeur. Quant à la jeune femme dont l'intervention les avait conduits à cette extrémité, elle gardait la tête baissée, les yeux clos.

Incapable de se taire plus longtemps, Darian repoussa la main de Guillaume.

— Sire, je ne sais pourquoi cette dame a inventé cette histoire, mais nous n'avons pas…

Emma releva brusquement la tête.

— Oh si !

Résolu à l'ignorer, Darian poursuivit :

— Nous ne nous sommes pas connus charnellement. En vérité, je n'ai jamais vu Emma de Leon avant ce matin. Il n'y a aucune raison que nous nous mariions.

Sur la défensive à présent, Emma croisa les bras.

— Je suis d'accord. Absolument aucune.

— Nous ne nous souvenons pas de vous avoir demandé votre avis, riposta le roi Etienne. Vous allez vous engager l'un envers l'autre, avec toutes les personnes présentes pour témoins. Dame Emma, j'attends votre consentement.

Elle prit une profonde inspiration, maîtrisant mal son irritation.

— Seulement si vous m'en donnez l'ordre, Sire.

Le roi Etienne étrécit les yeux.

— Darian ?

L'espace d'un éclair, Darian songea à protester de nouveau. Mais il savait pertinemment qu'il n'avait guère le choix. Soit il épousait Emma de Leon sur-le-champ, soit on lui passait la corde au cou. Ainsi soit-il. Mieux valait vivre d'abord, et se soucier des conséquences après.

Mais pas longtemps après. La perspective du mariage le tentait à peu près autant que la pendaison. Il ne voulait ni femme, ni enfant, ni personne envers qui il aurait des responsabilités. Personne pour le pleurer, et personne à pleurer non plus.

Il faillit s'étrangler sur les mots qu'il devait prononcer.

— Si vous insistez, Sire.

L'évêque Henri était plus que dépité.

— Voyons, Etienne, et de Salis ? N'allez-vous pas châtier son assassin ?

Le roi baissa les yeux sur l'homme mort, étendu à ses pieds.

— Ramenez-le d'où il vient, Henri. Je doute que l'heureux couple veuille de la présence d'un cadavre pendant l'échange des vœux.

3

Éloigner le mort ne suffit pas à faire de ce triste simulacre l'événement gai et solennel qu'il aurait dû être.

Emma était consciente d'être allée trop loin, mais elle ne pensait pas avoir disposé d'une autre option. Si elle n'était pas intervenue, Darian serait en route pour la potence au lieu d'être debout à côté d'elle, devant le roi. Un roi qui paraissait fort satisfait de lui-même.

Darian, en revanche, ne montrait aucun contentement. Il se tenait raide comme un piquet, les mains derrière le dos, les sourcils froncés. On aurait dit qu'il eût encore préféré la pendaison.

Quel ingrat! Il aurait vraiment pu s'efforcer de faire meilleure figure. Ne venait-elle pas de lui sauver la vie? À en juger par sa mine, il n'appréciait guère le sacrifice qu'elle avait consenti. De son côté, elle devait reconnaître que la tournure qu'avaient prise les événements ne l'enthousiasmait guère plus, même si ce mariage lui évitait d'être au pain et à l'eau pendant toute une année.

Elle aurait dû se souvenir de la pénitence avant de confesser qu'elle avait forniqué avec un homme qui n'était pas son mari. Mais elle n'avait pas eu le choix. Elle avait bafouillé la première histoire crédible qui lui était venue à l'esprit.

— Dame Emma, vos vœux.

N'y avait-il que quatre mois qu'elle avait assisté au mariage de sa sœur, et écouté Gwendolyn prononcer ses vœux à Alberic ? Cet événement n'avait pas été des plus heureux non plus, mais du moins les époux avaient-ils fini par se comprendre et s'aimer.

Darian et elle parviendraient-ils jamais à s'entendre ? Sa vision de lui avait révélé qu'ils seraient amants, mais rien de plus. Le doute l'assaillait, la forçant à se demander si elle avait eu raison de s'immiscer dans les affaires de Darian.

— Dame Emma ? insista le roi.

— J'accepte Darian de Bruges pour mari, dit-elle d'une voix étranglée, incapable d'ajouter à ce consentement les vœux d'amour, de respect et d'obéissance.

Le roi ne parut pas s'en apercevoir et reporta aussitôt son attention sur Darian, qui soupira.

— J'accepte Emma de Leon pour épouse.

Le roi Etienne frappa dans ses mains.

— Nous sommes au regret de constater que la hâte empêche l'échange des anneaux, mais nous sommes certains que vous saurez pallier rapidement ce manque. N'est-ce pas, Darian ?

Ce dernier hocha la tête à regret.

— Nous vous rappelons également, à toutes fins utiles, qu'Emma de Leon est une pupille royale, et qu'elle est par conséquent importante à nos yeux. Nous désirons avoir l'assurance qu'elle sera logée, vêtue et nourrie décemment par son mari.

Darian redressa les épaules, comme pour les ajuster à ce nouveau fardeau.

— Je veillerai à ce qu'elle ne manque de rien.

Surprise que le roi se soucie de son avenir, Emma se demanda ce que Darian entendait par là. Elle serait peut-être au pain et à l'eau, après tout.

— Parfait ! Henri, voulez-vous bénir leur union, je vous prie ?

L'expression de l'évêque suggérait qu'il aurait préféré excommunier Emma, ou pire encore. Il se contenta d'esquisser un rapide signe de croix, sans rien dire, comme s'il les chassait au lieu de leur donner sa bénédiction.

Seigneur, elle avait fait échouer les plans de l'évêque le plus puissant du royaume. Elle ne put s'empêcher de se demander quel prix elle allait devoir payer pour une telle victoire.

Elle, mais aussi Darian.

Avait-il assassiné de Salis ? Non. Emma était persuadée que Darian n'avait pas commis ce crime. Sans cela, elle ne serait pas intervenue. Si les protestations de Darian ne lui avaient pas paru dignes de foi, elle aurait évité de se mêler de cette affaire, en dépit d'une légitime curiosité qui la poussait à vérifier si sa vision allait ou non se réaliser.

— Vous avez ma bénédiction, prononça le roi, avant de se détourner, signifiant par là que l'affaire était close.

Darian la prit alors par le bras pour l'entraîner vers la sortie. Sa poigne était ferme sans être brutale. Emma sentit sa chaleur se faufiler en elle à travers le tissu de sa tunique, lui procurant de délicieux frissons.

Mais elle n'était pas encore prête à partir. Avec les derniers rebondissements, elle n'avait guère eu le temps de s'occuper de l'affaire qui l'avait amenée jusqu'à la chambre du roi.

— Pas encore, dit-elle à son époux. Je dois parler au roi Etienne de…

— N'avez-vous pas fait assez de mal pour aujourd'hui ?

Emma se raidit.

— Je n'ai besoin que d'un instant pour déposer ma requête.

Darian émit un reniflement dédaigneux.

— Je doute que le roi soit d'humeur à vous écouter. Nous venons d'être éconduits. Mieux vaut partir avant qu'il ne change d'avis sur notre sort.

Emma jeta un coup d'œil par-dessus son épaule et vit l'évêque Henri qui s'entretenait avec le roi d'un air grave, tandis que le comte Guillaume suivait la conversation en silence. Aucun des trois hommes ne semblait d'humeur à être interrompu.

Darian avait peut-être raison. Dans les circonstances actuelles, tenter d'intéresser le roi Etienne au sort de Nicole présentait un caractère périlleux. Du reste, il lui faudrait d'abord se dégager de la pression exercée par la main de Darian sur son bras, ce qui ne serait pas non plus une mince affaire. Et elle n'avait aucune envie d'attirer encore une fois tous les regards sur elle.

La foule s'écarta sur leur passage, tandis qu'ils se dirigeaient vers la porte. Des commentaires vulgaires fusèrent ici et là, accompagnés de révérences théâtrales. Elle les ignora, préférant se concentrer sur le rythme que lui imposait Darian. Il marchait à si vive allure vers la sortie qu'elle avait du mal à le suivre en conservant une démarche respectable.

Quel odieux individu venait-elle d'épouser? Elle comprenait qu'il soit bouleversé, car elle l'était aussi. Elle n'avait jamais eu l'intention de lui passer la corde au cou, mais d'éviter qu'on la lui passe pour le pendre! Ne pouvait-il au moins lui épargner une sortie indigne d'elle?

Dans l'antichambre, ne pouvant se contenir plus longtemps, elle se dégagea avec force.

— Peut-être aurais-je dû laisser l'évêque Henri arriver à ses fins!

Il lui adressa un sourire hautain.

— J'ai entendu dire qu'avec des arguments sonnants et trébuchants, un bourreau peut abréger la mise à mort d'un condamné, et faciliter même son enterrement. Au lieu de quoi, s'étale devant moi une vie de souffrance... Où diable aviez-vous la tête, femme? Quel démon vous a poussée à inventer ce conte ridicule?

Avant qu'elle ait pu répondre, il recula de deux pas et l'enveloppa tout entière du regard, la détaillant de pied en cap, jaugeant sans détour ses attributs féminins. Emma frissonna.

— Non que j'aurais répugné à partager votre couche la nuit dernière, fit-il. Si j'avais su que vous me vouliez, j'aurais été heureux de vous satisfaire.

Emma savait qu'il avait l'intention de la blesser, mais Dieu merci, il venait à son insu de la rassurer. Ainsi, il la jugeait attirante, séduisante même.

Néanmoins, elle afficha un mépris de façade.

— Si j'avais su que vous aviez de tels besoins, je vous y aurais invité. Vous étiez libre d'accepter, hier soir, si je ne me trompe ?

Il se redressa et plissa les yeux.

— Je n'ai pas tué de Salis, si c'est la question que vous me posez.

— Je le crois, sinon je ne me serais pas interposée.

— Vous étiez assez sensible à mon sort pour mentir effrontément ?

— Assez pour agir avant que le roi ne pende un innocent !

Il leva les mains en l'air.

— Vous ne me connaissez même pas. Pourquoi risquer votre propre vie pour la mienne ?

Elle ne pouvait lui parler de ses visions, ni lui avouer depuis combien de temps elle connaissait son existence. Il penserait avoir affaire à une folle ou, pire encore, à une sorcière.

— Je m'en serais abstenue si je m'étais rappelé la pénitence imposée par l'Église pour la fornication, et si j'avais prévu que mon acte désintéressé serait si peu apprécié.

Il n'eut pas la courtoisie de paraître gêné.

— Je vous remercie. Maintenant, dites-moi ce que je suis censé faire de vous.

Coucher avec moi. Devenir mon amant.

Elle faillit rougir de la direction qu'avaient prise ses pensées. Un jour, il serait son amant, comme l'avait décrété le destin, mais ce n'était pas le bon jour.

— Nous sommes censés quitter la cour.

— Pour aller où ?

Le comte Guillaume posa une main sur l'épaule de Darian, les faisant tressaillir tous les deux.

— Dans le Kent, dit-il à Darian. Vous pouvez loger à Hadone en attendant que la tempête s'apaise et qu'il soit sans danger de revenir.

Darian esquissa une grimace de dégoût.

— Quelqu'un a tué de Salis avec ma dague et je dois découvrir l'auteur de ce crime.

Il s'interrompit brusquement, comme si une idée lui traversait l'esprit.

— Damnation ! Le roi a encore ma dague.

Guillaume agita sous son nez un doigt menaçant.

— Oublie le meurtre pour l'instant. Henri est déjà en train d'essayer de persuader Etienne qu'il a commis une erreur en accordant du crédit aux propos de dame Emma. S'il y parvient, mieux vaudra alors que ni l'un ni l'autre d'entre vous ne soit en ville. Je me débrouillerai pour récupérer ta dague. Pliez bagage et préparez-vous à partir dans l'heure.

Sur ces mots, le capitaine des mercenaires s'inclina devant elle en souriant.

— Félicitations pour votre mariage, dame Emma.

— Merci, murmura Emma, stupéfaite, ne trouvant rien de mieux à répondre.

Guillaume repartit en direction de la chambre royale, les laissant tous deux dans l'antichambre.

— Kent ! soupira Darian. Comment suis-je censé chercher l'assassin si je suis exilé dans le Kent ?

Il n'était pas le seul à déplorer cet exil.

— Je ne pourrai pas défendre la cause de ma sœur non plus. Doux Jésus, comment pourrai-je expliquer à Nicole que j'ai failli à ma promesse ? Quelle catastrophe !

Il arqua un sourcil.

— Rappelez-vous l'origine de cette catastrophe.

Elle redressa le menton. La tournure déplaisante qu'avaient prise les événements n'était pas entièrement sa faute.

— La prochaine fois, veillez à ne pas être accusé de meurtre !

Il se pencha en avant, si près d'elle qu'elle respira son odeur musquée.

— La prochaine fois, faites-moi le plaisir de ne pas vous mêler de mes affaires. Et comment diable savez-vous que j'ai une cicatrice au côté gauche ?

Emma se mordit la lèvre inférieure. La cicatrice lui était apparue dans une vision. Elle n'osait lui avouer qu'elle avait vu aussi, très clairement, d'autres parties tout à fait admirables de son anatomie.

— J'ai avancé ce détail au hasard. Enfin, pas vraiment. J'ai deviné. Tous les hommes qui portent des armes ont des cicatrices quelque part, et je soupçonnais que l'évêque ne vous forcerait pas à retirer votre chemise pour prouver mes dires.

— Vous avez… deviné ?

— Si j'avais déclaré que vous aviez une cicatrice à la cuisse droite, aurais-je eu raison ?

Il recula, les yeux emplis d'incrédulité.

— Oui.

— En ce cas, je n'ai pas trop mal deviné, n'est-ce pas ? S'il faut partir dans l'heure, ne devrions-nous pas aller nous préparer ? Il nous faudra une charrette pour mes malles.

Darian fronça les sourcils.

— Combien de malles ?

— Deux.

— Êtes-vous forcée de les emporter toutes les deux ?

— Certes. Je ne peux rien abandonner ici. Si je revenais les chercher plus tard, je ne retrouverais peut-être rien, pas même les malles.

— Ne seraient-elles pas en sécurité dans le logis de la reine ?

— Autant que l'était votre dague au dortoir.

Darian traversa la longue salle étroite où s'alignaient les couches des mercenaires les plus proches de Guillaume.

Assis en tailleur sur le plancher, au bout de la pièce, Marc, Philip et Armand, des hommes en qui il avait toute confiance, jouaient aux dés. L'un de ces hommes l'avait-il trahi ? Cette seule pensée lui donnait la nausée.

Damnation. Il regrettait fort d'avoir à s'en aller, mais puisque Guillaume lui avait donné l'ordre de gagner Hadone, il lui obéirait.

Contrairement à Emma de Leon, qui avait besoin de deux malles pour ses effets, Darian pouvait faire tenir tous ses biens terrestres dans un seul sac en cuir. Le sac où quelqu'un avait volé sa dague le matin même.

Il l'ouvrit, désireux de vérifier si quelque chose d'autre avait été dérangé.

Il fouilla sous sa tunique de rechange et extirpa le petit paquet contenant son couteau à raser et un peigne en ivoire. Une grosse bourse pleine d'écus ne lui sembla pas plus légère qu'avant. C'était là tout ce qu'il possédait, et il n'aspirait à rien de plus. Ce qu'un homme possédait pouvait lui être volé, comme son père s'était fait voler sa famille, sa propriété et sa vie. Comme la dague lui avait été volée ce matin.

Derrière lui, il entendit les autres mercenaires s'approcher.

— Nous avons entendu des rumeurs, Darian. Que s'est-il passé ? demanda Marc.

— Des rumeurs ? Déjà ?

— Les hommes qui ont chargé de Salis dans la charrette avaient la langue bien pendue. Est-ce vrai, ce qu'ils racontent ?

— Qu'avez-vous ouï dire ?

— Que les gardes ont trouvé ta dague près du corps d'Edouard de Salis, et que l'évêque Henri t'a accusé de meurtre. Que la femme avec qui tu étais hier soir s'est fait connaître et que le roi t'avait forcé à l'épouser. C'est assez d'événements pour une seule matinée.

Les nouvelles se répandaient vite à la cour et Darian n'était pas sûr de savoir ce qui l'irritait le plus : être injustement accusé d'un meurtre, ou se voir contraint d'épouser Emma de Leon.

Marié. Seigneur.

Sans doute ce mariage répugnait-il autant à Emma qu'à lui. Serait-il possible d'obtenir une annulation ? Cette pensée le ragaillardit, rompant la morosité qui l'avait gagné. Il aborderait avec elle l'éventualité d'une annulation. Ils auraient tout loisir d'en discuter dans le Kent.

— Je n'ai pas tué de Salis, se borna-t-il à répondre. Quelqu'un a dû prendre ma dague dans mon sac ce matin. Avez-vous vu quelqu'un fouiller dans mes affaires ?

Philip secoua la tête.

— Je n'étais pas là. Thomas et moi avons dormi à l'écurie pour veiller sur les chevaux. Je viens seulement de rentrer.

— Je t'ai entendu revenir, intervint Marc. Mais dès que je me suis assuré que c'était toi, je me suis rendormi.

— Moi aussi, avoua Armand. Je me suis réveillé brièvement. Es-tu certain de ne pas avoir égaré ta dague ailleurs ?

Tous les mercenaires avaient le sommeil léger. Leur profession exigeait d'eux une vigilance constante, y compris dans la sécurité relative de leur logis. Darian savait reconnaître ses camarades au son de leur pas et ne doutait pas que ceux-ci en soient capables aussi.

— Je ne l'ai pas égarée. Je l'ai mise dans mon sac ce matin avant d'aller voir Guillaume. Quelqu'un l'a subtilisée et s'en est servi pour assassiner de Salis – ou tout au moins pour la donner à l'évêque Henri.

Cette possibilité le frappa brusquement. Peut-être la dague n'avait-elle pas été utilisée pour tuer, mais seulement pour faire porter les soupçons sur lui.

Ce qui signifiait que l'évêque était peut-être plus impliqué dans cette affaire qu'il ne l'avait cru tout d'abord. Peut-être poursuivait-il un autre but que celui de réclamer justice pour une victime qui ne méritait pas tant de sollicitude. Mais cela n'avait aucun sens. Pourquoi Henri serait-il impliqué dans le meurtre d'un homme alors qu'il s'était fermement opposé à son élimination la veille ?

— Personne ne pénètre ici hormis nos camarades, observa Marc en fronçant les sourcils. Es-tu en train de suggérer que l'un d'entre nous aurait volé ta dague et assassiné de Salis ?

Une vague de nausée envahit Darian. Marc avait raison. Seuls entraient dans cette chambrée les hommes que le comte considérait comme sa garde personnelle parmi les nombreuses troupes de mercenaires qu'il commandait. Des hommes à qui il conférait des privilèges particuliers et qu'il chargeait de missions délicates, voire périlleuses.

Des hommes à qui Darian aurait confié sa vie – jusqu'à aujourd'hui.

— Qui, sinon l'un d'entre nous ?

Philip gonfla les joues d'indignation.

— Tu te trompes, Darian.

— Vraiment ? Crois-tu que si un étranger était entré dans cette salle, Marc ou Armand se seraient rendormis aussi vite ?

Darian regretta subitement de n'avoir pas vérifié qui était présent à son retour, à l'aube. Dans sa hâte, il n'avait pas prêté attention aux formes allongées dans la pénombre.

— Quiconque m'a entendu rentrer a pu attendre que je reparte, prendre ma dague et sortir sans éveiller les soupçons.

Marc se frotta le menton.

— Il est vrai que nous sommes attentifs à ceux qui rentrent, plutôt qu'à ceux qui sortent. Mais dis-moi pourquoi l'un de nous aurait fait cela, Darian. Nous sommes ensemble depuis des lustres, nous veillons les uns sur les autres. Il n'y a pas de dissensions parmi nous, que je sache ?

Armand se balança sur ses talons, souriant.

— Eh bien, il y a cette petite affaire entre Julian et Lyle au sujet d'une gentille colombe à Southwark. Et si je me souviens bien, Perrin doit toujours vingt sous à Darian sur un pari concernant...

— Arrête ! grogna Philip. Perrin ne volerait pas la dague de Darian. Cela ne ferait qu'ajouter à sa dette. Et un peu d'agacement sur un pari perdu ne provoque pas une dissension.

Marc acquiesça.

— Mais si ce n'est pas l'un d'entre nous...

— Ce n'est pas l'un d'entre nous ! insista Philip. Et j'exige que Darian retire son accusation...

— Assez !

Guillaume s'avançait vers eux. Ni les uns ni les autres ne l'avaient entendu s'approcher.

— Darian, viens avec moi. Vous autres, je vous parlerai plus tard.

Philip eut un geste indigné.

— Messire, vous ne pouvez pas vraiment croire que l'un d'entre nous aurait trahi Darian !

— Je ne sais pas ce que je crois, et jusqu'à ce que j'aie résolu cette énigme, tout le monde est suspect.

Darian sortit du baraquement désormais silencieux au côté de Guillaume. Ensemble, ils traversèrent la cour très fréquentée du palais, en direction des écuries.

— J'ai envoyé le garçon d'écurie aux cuisines chercher quelques victuailles pour le voyage, fit Guillaume. Quand tu arriveras à Hadone, transmets mes salutations à Gar et Maura, et donne une caresse aux chiens pour moi.

Guillaume parlait de son départ pour Hadone comme s'il s'agissait d'une excursion agréable, et non d'un exil.

— Tout cela ne me plaît guère, Guillaume. Il vaudrait mieux que je reste à Londres.

— Ton devoir, à présent, est de rester à distance de l'évêque et de prendre soin de dame Emma. Va préparer ton cheval pendant que je m'occupe de trouver une charrette.

Préparer son cheval ne prit guère de temps. Le garçon d'écurie revint avec des provisions, bientôt suivi d'un charretier et de son bœuf. Tout était prêt, hormis son épouse.

Où diable était Emma de Leon ?

— Un mercenaire ? s'écria Julia de Vere, horrifiée. Oh, Emma, si vous m'aviez dit que vous vouliez prendre un amant, je vous aurais aidée à choisir parmi des hommes convenables. Comment avez-vous pu vous abaisser ainsi ?

Emma tira sa cape de la malle que Julia l'avait aidée à remplir, soudain fâchée contre la seule personne qui lui manquerait à la cour.

— Le comte Guillaume est aussi un mercenaire. Seriez-vous furieuse contre moi si c'était lui que j'avais pris pour amant ?

— Guillaume a du sang noble, contrairement à votre époux ! En vérité, Emma, vous ne pouvez pas songer à partir dans le pays sauvage du Kent avec un homme que vous connaissez à peine. Ce Darian est peut-être dangereux ! Pensez qu'il pourrait peut-être vous faire du mal !

Le mal était déjà fait, et Emma ne s'inquiétait pas pour sa santé physique. D'autres soucis occupaient son esprit. À cet instant précis, elle craignait que Darian, s'il était forcé d'attendre trop longtemps, ne parte sans elle. Il était en colère, et l'expérience lui avait appris que les hommes en colère manquaient de patience.

— Le roi nous a ordonné de quitter la cour, Julia. Je dois m'en aller, dit Emma, qui parvint malgré tout à lui adresser un sourire. Vous n'avez aucune inquiétude à avoir à mon sujet.

Julia soupira.

— Je n'en suis pas aussi sûre que vous.

Elle n'en aurait pas juré non plus, mais elle l'espérait. Certes, les mercenaires étaient des soldats qui monnayaient leurs services, et on devait rencontrer parmi eux des hommes violents, voire impitoyables. Pourtant, elle était prête à croire que ce mercenaire-là pouvait aussi être tendre et aimant, comme elle l'avait senti dans sa vision. D'ailleurs, lui aussi était soumis à la volonté royale.

— Darian a reçu l'ordre de veiller sur moi. S'il manque à son devoir, j'aurai un recours et j'en userai.

— Mais la fille d'un baron ne devrait pas être contrainte à épouser un paysan flamand ! Si vos parents étaient encore de ce monde, le roi n'aurait jamais osé vous insulter de la sorte. Vous avez l'intention de remédier à cette situation, n'est-ce pas ? Bien des nobles verront d'un mauvais œil ce qui vous a été imposé, même si vous êtes en disgrâce. Le sang noble se défend, tout de même.

Au cours des quatre mois écoulés, aucun noble, hormis Julia, n'avait paru conscient du rang d'Emma.

— Je n'ai pas l'impression qu'ils respectent le mien.

— Néanmoins, si vous demandiez une annulation, ils vous soutiendraient certainement.

Une annulation ? Était-ce possible ? Peut-être. Mais pour quel motif ? N'avaient-ils pas donné leur consentement en présence d'une nombreuse assistance, devant le roi lui-même ? N'avaient-ils pas été bénis par un évêque ?

Dans sa vision, Darian et elle devenaient amants, ce qui laissait supposer que le mariage allait être consommé. En ce cas, l'annulation ne serait pas envisageable.

Mais alors, cela signifiait-il qu'ils étaient destinés à vivre ensemble ? En tant qu'époux ? Mari et femme ?

Deux hommes imposants entrèrent dans le logis de la reine, interrompant ses réflexions. Elle leva la main et leur fit signe d'approcher. Tout était prêt. Il ne lui restait plus qu'un détail à régler. Un détail d'importance.

— Julia, puis-je réclamer de vous un service ? À la fin de l'été, j'ai remis une pétition à l'un des valets du chambellan. Pourriez-vous me consentir l'extrême faveur de vérifier si l'un ou l'autre l'a encore en sa possession, et si elle sera présentée au roi tantôt ?

— Je vous promets d'essayer. Où puis-je envoyer un message ?

Emma réfléchit un instant.

— Je crois que le comte a parlé de Hadone.

— C'est logique. Le comte Guillaume y fait construire un château.

Julia l'étreignit, et Emma la serra à son tour dans ses bras.

— Prenez soin de vous.

— Bon voyage.

Emma se força à rire pour ne pas pleurer.

— À propos, je ne vous demande pas de coucher avec un valet. Une simple question fera l'affaire.

Julia lui adressa un sourire coquin.

— Pourquoi un valet ? Peut-être séduirai-je le chambellan !

Emma suivit les hommes qui portaient ses malles. Elle n'éprouvait aucune nostalgie à l'idée de quitter Westminster, mais le regret d'avoir failli à la promesse faite à Nicole la taraudait.

Comment pourrait-elle expliquer à une fillette de dix ans qu'elle avait sauvé la vie d'un mercenaire au détriment du bien-être de sa sœur – tout cela à cause de la vision d'un torse nu et d'un sourire éclatant ?

Désormais, elle était en route pour le Kent. Quant au roi, il irait bientôt rejoindre le siège de Wallingford.

Dieu seul savait quand leurs chemins se croiseraient de nouveau.

4

Darian changea de position sur sa selle, en regardant avec envie le cavalier qui le dépassait à vive allure.

Seul, il aurait facilement atteint Hadone avant le coucher du soleil, mais la charrette ne pouvait aller plus vite que le pas du bœuf. Il devait prendre son mal en patience, malgré le brouillard humide qui imprégnait son visage et sa cape.

Ce n'était pas de gaieté de cœur qu'il laissait Westminster derrière lui. Il avait cependant la conviction que la crainte de Guillaume était fondée : il valait mieux s'éloigner de l'évêque Henri, tout au moins pour un temps.

De Salis avait certes mérité son sort. L'homme s'était montré diabolique de son vivant, semant la mort et la destruction sur son passage, et Darian n'aurait eu aucun scrupule à mettre fin à son règne de la terreur si un autre ne l'avait devancé.

Malgré tout, être accusé publiquement d'un meurtre qu'il n'avait pas commis le rongeait. Désireux de se changer les idées, il tourna la tête vers la charrette.

Le bœuf avançait dans la boue à un rythme régulier, bien que terriblement lent. Assise à côté du charretier sur la dure planche en bois, Emma était emmitouflée dans une grande cape.

Elle avait été bien inspirée de s'habiller chaudement.

Et fort mal avisée de se mêler de ses affaires.

Si elle n'était pas intervenue en mentant si outrageusement, elle ne serait pas dehors à présent, par ce vilain temps, mais au chaud et au sec, dans le confortable logis de la reine.

Oh, il avait entendu l'explication qu'elle lui avait donnée pour justifier son acte, mais il ne comprenait toujours pas pourquoi une femme de son rang avait pris parti pour un roturier. Parce qu'elle croyait à son innocence ? Il n'aurait pas été le premier innocent à être condamné et pendu. Pourquoi diable une femme noble se serait-elle souciée de justice ?

Elle aurait pu voler au secours d'un mendiant, il n'en avait cure. Sauf que son empressement à le sauver, lui, avait eu pour conséquence de les enchaîner par les liens du mariage.

Le mariage ! Que le Ciel ait pitié de lui – le mariage à une femme qui avait besoin de deux malles pour transporter ses biens. Pas vraiment l'épouse idéale pour un mercenaire qui n'aimait guère à s'encombrer.

Comme nombre de ses camarades, Darian appréciait son existence solitaire, et fuyait les responsabilités envers autrui. Ayant goûté autrefois le malheur de perdre des êtres aimés, il était bien résolu à ne plus jamais souffrir autant, et avait renoncé à tout engagement avec une femme. Il ne voulait pas de famille. Pas de liens.

La brume se transforma en pluie et son estomac se mit à gronder.

Il était temps de faire une halte.

Darian attendit que la route fût assez large pour demander au conducteur de s'arrêter sur le bas-côté. Il fallait limiter le risque de voir la charrette s'embourber.

À peine avait-il mis pied à terre qu'Emma passa en hâte à côté de lui pour se diriger vers les arbres… et plus loin encore. Devinant la raison de sa précipitation, il évita de la suivre, mais se demanda pourquoi elle n'avait pas fait allusion à son inconfort plus tôt.

— Temps de chien, grommela le charretier, en tirant un quignon de pain de la caisse placée sous son siège.

— Il pourrait faire plus beau, en effet, répondit Darian, qui sortit à son tour des victuailles du sac attaché à sa selle. Avez-vous à boire ?

L'homme sourit et tendit la main, paume vers le ciel. Après quelques instants, il but au creux de sa coupe improvisée.

— La pluie est au moins bonne à quelque chose.

Avec un sourire amusé, Darian tira une outre à vin de son sac. Pour sa part, il préférait une boisson plus forte.

Un bruissement de feuilles et un craquement de brindilles annoncèrent le retour d'Emma. Elle leur jeta un rapide coup d'œil, puis alla s'asseoir sur une souche, à l'abri d'un immense chêne.

— Vous n'avez pas faim ?

Elle secoua la tête, libérant des gouttes qui coulèrent sur sa cape.

— Pas particulièrement.

Mais le regard qu'elle portait sur son pain démentait ses paroles. L'idée vint subitement à Darian qu'elle n'avait pas de provisions et qu'elle était trop fière pour demander à partager les siennes.

À vrai dire, lui non plus n'avait pas pensé à en emporter. Sans la prévoyance de Guillaume, il se serait trouvé dans le même cas qu'Emma. Néanmoins, il lui semblait qu'une femme aurait dû être plus vigilante.

— Vous n'avez rien à manger ?

— Vous ne m'avez pas laissé beaucoup de temps.

— Et vous avez choisi d'apporter des habits plutôt que des vivres.

Elle étrécit les yeux, visiblement indignée.

— Je ne vais ni défaillir, ni mourir de faim. Le repas de ce soir me suffira, à l'auberge où vous choisirez de passer la nuit.

Ainsi, elle s'attendait à ce qu'ils logent à l'auberge ! Faudrait-il encore qu'ils atteignent une ville de bonne taille. Si le temps se dégradait encore et que les routes se transformaient en ruisseaux, ils n'auraient peut-être pas cette opportunité.

Et elle se plaignait d'avoir été bousculée.

Au prix d'un effort sur lui-même, Darian maîtrisa son irritation. Le roi lui avait fait promettre de s'occuper d'Emma, et il s'acquitterait de cette tâche tant qu'elle était encore sa femme. Avec un peu de chance, cela ne durerait pas longtemps.

Il alla chercher un autre morceau de pain et le lui tendit.

— Mieux vaut que vous vous restauriez maintenant. Le repas de ce soir pourrait être long à venir.

Il crut d'abord qu'elle allait refuser, mais elle accepta le pain et se mit à le grignoter.

Darian l'observa malgré lui, admirant ses dents blanches et régulières, ses lèvres pleines, la langue qui pointait au coin de sa bouche sensuelle pour recueillir une miette. Une jolie langue rose.

Il détourna les yeux, gêné par la direction qu'avaient prise ses pensées, puis s'assit à côté d'elle, veillant à garder entre eux une distance raisonnable.

— Nous admettons tous les deux que ce mariage est une farce. Comment pouvons-nous obtenir une annulation ?

Elle le dévisagea, comme si elle prenait le temps de réfléchir avant de répondre.

— Je crois que nous devons en référer à un évêque, mais j'ignore lequel serait le mieux disposé à considérer notre cas. Je ne sais pas non plus quels motifs nous pourrions invoquer. Il ne faut pas oublier que, malheureusement, si nous demandons une annulation, le roi et l'évêque Henri ne tarderont pas à l'apprendre. L'un et l'autre risquent de s'y opposer.

Elle avait raison. Ils ne pouvaient agir trop précipitamment. Quoi qu'il en soit, le moment viendrait où ils seraient libérés de leur engagement, et il pourrait alors retourner à la vie qu'il aimait tant.

Mais qu'adviendrait-il d'Emma ?

La solution lui vint brusquement à l'esprit, et il s'étonna de n'y avoir pas songé plus tôt.

— Peut-être devriez-vous rentrer chez vous et attendre là-bas des jours meilleurs.

— À Camelen ?

Il y eut un bref silence, puis elle secoua la tête.

— C'était la demeure de mon père, mais elle appartient désormais à mon beau-frère. Je ne suis plus vraiment chez moi là-bas. D'ailleurs, je préférerais être à Londres. Il me reste toujours un devoir à accomplir vis-à-vis de ma plus jeune sœur : la retirer de Bledloe Abbey. Or, seul le roi peut m'en accorder la permission.

Elle secoua la tête avec plus de vigueur.

— Non, décréta-t-elle. Je ne peux pas m'éloigner davantage. Le Kent est déjà assez loin.

Ce qui signifiait qu'il devait se résigner à la garder avec lui dans l'immédiat. Darian songea vaguement à lui demander pourquoi elle tenait tant à faire sortir sa sœur du couvent, mais il décida que cela ne le regardait pas.

Dommage qu'il ne puisse la renvoyer chez elle, cependant. Non que sa compagnie fût si pénible à supporter. Elle était d'agréable figure. Elle ne se plaignait pas, et ne semblait guère exigeante – pour le moment, tout au moins. En fait, elle lui donnait l'impression d'être une femme qui acceptait ce que le destin lui présentait et s'en accommodait aisément.

Dans l'ensemble, elle ferait une compagne acceptable, à condition que cet exil ne dure pas trop longtemps. Sauf que, bien sûr, il n'aurait jamais dû être forcé à tolérer sa compagnie.

C'était par la faute d'Emma qu'il avait été banni alors même qu'il avait désespérément besoin de demeurer à Londres. En son absence, l'assassin continuerait à évoluer en toute liberté.

Il se leva.
— Le charretier semble prêt. Prions que le temps ne se détériore pas davantage.

En dépit de la protection et de la chaleur que lui offrait sa cape en fourrure de castor, Emma était trempée et glacée jusqu'aux os quand ils atteignirent l'auberge de *l'Oie bouclée*. Elle avait faim, aussi. Comme elle avait fait preuve de négligence en n'emportant pas de provisions !

Mais elle n'avait guère eu le temps de se rendre aux cuisines du palais pour y quémander du pain et du fromage, car elle craignait que Darian parte sans elle. En arrivant aux écuries, sur les talons des hommes qui portaient ses malles, elle avait guetté sur son visage des signes d'impatience. Étonnamment, elle n'en avait vu aucun.

Oh, il était irrité. Quel homme ne l'aurait pas été à sa place ? L'accusation de meurtre. Le mariage à une femme dont il ne voulait pas. L'exil dans le Kent. Pourtant, si l'on excluait une ou deux remarques hostiles, il ne s'était pas montré intolérant.

La situation aurait pu être pire. Bien pire.

Assise au coin de la cheminée dans la salle commune, une assiette de soupe épaisse sur les genoux et une chope de bière fortifiante sur le plancher à ses pieds, elle se souvint des moments où les événements auraient pu prendre plus cruelle tournure.

Comme lorsqu'ils avaient dû franchir une rivière à gué, et qu'elle avait failli céder à la panique. Elle avait remercié le Ciel et tous les saints d'avoir envoyé la pluie, qui, sans être assez forte pour rendre la traversée dangereuse, avait ridé la surface de l'eau. Néanmoins, pour ne courir aucun risque, elle avait tiré sa capuche sur ses yeux clos, afin de prévenir une transe intempestive.

Elle était attirée par l'eau. Si d'aventure elle fixait trop longtemps une flaque ou un étang, une étrange fascination s'emparait d'elle, et des visions s'ensuivaient, des visions qui lui causaient des douleurs non seulement physiques, mais mentales.

Aussi avait-elle appris dès l'enfance à fermer les yeux quand elle effectuait des gestes aussi ordinaires que prendre un bain ou tremper les mains dans une cuvette. Cela suffisait à empêcher les visions et lui épargnait les migraines.

La dernière chose dont elle avait besoin pendant ce voyage était de lutter contre une vision et de subir la fatigue qui en résulterait.

— Encore un peu de bière, madame ?

Emma sourit à l'aubergiste blond, vêtu d'un tablier, qui tenait un pichet à la main. Depuis leur arrivée, il avait fait tout son possible pour qu'elle soit confortablement installée. Il avait immédiatement deviné son rang, même avant qu'elle eût retiré sa cape et révélé son bliaud de qualité. L'auberge ne disposant pas de chambres à louer, il lui avait cédé la sienne propre.

— Je vous remercie, mais non. Mes compliments pour le repas.

Il sourit et s'inclina, avant de se tourner vers Darian, assis près de là, en tailleur, à même le sol. Il avait terminé son écuelle et contemplait les flammes. La lueur vacillante du feu se reflétait sur son visage, jouant sur ses traits, accentuant les contours de sa mâchoire déterminée et les ombres autour de ses yeux.

Tout d'abord, elle l'avait cru perdu dans ses pensées, mais elle n'avait pas tardé à se rendre compte qu'il était attentif au moindre bruit. Dès qu'une personne entrait dans la salle, il suivait sa progression sans tourner la tête, et savait immédiatement à quel endroit le nouveau venu s'était posé.

— Et vous ? Vous en voulez ?

Le changement de ton était patent. De toute évidence, l'aubergiste croyait que Darian n'était autre que son escorte.

Darian lui tendit sa chope sans dire un mot, pas même merci. Il attendit que l'homme ait repris sa place derrière le comptoir en planches pour parler.

— Prenez garde de ne pas trop sourire à notre hôte. Il risque d'oublier qu'il vous a laissé son lit, et de vous rendre visite.

Emma se mordit la lèvre pour ne pas rétorquer qu'un homme était en effet censé partager son lit, ce soir. C'était sa nuit de noces, après tout.

Son appétit disparut subitement. Une vague de tristesse la submergea, et elle dut refouler les larmes qui lui montaient aux yeux. Doux Jésus, elle avait été mariée ce matin, et rien de cette journée ne méritait d'être fêté.

Elle posa son écuelle sur le sol.

— Vous devriez finir votre repas, dit-il. Vous avez besoin de reprendre des forces. Demain, qu'il fasse beau ou pluvieux, la journée sera longue.

Certes. Mais dès qu'elle aurait avalé la dernière bouchée, Darian s'attendrait à ce qu'elle se retire pour la nuit. De cela, elle n'avait aucune envie. Sa robe commençait enfin à sécher, et la chaleur du foyer adoucissait ses pensées moroses.

Si elle allait se coucher tout de suite, nul doute qu'elle se remettrait à ressasser, à comparer son extrême solitude aux réjouissances qu'elle était en droit d'attendre d'un jour de noces : le festin, les danses, la sollicitude d'un époux.

Le lit conjugal.

Ce n'était pas ce soir que sa vision se réaliserait. Darian était d'une humeur bien trop triste pour lui offrir un sourire éclatant, et elle était trop fâchée contre lui pour tenter de le dérider.

— À votre avis, qui a pu assassiner de Salis ? s'enquit-elle, soucieuse de changer de sujet.

Il leva les yeux vers elle, révélant sa colère et sa frustration.

— Je l'ignore. Ce qui me tourmente, c'est que le meurtrier est peut-être quelqu'un en qui j'ai confiance. Si un des mercenaires m'a trahi, je n'ai rien vu venir. Mais je résoudrai cette énigme, et dès que j'aurai trouvé ce misérable, il sentira passer sur son cou la corde qu'il voulait serrer autour du mien.

Une détermination véhémente faisait vibrer sa voix. Emma frissonna, remerciant le Ciel de ne pas être l'objet de son ire.

Darian pouvait être un homme dangereux, avait suggéré Julia. À cet instant, il semblait en effet capable de tuer. Comme n'importe quel mercenaire. Comme le soldat qu'il était. La guerre, le combat, la mort étaient son métier, son univers.

Mais les soldats pouvaient être aussi d'une grande bonté, des hommes d'honneur. Elle en avait connu beaucoup, parmi lesquels son père et son frère.

Darian était-il de la même trempe ? Était-il capable de compassion ?

Mon Dieu, quand elle y songeait… Elle s'était portée à son secours sous prétexte qu'il lui était apparu dans une vision magique. Une vision envahie par son sourire resplendissant. Mais une vision quand même. Un reflet de son esprit, un mirage. Une scène prémonitoire ?

Le dilemme habituel revint la hanter.

Avait-elle eu tort de s'interposer ? Ils n'avaient fait que se lancer des piques depuis qu'ils s'étaient rencontrés. Elle ne pouvait imaginer que leur relation évolue au point qu'ils deviennent amants.

D'autant plus qu'elle n'était pas sûre d'avoir œuvré pour le bien de Darian. En agissant sur un coup de tête, une impulsion dictée par sa seule vision, peut-être avait-elle aggravé la condition de Darian. Peut-être aurait-il connu un meilleur sort sans elle. Qui sait…

Était-elle finalement coupable de trahison ?

De nouveau, Emma se sentit frissonner. En ce moment, Darian de Bruges ne lui semblait pas homme à pardonner.

5

Ils étaient partis aux premières lueurs de l'aube. La journée s'annonçait belle, la route sèche et peu fréquentée. Le voyage se déroula sans encombre. Lorsque Hadone parut à l'horizon, la nature s'habillait des couleurs rougeâtres du crépuscule.

Darian parcourut la forteresse du regard, s'émerveillant des progrès accomplis depuis sa dernière visite, près de deux mois plus tôt. Les maçons avaient presque terminé l'épais mur d'enceinte en pierre du Kent. De l'ancienne palissade d'épieux pointus, seule demeurait encore la portion est.

Le travail avançait vite, les résultats dépassant les attentes de Guillaume. Même à cette heure tardive, alors que l'heure du souper approchait, le bruit des ciseaux et des marteaux résonnait dans la campagne.

Sans doute la diligence des maçons était-elle moins due à leur fierté ou à leur sens du devoir qu'à la sévérité de Gar, songea Darian. L'intendant n'hésitait pas à prendre des mesures drastiques pour pénaliser ceux qui contrevenaient à ses ordres ou qui se permettaient des libertés avec ses besoins et ses désirs.

Par ce trait, il ressemblait fort à son seigneur, Guillaume d'Ypres.

Mais à la différence du comte, Gar était dur et impitoyable. Alors que Guillaume reconnaissait les bons et loyaux services et récompensait leurs auteurs, Gar considérait cette courtoisie comme superflue, sauf quand il s'agissait des siens.

Comme Darian s'y attendait, le pont-levis qui enjambait les profondes douves entourant le château – qu'on n'avait pas encore remplies d'eau – avait été remonté pour la nuit. L'espace d'un moment, Darian envisagea de bivouaquer dans les bois plutôt que de risquer une dispute avec Gar en lui demandant de baisser le pont-levis. Il se ravisa aussitôt. Il y avait fort à parier que Gar et lui en viennent à s'affronter au cours des jours à venir sur un point ou un autre – surtout si l'intendant se mettait en tête que Darian n'était pas un invité, mais un serviteur. Autant se donner une chance de passer une nuit dans des conditions convenables.

— Ohé la garde ! cria-t-il à la sentinelle postée sur la courtine. Darian de Bruges demande à entrer, sur l'invitation du comte Guillaume.

— Qui est là avec vous ?

— Dame Emma de Leon, qui n'est pas une menace, je vous l'assure.

L'homme se détourna et cria quelques mots en direction de la cour. Sans doute envoyait-il quelqu'un demander à Gar l'autorisation d'ouvrir.

Darian jeta un coup d'œil vers Emma, qui avait enduré le voyage entier avec un courage stoïque, fort rare chez une dame, tout au moins chez les dames de sa connaissance, qui, il fallait le reconnaître, n'étaient pas nombreuses. Néanmoins, il se rappelait la réaction de la reine Mathilde l'été précédent, lors de la fuite de Londres, après que Guillaume eut insisté pour qu'elle quitte la cité avant que celle-ci ne tombe aux mains de l'ennemi. Sa vie était alors en danger, et de plus, elle n'était pas allée aussi loin dans le Kent, mais cela ne l'avait pas empêchée d'abreuver Guillaume de reproches pour le désagrément qu'elle avait subi.

Emma, elle, n'avait proféré aucune plainte. Elle devait pourtant être courbaturée à force d'être ballottée par les cahots sur le siège inconfortable de la charrette, et affamée, car ils n'avaient rien mangé depuis le déjeuner.

Un second homme apparut sur la courtine. Le jour avait à ce point baissé que Darian n'aurait su dire de qui il s'agissait – mais à en juger par sa taille et ses cheveux argentés, c'était peut-être Gar en personne qui était venu jauger la situation.

— Si la dame n'avait pas été là, je t'aurais prié de revenir demain matin, lança-t-il.

En l'absence de la dame, Gar aurait même pu refuser tout net de le laisser entrer, ce qui aurait parfaitement convenu à Darian. Toutefois, soucieux de respecter les ordres de Guillaume, il s'efforça de garder un ton amical.

— Si ce n'était pour la dame, je ne demanderais pas à entrer à une heure si tardive.

Bientôt, dans un cliquètement de chaînes et un grincement de poulies, le pont-levis s'abaissa et la grille se releva.

— Je vois que Gar et vous n'êtes pas en très bons termes, commenta Emma.

— Nous ne nous aimons guère. Gar préférerait que tous les Flamands soient renvoyés dans les Flandres.

Elle arqua un sourcil.

— Même le comte Guillaume ?

— Surtout lui. L'idée qu'un natif des Flandres puisse être anobli déplaît fort à Gar.

— En ce cas, pourquoi Guillaume le garde-t-il à son service ?

C'était une question que Darian avait lui-même posée à son commandant, un jour que Gar avait ordonné de faire fouetter un paysan coupable d'avoir préparé du mortier trop liquide.

— Tant qu'il continue à superviser efficacement la défense et la construction de Hadone, Guillaume ne voit aucune raison de le remplacer. L'homme est fiable et Guillaume considère que c'est une qualité.

Le pont-levis heurta le sol. Darian éperonna son cheval et le charretier fit claquer son fouet.

Darian les guida à travers la cour. Là aussi, il y avait eu des changements. Le tas de pierres brutes avait été déplacé jusqu'à la section inachevée du mur, où maçons et manœuvres jouaient du marteau et du ciseau pour égaliser les pierres qui seraient utilisées le lendemain. De nouveaux abris en bois, à toit de chaume, s'adossaient au rempart fraîchement construit. La lueur vacillante des bougies s'échappait des quelques volets qui n'étaient pas fermés.

Exactement comme l'avait souhaité le comte Guillaume, les gens venaient s'installer là. Une ville nouvelle naissait.

Gar les attendait au pied des marches du donjon, entouré d'un groupe de serviteurs et de garçons d'écurie. Arrivé à sa hauteur, Darian sauta à bas de son cheval, tandis que Gar se hâtait vers Emma, la main tendue pour l'aider à descendre.

— Bienvenue à Hadone, dame Emma.

Emma mit pied à terre avec autant de grâce et de dignité qu'une dame pouvait en avoir en descendant d'une charrette.

— Je vous remercie, Gar. Votre hospitalité est grandement appréciée.

— Il n'est pas juste qu'une dame soit forcée d'endurer les rigueurs de la route en si piètre compagnie. J'espère que votre voyage n'a pas été trop pénible.

Emma étrécit les yeux et retira sa main.

— Darian a fait de son mieux pour que mon voyage soit plaisant. Notre climat anglais n'a malheureusement pas coopéré avec lui.

— Le comte Guillaume sera heureux d'apprendre la diligence de Darian. Venez, un repas vous attend. Pendant que nous dînons, vous pourrez me raconter pourquoi le comte vous envoie à Hadone.

Le regard d'Emma se posa sur Darian.

— Je pense que c'est à mon mari de vous l'expliquer.

Gar promena un regard perplexe autour de lui, cherchant visiblement un gentilhomme, avant de comprendre que Darian était le mari dont elle parlait. Une grimace de dégoût lui tordit la bouche.

Darian pouvait presque entendre les pensées réprobatrices et indignées de l'intendant. Une noble dame mariée à un méprisable mercenaire ? Quel désastre ! Quelle ineptie ! Quelle indignité !

— Toi ?

— C'est affreux, n'est-ce pas ? répondit-il, se sentant pour une fois en accord avec Gar. Mais à ta place, je ne plaindrais pas dame Emma outre mesure. Le mariage sera de courte durée, et elle ne souffrira pas indûment.

Gar arqua un sourcil.

— Vous allez demander l'annulation du mariage ?

— Aussi vite que possible. Ni la dame ni moi ne souhaitons être liés l'un à l'autre plus longtemps qu'il n'est nécessaire.

Il eut un geste indifférent de la main.

— Cependant, j'ai des problèmes encore plus graves à résoudre, et je compte m'y atteler en priorité. Je crains que nous ne devions profiter de votre hospitalité pendant quelques jours. Faites en sorte que dame Emma soit confortablement installée, je vous prie.

Des serviteurs les dépassèrent, portant les malles d'Emma. Le charretier guida son bœuf vers l'écurie, où on avait déjà emmené le cheval. Désireux de récupérer son sac, Darian s'apprêtait à rejoindre sa monture quand Emma lui barra le chemin.

L'appréhension se lisait dans son regard.

— Où allez-vous ?

Où diable pensait-elle qu'il se rendait à cette heure de la nuit, et d'ailleurs, en quoi cela la concernait-il ? Il n'avait pas à lui rendre compte de ses faits et gestes.

— Seulement à l'écurie pour récupérer mon sac, répondit-il néanmoins.

— Oh. En ce cas, je vous attendrai dans la salle.

Son soulagement semblait immense, et Darian se demanda pourquoi elle était si nerveuse. Gar n'était peut-être pas d'une fréquentation particulièrement agréable, mais l'intendant traiterait Emma avec les égards qui lui étaient dus. Sans doute l'ignorait-elle. D'après les rumeurs qu'il avait entendu circuler à Westminster, elle n'avait pas été accueillie avec beaucoup de courtoisie à son arrivée à la cour. Et cela ne s'était pas arrangé par la suite. Quant à lui...

Un pincement de remords, dont il fut le premier surpris, le poussa à prononcer les paroles rassurantes dont elle paraissait avoir besoin.

— Vous n'avez rien à craindre à Hadone. Nous sommes en sécurité ici. Vous serez bien traitée. Allez rejoindre Gar pour le dîner. Je serai là dans un instant.

Elle hocha légèrement la tête et jeta un coup d'œil à l'intendant qui patientait à quelques pas de là.

— Que dois-je lui dire ?

— À propos de ce qui s'est passé à la cour ? Autant lui révéler la vérité. Ni vous ni moi n'avons rien à cacher.

Elle fit la moue.

— Non. Juste un ou deux regrets.

Elle peut-être, lui non.

— Il ne sert à rien d'avoir des regrets. Je le sais depuis longtemps. Il faut accepter son destin et espérer que tout finira par s'arranger.

Plongeant son regard dans celui d'Emma, où le malaise était toujours visible, il se surprit à espérer, pour la première fois depuis une éternité, que tout finirait par s'arranger aussi pour quelqu'un d'autre que lui.

C'était là un espoir déplacé, se reprocha-t-il aussitôt. Insensé, même. Ce qui arrivait à Emma ne le concernait pas. Leurs destins n'étaient pas mêlés. Il serait mieux avisé de se préoccuper de son propre bien-être, et de se tenir à l'écart des problèmes des autres.

C'était le seul moyen de survivre.

Emma suivit Darian des yeux tandis qu'il se dirigeait vers les écuries.

— Il vous a peinée, observa Gar. Je crains que Darian ne soit parfois difficile à vivre. Vous ne devriez pas vous offenser de son manque de manières ni de ses paroles blessantes.

Elle commençait à comprendre pourquoi Darian n'appréciait pas Gar et, à sa propre consternation, se surprit à prendre la défense de son époux.

— Il n'a rien dit de blessant. Pourquoi avez-vous une telle présomption ?

— C'est dans sa nature, et votre chagrin est évident. Peut-être une coupe de vin vous fera-t-elle du bien.

Une coupe de vin étancherait sa soif, mais n'apaiserait pas son inquiétude. Darian serait-il encore à Hadone le lendemain matin, quand elle se réveillerait ?

Il était clair qu'il n'avait pas la moindre envie d'être là. Pendant le trajet, elle avait eu la conviction croissante qu'il ne venait à Hadone que pour tenir la promesse faite à Guillaume de l'amener au château.

Et s'il l'abandonnait pour se précipiter à la recherche de l'assassin d'Edouard de Salis ? L'injustice de l'accusation devait peser sur lui, le tourmenter, le pousser à agir. Combien de temps faudrait-il avant qu'il s'en aille ? Viendrait-il même dîner comme il l'avait annoncé ?

Peut-être avait-elle besoin d'une coupe de vin, après tout. Elle se laissa guider par l'intendant Gar dans l'escalier étroit qui menait au second étage du donjon, et franchit les grandes portes qui ouvraient sur la salle.

La salle était froide et humide, en dépit du feu allumé dans la cheminée et des torches posées ici et là. Trois magnifiques chiens-loups étaient allongés au coin du feu, mais aucun oiseau de proie ne se trouvait perché sur les hauts chevrons. Aucun tapis de joncs n'adoucissait le sol. Aucune tapisserie n'ornait les murs gris et tristes.

Néanmoins, la salle de Hadone, par sa forme et sa taille, évoquait celle de Camelen. Emma se hâta de ravaler la boule d'émotion qui s'était formée dans sa gorge.

On n'avait pas érigé de dais pour une table d'honneur destinée au seigneur et à ses favoris. Les hommes rassemblés pour le dîner étaient assis autour de deux tables posées sur des tréteaux au milieu de la salle, et le silence se fit lorsqu'ils prirent conscience de la présence d'une étrangère parmi eux.

Des maîtres artisans, songea-t-elle, à en juger par la nature de leurs tenues et par d'autres indices révélateurs. L'homme mince aux cheveux saupoudrés de sciure était sans doute le maître menuisier. Un autre portait de la poussière grise sur sa tunique. Le maître maçon, peut-être ? L'homme à la carrure impressionnante qui était assis au bout de la table ne pouvait être que le forgeron. Les autres étaient certainement du même rang, bien qu'elle ne puisse deviner leur métier.

Emma garda la tête haute, et un visage impassible. Darian était convaincu qu'elle serait traitée avec considération, mais ces gens ignoraient encore pourquoi elle était venue à Hadone. Une fois qu'ils sauraient ce qu'elle avait confessé à la cour, et le mariage hâtif qui s'était ensuivi, la plupart d'entre eux ne seraient guère enclins à se montrer amicaux.

Non qu'elle voulût se lier d'amitié avec les artisans. Son rang la plaçait bien au-dessus d'eux, et elle ne resterait pas assez longtemps sur place pour que cette différence de condition cesse d'être un obstacle.

Ce qu'Emma jugea en revanche plus significatif, c'était la présence d'une autre femme dans la salle. Jeune et jolie, elle se tenait près de l'escalier, donnant clairement des ordres aux serviteurs qui portaient les malles d'Emma. Aucun voile ne recouvrait ses cheveux tressés, couleur de jais. Sa robe marron, simple et dépourvue de broderies, lui allait cependant fort bien et la laine en était de qualité. Quand elle eut terminé avec les serviteurs, la jeune femme se hâta vers l'entrée.

— Dame Emma, voici ma fille, Maura, annonça Gar, l'affection perçant dans sa voix.

Maura s'inclina.

— Madame. Bienvenue à Hadone. Je me suis permis de faire monter vos malles dans ma chambre, et j'ai demandé à la servante d'apporter deux tranchoirs supplémentaires à table.

Le sourire de Maura était si sincère qu'Emma ne put s'empêcher de le lui rendre. Peut-être cet exil à Hadone serait-il moins pénible qu'elle ne l'avait redouté, après tout.

Elle retira sa cape. Maura la prit et la confia à une servante.

— Merci, Maura. Je serai honorée de me joindre à vous, et Darian aussi, j'en suis sûre.

— Parfait.

Elle se tourna vers son père.

— Où est-il ? Vous ne vous êtes pas querellés, j'espère ?

— Oh, non, répondit Gar d'un ton faussement détaché. Il ne va pas tarder, j'imagine. Je suppose qu'il voudra dîner avec son épouse.

Le sourire de Maura s'effaça, et elle écarquilla les yeux en prenant conscience des paroles de Gar.

— Darian et vous êtes mariés ?

Emma prit une brève inspiration. Elle avait espéré éviter d'avoir à fournir des explications aussi vite. Pourquoi diable Darian tardait-il tant ? Il connaissait ces gens et c'était à lui de faire le récit des derniers événements.

— Oui. Depuis hier matin. Je sais qu'il est inhabituel pour une dame d'épouser un mercenaire…

— Jamais je n'ai entendu parler d'un tel mariage, grommela Gar.

Emma réprima son irritation, soucieuse de préserver l'harmonie, et ne sachant pendant combien de temps elle aurait à endurer l'arrogance de l'intendant.

— C'est une histoire assez compliquée. Si cela ne vous ennuie pas, je préférerais laisser à Darian le soin de la conter.

Maura eut un large sourire.

— Oh, voilà qui est mystérieux. Mais venez, vous devez être lasse et affamée. Asseyez-vous et mangez. Nous attendrons le récit de Darian en rongeant notre frein.

Comme ils s'approchaient de la table la plus proche, tous les hommes se levèrent. Gar prit place au bout, et Maura indiqua à Emma une chaise à la gauche de l'intendant, devant laquelle un tranchoir était déjà posé, la sauce absorbée par le pain presque blanc.

La place de Maura, sans doute.

Emma ouvrit la bouche pour décliner l'offre, de sorte que Maura puisse terminer son repas à sa place habituelle, mais elle se ravisa aussitôt. En tant que fille de l'intendant, Maura connaissait les règles de l'hospitalité, qu'elle avait déjà appliquées en lui cédant son lit. Par conséquent, Emma s'assit avec précaution sur le banc, répondant par un signe de tête aux révérences des hommes, qui semblaient la prendre pour un personnage important.

Maura fit signe aux hommes de se décaler.

— Serrez-vous un peu. Nous avons des invités.

Le colosse assis à l'autre bout de la table se leva. D'une voix si basse qu'Emma dut tendre l'oreille pour saisir ses paroles, il affirma avoir terminé et demanda la permission de se retirer.

Celle-ci accordée, Maura esquissa une grimace gênée.

— Je ne voulais pas vous bousculer, maître forgeron.

— C'est moi qui me bouscule, Maura. J'ai des ciseaux à aiguiser et des truelles à redresser avant que le travail ne reprenne demain matin.

Les hommes se poussèrent afin de laisser une place à Maura, et de ménager un espace pour Darian à côté d'Emma.

En tant qu'hôte, Gar se sentit obligé de procéder aux présentations. Elle avait deviné juste en ce qui concernait le maître maçon et le menuisier. Ensuite venaient le forestier et le bailli et, enfin, à sa grande surprise, le fauconnier.

Du coin de l'œil, Emma aperçut un adolescent qui portait une coupe et une cruche. Un bruit de pas derrière elle l'avertit que son repas était arrivé.

Son estomac se mit à gronder, et elle se hâta de poursuivre la conversation.

— J'ai remarqué les chiens près de la cheminée. Ce sont des chiens-loups, n'est-ce pas ?

— Oui, répondit Gar fièrement. D'excellents chasseurs et de merveilleux chiens de garde. Nous les laissons se promener dans la cour le soir. Leur présence encourage chacun à rester dans ses quartiers.

Il se pencha vers elle et lui adressa un clin d'œil de conspirateur.

— Comme ça, tout le monde se tient à sa place.

Apparemment, Gar y veillait avec la plus grande attention, comme elle s'en était déjà rendu compte lorsqu'il s'était adressé à Darian. Était-ce pour cette raison que Darian tardait tant à venir dans la salle ? Préférait-il éviter la compagnie de Gar et ses remarques désobligeantes ?

Une des servantes s'approcha pour servir le repas, et Emma baissa les yeux, s'attendant à découvrir un tranchoir. À sa consternation, la femme tenait une cuvette pleine d'eau, dont la surface brillante ne comptait pas une ride.

Prise au dépourvu, Emma fixa son propre reflet, paralysée sur place. Aussitôt, l'eau vira au rouge sang, la glaçant d'effroi.

Emma plongea brusquement les mains dans la cuvette et ferma les yeux, terrifiée à la pensée des horreurs qui risquaient de lui être révélées. La transe cessa, mettant fin à la vision.

Comme toujours quand elle s'arrachait à une vision, une douleur fulgurante lui transperça la nuque, et se répandit dans tout son crâne.

— Madame, quelque chose ne va pas ?

Le souffle coupé, les oreilles bourdonnantes, Emma ne répondit pas. Gar envoya quelqu'un chercher Darian, d'une voix où perçait un léger affolement. Emma porta les mains à ses tempes, espérant ardemment que ce dernier n'apparaîtrait pas avant que la crise ait reflué, laissant place à la douleur sourde qui lui était familière.

Ce n'était pas ainsi qu'elle voulait commencer son séjour à Hadone. Pas par un mal de tête qui la forcerait à garder le lit et à rester dans le noir plusieurs jours durant. Tous penseraient qu'elle était faible, fragile, maladive.

Maudites visions ! Pourquoi fallait-il qu'elles lui rendent la vie si pénible ? Qu'avait-elle fait pour mériter cette malédiction ? Pourquoi était-elle ainsi marquée ?

Au bord des larmes, Emma lutta pour maîtriser ses émotions, s'efforçant d'ignorer la migraine qui lui martelait les tempes. Prenant soin de ne pas fixer la cuvette, elle ouvrit les yeux, et rencontra le regard inquiet de Maura.

— Gar, Maura, je vous prie de m'excuser, dit Emma, optant pour la première explication qui lui venait à l'esprit. Le voyage a dû m'éprouver plus que je ne le pensais. Ce n'est qu'un mal de tête, mais je crois qu'il vaudrait mieux que j'aille m'allonger.

— Ne voulez-vous rien manger d'abord ?

À la perspective d'avaler la moindre bouchée, elle sentit la nausée l'envahir. Si elle ne s'enfuyait pas immédiatement, la situation risquait de devenir plus gênante encore.

— Pas pour l'instant, merci. Plus tard.

Soucieuse d'échapper aux regards curieux de l'assistance, elle se leva. Trop tôt, trop vite. Elle vacilla.

Quelqu'un lui saisit les bras.

— Je vous tiens. Doucement.

Darian la maintenait fermement en équilibre. Une réponse inespérée au vertige qui l'avait saisie. Elle se laissa aller en arrière, posant la tête sur l'épaule de son mari.

6

Les bras de Darian l'entouraient et, consciente qu'elle dévoilait par là quelque faiblesse, Emma ne put cependant s'empêcher de s'abandonner un moment contre son époux.

En l'espace de quelques instants, le vertige se dissipa. Un coup de chance. Ou alors elle avait détourné la tête assez vite pour que la vision soit interrompue. Trop souvent, l'eau la gardait captive plus longtemps. Plus la transe durait, plus il était difficile d'y mettre fin, et plus la migraine était douloureuse.

La chaleur de Darian se communiquait à elle à travers ses vêtements, la réchauffant tout entière, y compris à des endroits qui n'auraient pas dû être affectés dans l'état de malaise où elle se trouvait.

Darian la tenait fermement mais avec délicatesse, comme si elle était éminemment fragile. Même en se sachant aussi résistante que l'acier, Emma goûtait ce confort délicieux. Après tout, même l'acier succombait au feu. Si elle ne bougeait pas, songeait-elle, si elle restait blottie contre Darian, elle n'aurait peut-être plus jamais froid.

— Que s'est-il passé ?

Sa voix était douce, presque un murmure.

Elle n'était pas prête à lui révéler la vérité, craignant qu'il ne soit horrifié, qu'il ne la croie possédée par le démon et ne la lâche aussitôt. Ce n'était pas le moment de tomber comme une poupée de chiffon. Elle était bien assez gênée sans cela.

— Une migraine. Elle m'a prise au dépourvu.

— Allons vous mettre au lit.

Oh, oui !

Seigneur ! Comment pouvait-elle avoir des pensées amoureuses en ce moment ? Le vertige s'était atténué, mais ses yeux étaient encore voilés, et sensibles à la lumière.

Maura fit le tour de la table.

— Venez par ici, fit-elle en indiquant l'escalier.

Ignorant si elle pourrait tenir debout, mais certaine qu'elle devait s'allonger le plus vite possible, elle tenta de se détacher de Darian. Il tint bon.

— Je dois suivre Maura, murmura-t-elle.

— Vous n'êtes pas assez solide sur vos jambes pour monter l'escalier.

Elle avait fait bien davantage sous l'emprise d'une migraine.

— J'y arriverai.

Il émit un petit rire.

— J'ai déjà entendu cela. Quoi qu'il en soit, vous n'allez pas gravir ces marches toute seule.

L'instant d'après, avant même qu'Emma ait pris conscience de son intention, il l'avait soulevée dans ses bras et se dirigeait vers l'escalier.

— Accrochez-vous à mon cou.

Elle ne songea pas une seconde à désobéir.

En vérité, elle aurait dû être mortifiée. La fierté exigeait qu'elle proteste contre les ordres qu'il lui donnait et contre le fait même qu'il la porte. Elle ne prononça pas une parole. Stupéfaite, elle se sentait aussi légère qu'une plume, pour la première fois depuis qu'elle avait atteint sa taille et son poids d'adulte.

Elle n'avait pas été soulevée souvent dans son existence, quelquefois dans son enfance, plus jamais depuis. Ses parents les avaient tous élevés, garçons et filles, dans le culte du courage et de l'endurance, pensant ainsi les préparer le mieux possible aux épreuves de la vie. Pas plus que ses sœurs, Emma n'était habituée à être dorlotée.

Pourtant, doux Jésus, si c'était cela, se faire gâter, elle pourrait aisément s'y habituer.

Darian gravit les marches, apparemment sans effort. Emma ferma les yeux, savourant le plaisir d'être dans ses bras.

Mêlé à l'odeur du cheval, du cuir et de la laine, un arôme enivrant lui chatouillait les narines. Il ne lui évoquait ni une fleur ni une herbe. Il n'était ni sucré, ni acide. C'était une senteur sombre, lourde, évocatrice d'aventure et de danger. De pouvoir et de force.

L'odeur de Darian.

Il marqua une pause pendant que Maura ouvrait la porte de la chambre, et Emma se pencha pour lui parler à l'oreille.

— Je vous en prie, posez-moi. Je vous promets de ne pas tomber.

Il tourna légèrement la tête, étrécissant ses beaux yeux noisette.

— Je n'aime pas la lueur de votre regard. Il brille étrangement.

Étrangement ? Comment cela ? Si ses yeux miroitaient quand elle avait des maux de tête, elle n'en avait jamais rien su.

— Qu'entendez-vous par là ?

— On dirait deux flaques d'eau calme, limpide.

Les flaques d'eau calme et limpide étaient son pire ennemi, et la comparaison ne lui plut guère.

— Mes yeux sont marron. L'eau devrait être trouble.

Il secoua la tête.

— Ils sont clairs et vifs, brillants, comme si vous pouviez voir des choses que personne d'autre ne voit.

Sa remarque était trop proche de la vérité, et Emma se sentit mal à l'aise. Elle tourna la tête vers son épaule afin qu'il ne puisse plus distinguer ses yeux, et deviner davantage.

La voix de Maura atteignit vaguement son esprit, comme si elle venait de très loin.

— Pendant que vous l'aidez à se coucher, je vais préparer une potion de camomille et d'écorce de saule.

Emma savait pertinemment que le remède de Maura n'aurait pas le moindre effet sur sa migraine, mais elle n'allait certainement pas empêcher la jeune femme de quitter la chambre.

Darian s'avança lentement. Emma sentit Maura sortir à la hâte.

Pour la première fois de sa vie, elle était seule dans une chambre avec un homme, un homme qui, elle le savait, était destiné à devenir son amant. Une bouffée de désir déferla en elle.

Lui ferait-il l'amour ce soir? Maintenant?

Il s'arrêta près du lit.

— Vous souffrez toujours beaucoup?

Sa voix était sourde, un peu rauque. Si elle lui répondait non, il viendrait peut-être au lit avec elle. Mais la douleur lancinante qu'elle ressentait encore à la base de la nuque la prévenait de ne pas céder à la tentation, même si elle avait des frissons partout. Elle n'osait croire que son mal de tête se dissiperait complètement, dans la chaleur de son étreinte. Il était possible, au contraire, qu'il s'intensifie au point qu'elle pourrait à peine poser la tête sur l'oreiller.

— Moins. Je vous avais dit que vous n'aviez pas besoin de me porter.

— Vous l'avez dit, oui.

Soudain, il se pencha et déposa un baiser sur son front. Ses lèvres étaient si chaudes, si caressantes qu'elle réprima un gémissement de plaisir.

— Vous ne savez pas ce qui a causé ce mal de tête?

Elle se contenta de répondre d'un haussement d'épaules, espérant qu'il allait l'embrasser de nouveau.

— Peut-être qu'un peu de repos et une tisane vous remettront vite sur pied.

— Peut-être.

Sauf qu'elle n'avait plus aucune envie d'une infusion. Avec une audace dont elle ne se serait pas crue capable, elle prit le visage de Darian entre ses mains.

— Certains remèdes ne se trouvent pas dans une tisane.

Les yeux de Darian s'assombrirent, et elle lut dans son regard un désir si violent qu'elle en trembla.

Il esquissa un soupçon de sourire, puis exauça son vœu et l'embrassa de nouveau.

Oh, ses lèvres étaient chaudes, et la pression de sa bouche délicieuse. Mais juste au moment où elle commençait à rêver d'un compagnon dans son lit, Darian mit brusquement fin à leur baiser.

— Si nous continuons cette folie, nous risquons de détruire tout espoir d'une annulation, observa-t-il avant de tourner les talons et de quitter la chambre.

Emma gémit et se glissa dans le lit, luttant contre la flamme du désir qui s'était logée au creux de son ventre.

Elle avait mal à la tête, mais ses pensées n'étaient pas aussi confuses que d'ordinaire, et elle comprenait clairement la remarque de Darian. Il la désirait peut-être, mais il souhaitait aussi voir annuler leur mariage. Et apparemment, il pensait que l'absence d'union charnelle était la meilleure façon d'y parvenir.

Mais ne pas consommer le mariage n'était pas le seul motif d'annulation, et si sa vision s'avérait exacte, elle ne serait certainement pas la raison du leur.

De toutes les visions qu'elle avait eues avant d'apprendre à les faire cesser, seules trois s'étaient réalisées. La chute de cheval fatale à son frère, l'incendie qui s'était déclaré dans une des granges de Camelen, et la mort de sa mère.

Il y en avait eu d'autres, d'endroits et d'événements qui n'avaient encore aucun sens pour elle, mais qui, pensait-elle, lui seraient révélés le moment venu. Comme l'immense porte en chêne, ornée d'une magnifique rose sculptée au centre de chaque panneau, qui l'intriguait depuis près de deux ans, à présent. Quant à savoir ce qu'elle avait été sur le point de voir dans l'eau rouge sang de la cuvette, elle n'y tenait guère. Quelque horrible drame, sans doute.

Avant d'intervenir dans les affaires de Darian, jamais elle n'avait délibérément détourné le cours des événements dans l'espoir que ses visions se réaliseraient.

Darian la désirait peut-être, mais il résistait. Verrait-elle jamais son sourire éclatant ? Connaîtrait-elle jamais le plaisir que promettait son baiser ?

La gorge sèche d'avoir tant parlé, Darian avala une autre longue goulée de bière. Gar avait insisté pour savoir pourquoi le comte l'avait envoyé à Hadone, et Maura, suspendue à ses lèvres, avait bu ses moindres paroles.

Le récit n'était pas complet, évidemment. Nul, à Hadone, n'avait besoin de savoir que le roi en personne avait donné l'ordre d'éliminer de Salis. De même, Darian tairait le fait qu'il avait lui-même passé la fameuse nuit en compagnie de ses espions, et qu'il soupçonnait à présent ses camarades mercenaires.

— Alors Guillaume m'a expédié ici pour que je reste à l'écart de la cour pendant quelque temps. J'imagine qu'il va me donner des nouvelles bientôt.

Tout au moins, il l'espérait. Être exilé à Hadone était déjà une épreuve. Mais être exilé avec Emma – Seigneur.

Il aurait dû la prendre au mot et la laisser monter l'escalier toute seule. Dès l'instant où il l'avait soulevée, son corps avait enduré la torture du damné. Convoitant ce qu'il ne pouvait avoir. Désirant l'interdit. Non, ce n'était pas seulement l'effort qui avait fait perler la sueur à son front.

Il n'aurait pas dû céder à son invite. Ç'avait été un baiser extraordinaire, et il avait été dangereusement près de la rejoindre au lit. La savoir souffrante l'avait, pour sa chance, gardé du pire. Autrement, ils seraient en ce moment même enlacés, jambes entremêlées, en train de consommer le mariage que ni l'un ni l'autre n'avait souhaité ni ne voulait.

Gar secoua la tête comme un père mécontent face à un enfant qui s'est mal conduit.

— Où étais-tu donc, que tu ne puisses produire de témoins ?

Darian faillit ne pas répondre. L'attitude condescendante de Gar l'irritait, et rester en bons termes avec l'intendant du comte Guillaume serait peut-être la partie la plus difficile de son séjour à Hadone.

— À Southwark. L'évêque Henri aurait jugé que mes compagnons n'étaient pas dignes de confiance.

— Tu t'enivrais avec des vauriens et des brigands ! N'avais-tu donc rien de mieux à faire ?

Ces vauriens et brigands étaient parfois d'excellentes sources d'information. Malheureusement, il n'avait rien appris d'Hubert ni de Gib ce soir-là, qui vaille le temps perdu et le prix de plusieurs chopes de mauvaise bière.

— Mes occupations ne regardent que moi.

— Sauf quand tes manières païennes te conduisent au gibet.

— Je n'ai pas tué de Salis.

— En ce cas, qui s'en est chargé ?

Il aurait donné cher pour le savoir.

— Celui qui a volé ma dague, sans doute.

Le calme était revenu dans la salle. Il se faisait tard, et serviteurs, artisans et manœuvres avaient gagné leur couche. Il aurait dû les imiter, mais la bière qui avait désaltéré sa gorge pendant qu'il répondait aux questions de Gar et de Maura lui avait ôté l'envie de dormir. Et certaines parties de son corps étaient trop fébriles pour qu'il se laisse aisément gagner par le sommeil.

Il avait besoin d'une femme. Seulement, son corps ne désirait qu'Emma. Ce n'était pas bon signe.

— Je ne comprends pas, dit Maura. Pourquoi une dame irait-elle ruiner sa réputation pour… quelqu'un qu'elle ne connaît pas ?

Pour un paysan tel que lui. C'était là le sens de son interrogation.

Darian ne comprenait pas davantage. Il ne croyait pas vraiment qu'elle était intervenue dans l'unique but de sauver un accusé dont la culpabilité n'était pas avérée. Les dames de sang noble ne se souciaient pas des affaires des plus humbles.

— Elle m'a juste expliqué qu'elle ne voulait pas laisser pendre un innocent.

Gar eut un rire dédaigneux.

— Dame Emma a sauvé ta peau et tu veux la remercier en faisant annuler le mariage ? C'est généreux de ta part !

Exaspéré, Darian se pencha vers lui.

— Cela vaut mieux que d'être forcé à vivre ensemble jusqu'à la fin de nos jours. Dame Emma ne désire pas ce mariage plus que moi. Il me semble que la libérer de moi serait le meilleur des remerciements.

Maura jeta un coup d'œil vers la couche qu'il avait demandée, près du feu.

— Alors, vous n'avez pas… hmm… consommé votre union ?

— Et nous ne le ferons pas. Garder sa virginité intacte est peut-être le meilleur moyen de lui garantir une annulation.

Gar plongea sur lui un regard sévère.

— Comment peux-tu être sûr qu'elle est vierge ?

Darian frissonna intérieurement. Il l'avait supposé. Le Ciel lui était témoin qu'elle embrassait avec la douceur et l'innocence d'une vierge. Oh, elle avait embrasé son corps, trop facilement, mais l'expérience lui disait qu'elle ne savait rien des baisers, et encore moins de l'accouplement.

Par ailleurs, elle avait avoué devant une foule de personnes avoir mené Darian de Bruges à sa couche dans le logis de la reine. N'aurait-elle pas pu le faire avec un autre homme, cette nuit-là ou une autre ? Intuitivement, il la croyait pure, mais comment en jurer ? C'était impossible.

— Si elle ne l'est pas, nous devrons trouver une autre solution pour mettre fin à ce simulacre, répondit-il enfin. Ce mariage nous a été imposé. Ni elle ni moi n'en voulons.

Ce qui le ramenait à la raison pour laquelle ils étaient tous les deux dans pareil pétrin. Emma le supposait peut-être innocent du meurtre d'Edouard de Salis, mais de là à ternir le nom de sa famille plus qu'il ne l'était déjà...

Quel autre motif aurait-elle pu avoir ? Si elle était vraiment intervenue par conviction et compassion, c'était le geste le plus généreux qu'on ait accompli envers lui depuis des années.

Pourtant, quelles que soient les bonnes intentions d'Emma, Darian se refusait à se sentir endetté envers elle. Et même à lui témoigner trop d'affection.

Mieux valait qu'il garde ses distances. Perdre un être aimé était trop douloureux. Il n'avait aucune envie d'en repasser par là.

7

Une tasse en faïence à la main, Emma descendit prudemment les marches, surprise de s'être rétablie aussi vite. La migraine n'était déjà plus qu'une douleur diffuse à la base de son crâne. D'ordinaire, les maux de tête duraient deux jours ou davantage, et Emma se réjouissait que celui-ci ait disparu si vite.

La plupart des résidents de Hadone avaient déjà pris leur repas du matin. Seule une des tables à tréteaux demeurait au milieu de la salle, où Darian était assis avec Maura. Ils semblaient causer amicalement, ce que Darian et elle n'avaient pas encore réussi à faire.

Ce n'était guère étonnant, songea-t-elle. Sans doute Darian et elle-même étaient-ils condamnés à entretenir des rapports tendus jusqu'à ce que leur situation change. Combien faudrait-il attendre pour cela ? Emma ignorait quel problème Darian était le plus pressé de résoudre – le mariage ou le meurtre d'Edouard de Salis.

Un des grands chiens-loups à poils longs qu'elle avait remarqués la veille au soir avait posé la tête sur la cuisse de Darian. Avec un sourire, celui-ci lui gratta les oreilles, et l'animal se figea, aussi immobile qu'une statue, les yeux clos, savourant la caresse.

Emma ne put s'empêcher d'éprouver un absurde pincement de jalousie en constatant l'aisance avec laquelle Darian parlait à Maura, et même la tendresse qu'il témoignait au chien.

La veille au soir, elle s'était endormie avec la sensation de flotter entre les bras de Darian, les lèvres encore imprégnées du goût des siennes. Leur baiser l'avait excitée au plus haut point, et elle aurait dû ne pas dormir de la nuit. Au lieu de quoi elle avait sombré dans un profond sommeil, si bien qu'elle n'avait même pas entendu Maura rentrer peu après dans la pièce, avec une infusion mélangée à de la bière, puis s'allonger sur la couche placée sous l'unique fenêtre. En vérité, Emma n'avait rien entendu avant que le chant du coq vienne saluer les premières lueurs de l'aube.

Maura s'était levée et habillée pour commencer sa journée. Trop lasse pour sortir de son lit, Emma s'était rendormie. Ce supplément de sommeil lui avait fait le plus grand bien, lui donnant la force de quitter enfin la chambre.

Comme Emma s'avançait vers la table, la main de Darian s'immobilisa sur la tête massive de l'animal. Il leva les yeux, et son sourire s'effaça.

Il la dévisagea un instant.

— Vos yeux sont encore brillants. Ne devriez-vous pas être couchée ?

Maura fit volte-face pour la regarder.

— Ah, mais madame est moins pâle.

Elle désigna la tasse.

— En désirez-vous une autre ?

La potion ne produirait pas le moindre effet, se dit Emma, mais elle ne voyait aucune raison de se montrer ingrate alors que Maura était si attentionnée.

— Je n'ai plus l'impression que mon crâne va se fendre, et garder le lit me semble désormais inutile, dit-elle en tendant à Maura la tasse qu'elle venait seulement de boire. Merci pour la potion, Maura. J'en prendrais une autre avec plaisir.

— Avec du pain et du fromage ?

— Seulement du pain, répondit Emma en lui adressant un sourire complice. Mieux vaut que je ménage mon estomac pour l'instant.

— Comme vous voudrez, madame. Je reviens tout de suite.

Maura se hâta vers la porte, et Emma prit la place qu'elle avait libérée en face de Darian. Il la dévisageait toujours, et elle dut lutter contre l'envie de se détourner.

Ses yeux brillaient-ils donc tant ? Certes, elle voyait des choses que les autres ne voyaient pas, et la remarque de Darian à ce sujet la troublait toujours. Cependant, il ne pouvait savoir à quel point il avait été proche de la vérité. Il était plus probable qu'il la jugeait fragile et qu'il s'attendait à ce qu'elle s'évanouisse.

Légèrement agacée, mais décidée à se montrer sociable, Emma tendit la main pour caresser le museau du chien.

— Il appartient à Gar ?

— À Guillaume. Vous n'avez vraiment pas besoin de garder le lit ?

Il n'était pas aisé de lui faire changer d'avis. Seigneur, s'imaginait-il que toutes les femmes étaient des créatures faibles ? Ou bien qu'elle seule l'était ?

— Garder le lit n'empêche pas la douleur. J'ai appris qu'en marchant lentement et en ménageant mes efforts, je pouvais parfaitement tenir debout. Pour tout vous dire, j'ai eu une de ces migraines pendant la veillée funèbre de mon père et de mon frère, et je ne me suis pas évanouie.

Certes, elle était demeurée tout près de sa sœur Gwendolyn pour le cas où elle aurait eu un accès de faiblesse. Mais Darian n'avait pas besoin de savoir cela.

Il hésita un instant avant de déclarer :

— Si je comprends bien, vous avez déjà eu de telles migraines par le passé. Depuis combien de temps vous tourmentent-elles ?

Trop longtemps.

— La moitié de ma vie. Elles surviennent brusquement et cessent quand bon leur semble.

— J'ai connu un homme qui pouvait rester cloué au lit des jours entiers, en raison de ses migraines. Il a fini par découvrir qu'il ne supportait pas plus d'une coupe de vin par repas. Savez-vous ce qui cause les vôtres ?

Le mensonge qu'elle racontait depuis des années lui vint facilement aux lèvres.

— Non. Ce chien a-t-il un nom ?

Il sourit de nouveau à l'animal.

— Celle-ci s'appelle Rose. Les autres sont Marguerite et Iris.

Emma ne put s'empêcher de sourire à son tour.

— J'imagine mal le comte debout au milieu d'un champ, en train d'appeler ses bêtes de ces noms de fleurs. Pourquoi diable les a-t-il nommées ainsi ?

— Guillaume a tout ce qu'il mérite pour avoir accordé à Maura la permission de baptiser ses chiens de chasse. Mais ces chiennes sont redoutables. J'ai vu Rose triompher seule d'un cerf majestueux.

— Impressionnant.

Il hocha la tête, ébouriffant la fourrure de l'animal, qui se blottit contre lui, en quête de caresses.

— On ne peut pas toujours juger d'après un nom, ni un titre, ni un rang. C'est vrai d'une bête comme d'un homme.

Emma était bien placée pour le savoir. On traitait les dames avec courtoisie, mais pas les filles de traître. Et pas les mercenaires.

— Guillaume aurait pu les rebaptiser autrement.

— Peut-être, mais il a décidé que leurs noms n'avaient pas d'importance tant qu'elles étaient bonnes à la chasse.

Il se leva brusquement. La chienne tourna vers lui des yeux tout excités, en remuant la queue.

— Dehors.

Sur ce mot assené d'une voix ferme, Rose se rua vers la porte.

— Vous allez chasser ?

— Je l'emmène en promenade. Seuls Guillaume et Gar ont le droit de chasser avec elles.

Emma le suivit des yeux, songeuse. Sans doute devait-elle se féliciter qu'ils ne se soient pas querellés. Mais leur conversation avait été tellement brève ! Pourquoi était-il parti si vite ? À cause du chien ? Ou parce qu'il avait hâte d'être débarrassé de sa présence ?

— Rose devrait appartenir à Darian.

Le ton péremptoire de Maura fit tressaillir Emma, coupant court à ses pensées mélancoliques.

— Oh ?

Maura lui tendit la tasse.

— J'ai mélangé les herbes avec du bouillon au lieu de la bière, cette fois. C'est plus doux pour l'estomac.

— Merci. Darian dit que les chiens appartiennent à Guillaume.

Maura s'assit sur le banc à côté d'elle.

— C'est vrai, mais seulement parce qu'il n'a pas accepté que Rose soit à lui. Il y a deux ans, Darian a arraché les chiens aux griffes d'un cruel propriétaire. Rose l'a choisi pour maître dès le début, et il suffit de les voir ensemble pour savoir qui de nous tous jouit de l'affection et du respect de Rose.

Elle poussa un soupir empreint à la fois de tristesse et de colère.

— Guillaume a insisté pour que Darian prenne Rose, mais il a refusé. Quelle tête de mule !

Il n'était peut-être guère facile à un mercenaire de s'encombrer d'un animal, songea Emma, hésitant à blâmer Darian.

— Il ne mène pas une vie très stable, hasarda-t-elle. Peut-être pense-t-il qu'il ne pourrait pas s'occuper d'elle convenablement.

— Rose ne serait pas un fardeau pour lui. Il pourrait la laisser ici, comme Guillaume le fait avec les deux autres. Certes, mon père lui demanderait quelques écus pour sa nourriture, mais Darian a largement les moyens de le payer. Il ne dépense pas son argent en bijoux et en fanfreluches, comme certains mercenaires. Il ne possède que sa dague, à laquelle il tient comme à la prunelle de ses yeux.

Emma se souvenait fort bien de l'expression morose de Darian dans l'antichambre du roi, quand il avait craint de ne jamais la récupérer. Il semblait attaché à ce qu'il possédait – même si tous ses biens tenaient dans un unique petit sac.

Était-il économe de nature, ou indifférent aux possessions ?

Maura mit les mains à plat sur la table et se leva.

— Il est temps que je commence mon travail. Avez-vous besoin de quelque chose avant que je m'en aille ?

Emma saisit aussitôt sa chance.

— J'aimerais beaucoup me rendre utile pendant que je suis ici. Y a-t-il quelque tâche que vous accepteriez de me confier ?

Maura parut horrifiée.

— Vous êtes notre hôte, madame. Et vous êtes souffrante. Vous devriez vous reposer.

— Je vous promets de m'arrêter quand j'en aurai besoin, mais je n'aime guère l'idée d'être une charge pour vous. Je vous en prie, Maura, il doit bien y avoir quelque chose à faire pour m'aider à passer le temps et pour m'épargner l'oisiveté.

Maura hésita, avant de lui adresser un petit sourire.

— Peut-être y a-t-il quelque chose, en effet. Vous sentez-vous assez bien pour m'accompagner aux cuisines ?

Darian lança le bâton aussi loin qu'il en était capable. Frémissante d'impatience, Rose demeura néanmoins assise à côté de lui, comme il lui en avait donné l'ordre.

Le bâton atterrit près de la porte des cuisines. Avec un léger signal de la main, il laissa partir l'animal, admirant son aisance et sa rapidité.

Soudain, Emma et Maura apparurent au coin du bâtiment. Elles allaient croiser le chemin du chien. Concentrée sur le bâton, Rose risquait de voir les femmes à la dernière seconde, trop tard pour les contourner.

— Halte !

L'animal réagit aussitôt, enfonçant ses ergots dans le sol et dérapant dans un nuage de poussière pour s'arrêter à cinquante centimètres à peine de Maura et d'Emma. Emma s'immobilisa si soudainement qu'elle renversa un peu de la potion contenue dans sa tasse. Tout autour de Darian, bruits et mouvements cessèrent, et la cour fut plongée dans le silence.

En voulant éviter un accident, il avait réussi à interrompre toute activité autour de lui. Stupéfiant.

Et gênant. Darian n'était pas homme à attirer l'attention sur lui. Le succès de ses missions, et parfois sa propre survie, dépendait de sa discrétion. Et voilà que tout le monde le regardait, atterré par la force de l'ordre qu'il avait crié.

Vaguement penaud, Darian se dirigea vers le chien, laissant les gens deviner par eux-mêmes ce qui s'était passé, et puis retourner à leurs tâches. Par chance, il ne fallut qu'un instant pour que chacun se remette à l'ouvrage. Seules Emma, Maura et Rose demeuraient figées comme des statues.

— Je vous demande pardon, mesdames. L'ordre était destiné à Rose. J'aurais dû être plus attentif aux conséquences avant de lancer ce bâton.

— Il n'y a pas de mal, dit Emma doucement, avant de faire un pas vers Rose, dont la tête lui arrivait à la taille.

Sans hésiter, elle toucha la chienne pour la deuxième fois, passant la paume sous la mâchoire puissante de l'animal.

— Mes compliments, Rose, pour ton obéissance. Si nous nous étions heurtées, nul doute que tu en serais sortie victorieuse.

Rose accepta le compliment comme un dû, la tête fièrement dressée. Darian aurait juré que la chienne souriait. Emma lui rendit son sourire et, après une brève caresse que la bête accepta avec plaisir, les deux femmes poursuivirent leur chemin vers les cuisines.

Darian suivit Emma des yeux tandis qu'elle entrait dans le bâtiment d'où s'échappaient les arômes des rôtis qu'on préparait pour le déjeuner. Malgré lui, il imagina que la main d'Emma se posait sur son propre menton, et laissait courir ses doigts dans ses cheveux.

C'était lui qui méritait des remerciements pour lui avoir évité une chute, n'est-ce pas ? Et pourtant, c'était Rose qui avait eu la récompense.

Mais quelle récompense espérait-il ? se reprit-il, furieux contre lui-même. Il ne devait pas en attendre de la part d'Emma, surtout pas celle qu'il envisageait et qu'il aurait dû avoir le bon sens de ne pas escompter.

Pendant trop longtemps, la nuit dernière, il s'était tourné et retourné sur sa couche, revoyant la lueur qui brillait dans les yeux d'Emma, dépité qu'elle ait lu dans ses pensées et compris son désir.

Un dépit qui, cependant, n'avait pas altéré la tension qu'il ressentait au creux de son ventre. Après tout, il avait le droit de partager le lit d'Emma, de jouir de ses prérogatives en tant que mari. Stupide, évidemment. Emma avait beau être son épouse, elle n'était pas vraiment sienne, et seul un barbare aurait abusé d'une femme en proie à la migraine.

Elle souffrait encore ce matin, mais moins que la veille. Peut-être qu'un peu d'air frais lui ferait du bien, et que, ce soir, elle se sentirait assez détendue pour… Non. Il ne pouvait l'avoir ce soir non plus.

Embrasser Emma avait été une grave erreur, une erreur qu'il ne répéterait pas. Il ne devait pas non plus se laisser griser par les courbes délicieuses de son corps, ni par sa voix mélodieuse. Ni se rappeler avec quelle tendresse elle avait touché Rose. La chienne aurait pu lui mettre le bras en pièces si elle avait senti une menace de la part de la jeune femme, ou même un soupçon de peur. Emma était-elle donc courageuse ou irréfléchie ?

Pour l'instant, cette question demeurait sans réponse. Darian se pencha pour ramasser le bâton.

— Viens. Allons trouver une occupation plutôt que de risquer de blesser quelqu'un d'autre.

Flanqué de Rose, il traversa la cour, s'approchant du mur en construction. Gar et le maître maçon se tenaient près du mur, à surveiller les hommes qui soulevaient les pierres taillées à l'aide de cordes et de poulies. Évitant la compagnie de l'intendant, Darian préféra observer les artisans qui sculptaient la matière brute acheminée depuis la carrière voisine.

Munis de leurs outils – un maillet, un marteau, un ciseau et une lime –, ils lissaient chaque bloc avec précision, pratiquant dans certains d'entre eux des encoches qui, mises bout à bout, formeraient des meurtrières.

Gris de poussière, les hommes ressemblaient à des fantômes. Nombreux étaient ceux qui avaient noué des haillons autour de la partie inférieure de leur visage afin d'empêcher les particules de se glisser dans leur bouche et dans leurs narines.

Un peu plus loin, d'autres hommes versaient des pelletées de sable et de chaux dans un abreuvoir, avant d'y ajouter de l'eau pour faire du mortier. Tous les manœuvres s'affairaient, transportant des pierres, du bois ou des seaux de mortier. Un travail dur. Pénible. Mais concret. À la fin de la journée, ils pourraient montrer le mur du doigt et tirer fierté de leur labeur.

Ses propres succès n'étaient pas si tangibles. Quand il menait à bien sa tâche, personne n'en savait rien. Aucune accolade ne venait saluer ses exploits, aucun compliment ne flattait son orgueil.

Darian prit une longue inspiration, regrettant de ne pas être à Londres pour y accomplir son devoir – traquer celui qui avait volé sa dague la veille et peut-être tué de Salis avec.

— Darian !

Il regarda dans la direction d'où venait la voix. Comme d'habitude, Gar avait l'air mécontent.

— Quoi ?

— Si tu n'as rien de mieux à faire que de dorloter ce chien, va donc à la carrière les prévenir que nous allons manquer de pierre.

Jouer les laquais de Gar ne plaisait guère à Darian. Mais il n'avait d'autre choix que de se plier à sa volonté.

— Oh, Seigneur, s'écria Emma en entrant dans la cuisine.

Maura laissa échapper un rire léger.

— Guillaume d'Ypres n'a pas lésiné sur la dépense ici. Il savait que nous aurions une armée d'ouvriers à nourrir, et il nous en a donné les moyens.

À voir l'installation de la pièce, Emma n'en doutait pas. Deux cheminées dominaient l'espace, et elle aurait juré que la plus grande des deux était assez vaste pour accueillir un bœuf entier. En ce moment même, une jeune fille actionnait la manivelle de la plus petite, où rôtissait un agneau à la broche.

Le long d'un des murs latéraux, des éviers alignés le long d'un mur étaient équipés de canaux d'écoulement sur le sol, ce qui constituait une amélioration miraculeuse par rapport aux seaux qu'il fallait vider à la main.

Devant de longues et lourdes tables, des jeunes filles éminçaient navets et oignons destinés à la marmite de soupe qui mijotait constamment sur le feu. Des bouquets d'herbes odorantes étaient suspendus aux poutres. Des récipients de toutes tailles et des ustensiles de toutes formes ornaient les murs.

— Puisque Guillaume a dépensé tout cet argent pour la cuisine, pourquoi ne pas avoir construit un passage couvert pour la relier au donjon ? s'étonna Emma. Si les servantes n'avaient pas à porter les plateaux à travers la cour, les plats arriveraient chauds à table !

— Père dit que cela figure sur les plans, mais il faut d'abord attendre que le mur soit achevé.

L'accent de tristesse qui perçait dans la voix de Maura fit sourire Emma.

— Hm. Je suppose que la défense du château passe avant tout. J'avoue que je suis impressionnée par Hadone, même à ce stade d'avancement des travaux. Depuis combien de temps est-il en chantier ?

— Près de quatre ans maintenant. Quand mon père et moi sommes arrivés ici, il n'y avait rien qu'une petite maison à colombages et quelques huttes. J'ai pensé alors que quatre ans seraient affreusement longs pour construire un château, mais à présent...

Elle haussa les épaules.

— J'ai du mal à croire que tout sera fini dans quelques mois. C'est pour cet été, d'après mon père, si le printemps n'est pas trop pluvieux.

Emma avait beau admirer la parfaite exécution de l'ensemble, elle ne pouvait s'empêcher de se sentir mal à l'aise dans ce château neuf. Tout semblait trop propre, trop froid. Hadone était bien conçu, mais il manquait de... caractère et d'histoire. De ce point de vue, il ne ressemblait guère à Camelen.

Un pincement de regret la saisit, et elle se secoua mentalement. Peut-être reverrait-elle un jour son foyer d'autrefois, mais pas avant très longtemps, et avoir la nostalgie de Camelen ne ferait pas s'écouler le temps plus vite. Mieux valait trouver une occupation.

— Quelle tâche vouliez-vous me confier ?

— Suivez-moi.

En sortant des cuisines, Emma promena malgré elle un regard dans la cour, en quête de Darian. Avec un léger sursaut, elle le vit franchir le pont-levis, Rose sur ses talons.

Prise de panique, elle faillit crier son nom, lui ordonner de s'arrêter, mais se retint juste à temps. Darian ne serait pas absent longtemps. S'il partait pour de bon, son sac serait attaché derrière lui sur la selle, et il n'autoriserait pas la chienne à l'accompagner.

Les clés de Maura tintèrent tandis qu'elle en sélectionnait une au gros anneau qu'elle portait à la ceinture.

— Si cela vous agrée, j'aimerais que vous vérifiiez nos réserves. Comme vous pouvez l'imaginer, nous consommons plus de vivres en une seule saison que je n'en aurais autrefois imaginé dans tout le royaume.

Veiller à l'état des réserves relevait des responsabilités d'un intendant.

— Votre père ne tient-il pas les comptes ?

— Si, mais il est fort occupé par le chantier, et je me suis chargée de certains comptes au cours des deux années passées. Je suis assez sûre de mes calculs ; néanmoins, avec la récolte et l'abattage qui commencent bientôt, et l'hiver qui approche, savoir précisément ce dont nous disposons me permettra de mieux décider des achats nécessaires.

Guillaume n'avait pas lésiné non plus sur les caves du donjon. L'une abritait un arsenal de pointes et de lances, d'arcs et de boucliers, de massues et d'épées. Dans une deuxième, s'alignaient des barils de poisson salé. Deux autres servaient de réserves à d'énormes fromages, des sacs de blé, d'avoine et d'orge, des jarres d'huile qui arrivaient à la taille d'Emma, et des pots plus petits contenant du miel. Il y avait aussi un gigantesque tonneau de vin, et d'autres plus petits, pleins de bière.

— Tout n'est pas ici, expliqua Maura. Une partie du blé et du seigle sont conservés près des fours des boulangers. Et il va falloir acquérir du sel avant l'abattage.

Afin de préserver la viande. Aucun château du royaume ne pouvait survivre à l'hiver sans d'amples provisions de porc et de poisson salés. À Camelen, Gwendolyn serait amenée à entreprendre des préparatifs similaires.

Le château avait dû coûter une fortune au comte, songea Emma, et elle ne put s'empêcher de se demander quelle part provenait des loyers et des droits qui lui avaient été cédés en même temps que son titre, et laquelle était due à ses activités de mercenaire – au vol et au pillage.

Non que cela la concerne en rien, hormis qu'elle se demandait si Darian, lui aussi, gagnait une fortune, comme Maura l'avait laissé entendre. Et si tel était le cas, pourquoi ne la dépensait-il pas pour acquérir des biens ?

Peut-être avait-il un foyer quelque part, ou des parents, et devait-il subvenir à leurs besoins… En hiver, quand les combats livrés au sein du royaume s'interrompaient à cause du mauvais temps, allait-il rejoindre père et mère, ou frères et sœurs ?

Avec un pincement au cœur, Emma se demanda où elle passerait l'hiver. Ici, à Hadone ? À Westminster ? Chez elle, à Camelen ? Ou dans un lieu encore inconnu d'elle ?

Quoi qu'il en soit, son avenir n'était pas entre ses mains. Son sort dépendait de circonstances extérieures. Dans quelques semaines, quelques mois, serait-elle encore mariée et soumise aux décisions de Darian, ou auraient-ils obtenu une annulation, et se retrouverait-elle de nouveau sous la tutelle du roi Etienne ?

Triste perspective que celle de revenir au point de départ. Mais à quoi bon s'attarder sur de telles pensées ?

Emma reporta son attention sur le présent, soupçonnant que Maura savait précisément combien de sacs de blé et de pots de miel contenaient les réserves. Un inventaire n'était pas nécessaire. Qu'importe. Emma préférait vaquer à une occupation inutile plutôt que de ne rien faire de ses dix doigts.

Quand elle en aurait terminé avec les caves, elle demanderait à Maura si elle avait des travaux d'aiguille en souffrance. La broderie avait toujours été son passe-temps favori en hiver.

Elle devait se distraire, empêcher son esprit de ressasser, en attendant que sa relation avec Darian s'éclaircisse et prenne tournure. Malheureusement, Darian ne semblait guère enclin à se déterminer à son égard. Et, elle en était convaincue, il ne donnerait aucun signe de stabilité tant que l'assassin d'Edouard de Salis était encore en liberté.

8

— Des cavaliers !

Le cri attira Darian sur la courtine. L'heure du souper avait presque sonné, et la lumière baissait, mais il n'eut aucun mal à reconnaître le groupe de quatre hommes qui galopaient vers le château.

— Le comte ! cria-t-il aux gardes, qui mirent immédiatement en branle chaînes et poulies pour laisser entrer leur seigneur.

Comme les hommes se rapprochaient, Darian distingua clairement Guillaume d'Ypres à leur tête. Armand et Marc l'accompagnaient – sans doute encore furieux après les paroles qu'ils avaient échangées à la caserne –, ainsi que Thomas, le plus âgé des mercenaires, et le plus ancien au service de Guillaume.

Le roi Etienne était censé être parti pour Wallingford ce matin. Le comte Guillaume aurait dû l'accompagner. Par conséquent, soit le départ du roi avait été retardé, soit Guillaume était porteur de messages qu'il souhaitait annoncer en personne.

Des messages d'espoir ? D'heureux rebondissements ? Ou…

Darian se hâta vers l'écurie et arriva au moment où Guillaume mettait pied à terre.

— Quelles nouvelles ?

— Rien de bon. Comment diable t'es-tu attiré à ce point l'inimitié de l'évêque Henri ?

Aux yeux de Darian, l'évêque n'avait pas besoin de motif pour en vouloir à un mercenaire flamand. Il les détestait tous, et Guillaume en particulier, qui était tenu en haute estime par le roi et la cour.

— Rien que je sache.

Les autres mercenaires se rassemblèrent autour d'eux, l'air sombre.

— Eh bien, fit Guillaume avec un soupir, l'évêque est si fâché contre toi que la seule mention de ton nom suffit à troubler la paix du roi lui-même. Et la mienne. Comment va dame Emma ?

À sa grande consternation, Darian se rendit compte qu'il était parfaitement en mesure de répondre.

Malgré sa migraine, elle avait insisté pour se rendre utile à Maura au lieu de rester oisive comme on aurait pu s'y attendre de la part d'une dame de son rang. Trop souvent, il avait admiré le délicat balancement de ses hanches alors qu'elle allait et venait entre la cuisine et le donjon, souriant à tous et à toutes, depuis Maura jusqu'aux filles de cuisine. Chaque fois qu'il l'avait croisée, il avait examiné ses yeux pour voir s'ils brillaient toujours autant. Et ils brillaient beaucoup moins à présent.

— Dame Emma a souffert d'une migraine hier soir, mais elle va mieux. Elle est dans la salle avec Maura, en train de l'aider à préparer le repas. Pourquoi cette question ?

— J'en discuterai avec dame Emma. Tu as des soucis autrement plus importants. Tu n'es pas encore tiré d'affaire.

Guillaume épousseta sa tunique et jeta un coup d'œil en direction des garçons d'écurie et des serviteurs qui attendaient pour décharger les paquetages.

— J'ai soif. Nous parlerons de cette affaire plus tard, quand nous serons plus tranquilles.

Gar, qui avait passé toute la journée sur le chantier, avait dû lui aussi voir le comte arriver. L'intendant et les maîtres artisans rejoignirent les mercenaires alors qu'ils atteignaient l'escalier extérieur qui menait au donjon.

Comprenant qu'il n'aurait pas d'autres précisions avant que Guillaume ne s'estime installé, Darian n'eut d'autre choix que d'emboîter le pas au comte et à l'intendant, et se résigna à patienter, sans doute jusqu'après dîner.

Ils parvinrent tous dans la grande salle, où Emma et Maura s'avancèrent vers le comte pour le saluer. Darian ne put s'empêcher de remarquer le regard clair d'Emma, et d'éprouver un absurde soulagement. Irrité contre lui-même, il croisa les bras, volontairement en retrait, attendant que Guillaume ait terminé son échange de politesses avec les dames.

Armand lui donna un léger coup de coude.

— Comment se passe ta vie d'homme marié ?

C'était une question naturelle, mais le ton taquin de son camarade mit néanmoins Darian mal à l'aise.

— Nous ne sommes mariés que pour la galerie.

Armand arqua les sourcils, visiblement surpris.

— Pour la galerie ? Alors, vous n'avez pas consommé…

Il s'interrompit pour jeter un coup d'œil vers Emma.

— Dame Emma n'est peut-être pas la plus belle femme du royaume, mais elle est loin d'être repoussante. Il me semble que partager sa couche ne devrait pas être désagréable.

Une bouffée d'humeur submergea Darian, qui appréciait très modérément le jugement d'Armand sur son épouse, mais il tint sa langue. Ce dernier avait une prédilection pour les femmes petites et menues, alors que Darian, lui, les préférait plus rondes, plus voluptueuses.

Comme Emma.

À ses yeux, elle était une des plus belles femmes du pays, mais cela ne faisait aucune différence. Coucher avec elle lui était interdit.

— Nous avons l'intention de demander une annulation.

— Tu ne vas même pas coucher avec elle une seule fois, par curiosité ?

Non qu'il ne soit pas curieux. Non qu'il n'ait pas été tenté !

Les courbes harmonieuses d'Emma invitaient aux caresses. Sa bouche sensuelle semblait le supplier de l'embrasser. La tentation l'en prenait chaque fois qu'il la voyait. Il avait lutté toute la journée contre l'attraction qu'elle lui inspirait, et il luttait encore à présent, alors qu'elle souriait au comte. Elle avait un sourire adorable, qui lui était rarement destiné.

— Non, pas même une fois.

Le sourire d'Armand se fit ironique.

— En ce cas, il n'est guère étonnant que tu sois de si mauvaise humeur. Que dirais-tu de boire une chope ou deux avant de passer à table ?

D'ordinaire, il aurait accepté sans hésiter l'offre d'Armand. Mais ce soir, il tenait à garder les idées claires, et il ne souhaitait pas non plus trop s'éloigner de Guillaume, au cas où ce dernier aurait daigné lui révéler les nouvelles.

— Tout à l'heure, peut-être.

— Eh bien, le doute n'est plus de mise. Je sais désormais que quelque chose ne va pas, observa Armand avant de se tourner vers Marc et Thomas. Si tu décidais de te joindre à nous, l'ami, nous ferons de notre mieux pour supporter ta compagnie.

Les trois mercenaires partirent ensemble vers le tonneau de bière installé à l'autre bout de la salle, échangeant quelques rires – sans doute à ses dépens. Il ne voulait pas imaginer les remarques grivoises de ses camarades à propos de son mariage malheureux et stérile.

Naturellement, Maura fit asseoir toute l'assemblée selon le rang de chacun, le comte à la tête de la tablée,

Emma à sa gauche, et Gar à sa droite. Darian dut au seul fait d'être l'époux d'Emma le droit d'être assis à la table d'honneur, au lieu d'être relégué plus loin avec les autres mercenaires. À sa place. Là où il serait lors de sa prochaine visite à Hadone, parce que, d'ici là, il fallait l'espérer, il ne serait plus le mari d'une noble dame.

Il se glissa sur le banc à côté d'Emma, trop conscient de son rang pour se sentir à l'aise, trop attiré par son épouse pour s'excuser et se retirer.

Le vin fut servi, et, comme c'était la coutume à Hadone, le dîner commença par une écuelle de soupe, accompagnée de gros morceaux de pain noir et de tranches de fromage doux. Pendant un long moment, Guillaume s'entretint avec Gar et les maîtres artisans des progrès accomplis sur le chantier.

Darian garda le silence, incapable de contribuer à la conversation, luttant contre l'envie de se pencher vers Emma et de lui demander si elle était tout à fait rétablie.

Il allait céder à la tentation lorsque le comte reporta son attention sur elle.

— Avez-vous été bien traitée ? s'enquit-il.

— Parfaitement, messire. Je n'ai qu'à me féliciter de votre hospitalité.

Guillaume parut enchanté.

— Que dites-vous de mon château ?

Darian leva les yeux au ciel, mais Emma se contenta de sourire de cette évidente pêche aux compliments.

— Je suis impressionnée par toutes les réalisations qui ont été effectuées en si peu de temps. J'ai passé une partie de la matinée dans votre cuisine et dans la salle souterraine du donjon, et j'admire leur conception. Avoir des éviers si près du plan de travail doit grandement faciliter la tâche de la cuisinière.

Des éviers. Ils parlaient d'éviers ! Et Guillaume se rengorgeait, fier de lui. Miséricorde !

Darian cessa d'écouter, se concentrant sur les délicieuses petites pâtisseries aux pommes qui attendaient d'être savourées au dessert. Non seulement la conversation ne l'intéressait guère, mais il luttait pour ne pas se laisser enivrer par le parfum tentant de la femme assise à côté de lui, pour ne pas admirer trop ostensiblement ses mains délicates et veloutées qui détachaient de petits morceaux de pain presque blanc, pour ne pas frissonner devant la grâce avec laquelle elle portait des cuillerées de soupe à ses lèvres.

Le comte venait de lui poser une question sur Camelen, son château natal.

— Mon père avait choisi de décorer la salle avec des armes, mais ma sœur en a retiré la plupart. Dans son dernier message, Gwendolyn m'apprenait qu'une des tapisseries qu'elle avait commandées à un tisserand de Shrewsbury était presque achevée.

Elle jeta un coup d'œil autour d'elle.

— Je vois plusieurs endroits où des tapisseries pourraient être placées de manière à réchauffer votre salle.

Guillaume lui adressa un regard contrit.

— L'évocation de votre sœur me rappelle une tâche dont j'aurais dû m'acquitter plus tôt. Pardonnez-moi, madame, de ne pas vous avoir remis immédiatement les lettres qui vous sont destinées – l'une de dame Julia, et l'autre de votre sœur, reçue à la cour. Elles sont dans mes bagages, là-haut. Je vais envoyer une servante les chercher.

Avec un grand sourire, Emma posa une main sur le bras que Guillaume avait déjà levé.

— C'est inutile, messire. Les lire pendant le repas serait fort discourtois de ma part. Elles peuvent attendre. Savez-vous laquelle de mes sœurs m'écrit ?

— Gwendolyn, je crois. Votre autre sœur, Nicole, est celle dont vous souhaitez vous entretenir avec le roi, n'est-ce pas ?

Emma acquiesça.

— Nicole réside à Bledloe Abbey sur ordre de Sa Majesté. J'avais espéré l'en faire sortir au plus tôt. À l'heure qu'il est, elle aurait pu être rentrée à Camelen.

L'affection qu'elle éprouvait pour sa sœur s'entendait dans sa voix. Darian se demanda si elle souffrait encore du deuil de son père et de son frère. Aucune mention n'avait été faite de sa mère, et il supposait que cette dernière n'était plus de ce monde. Ressentait-elle la même nostalgie de sa famille que lui de la sienne ?

Il s'empressa de boire une longue rasade de bière qui ne dénoua sa gorge qu'à demi, se reprochant d'avoir cédé à cet assaut de chagrin.

Voilà bien longtemps que l'atroce souvenir était enfoui au fond de lui. Le souvenir du jour maudit où ses parents, ainsi que ses frères et sœurs, avaient péri dans un odieux carnage, un bain de sang et de feu.

D'une main tremblante, il posa sa chope et, une fois de plus, se réfugia dans le vœu qu'il avait formé de venger leur mort, à défaut d'avoir pu les sauver.

L'homme coupable d'avoir embrasé le petit village des Flandres où vivait sa famille avait péri avant que Darian ait pu le châtier. Face à l'impossible vengeance, Darian s'était reporté sur la mission qui s'en rapprochait le plus. Au nom de la justice, il débarrassait le monde de barbares qui tuaient des innocents pour leur plaisir.

Des hommes comme Edouard de Salis.

Sauf que ce dernier avait été exécuté par un autre que lui. Un homme qui avait du même coup cherché à l'envoyer, lui, à la potence.

Darian s'arracha péniblement à ses tristes pensées et revint au présent. Guillaume tapotait la main d'Emma.

— Je comprends que vous ayez à cœur de venir en aide à votre sœur, mais d'abord, nous devons vous tirer de ce mauvais pas, Darian et vous.

— Bien sûr, dit-elle.

Une pointe d'impatience dans sa voix tempérait l'assentiment. Emma aurait sans doute préféré résoudre les problèmes de sa sœur avant les siens, faire passer ses propres intérêts au second plan. Darian jugea ce sentiment noble, généreux.

Et stupide.

On devait toujours se soucier d'abord de sa propre survie.

S'il n'avait plus ni famille, ni foyer, c'était parce que son village, près de Bruges, ne s'était pas suffisamment protégé. Darian, qui avait miraculeusement échappé au massacre, et bénéficié de la protection de Guillaume, avait fait son chemin dans le monde, mais sans jamais oublier cette leçon capitale. Du reste, il avait toujours réussi à se préserver, tout au moins jusqu'à ce qu'on l'accuse à tort d'avoir tué de Salis...

Le comte se leva, donnant le signal que le repas était terminé. Comme les servantes se précipitaient pour débarrasser les écuelles et les miettes, les commensaux de la table d'honneur partirent vaquer à leurs tâches respectives.

Sauf Darian. Il suivit des yeux Guillaume, qui escortait Emma jusqu'à l'escalier. Elle avait posé la main sur son bras, et se penchait vers lui pour mieux entendre ce qu'il lui disait.

Dame Emma devrait épouser le comte, se dit Darian, non sans un serrement de cœur. Ou un autre homme de même rang et de même fortune.

Il y avait peut-être une grande différence d'âge entre eux, mais cela n'importait guère dans les mariages nobles. Ils avaient beaucoup plus de points communs qu'Emma et lui n'en avaient.

Tandis qu'ils disparaissaient dans l'escalier, Darian s'efforça vainement de réprimer l'élan de jalousie injustifiée qui l'avait envahi. Se levant brusquement, il faillit trébucher sur un chien.

Selon toute vraisemblance, Rose avait été assise derrière lui pendant tout le repas, attendant des miettes qui n'étaient jamais venues.

Mais il n'en restait pas sur la table. Et ce n'était pas à lui qu'incombait la responsabilité de nourrir l'animal.

Il la laissa là et se dirigea à grands pas vers l'autre bout de la salle pour aller boire la bière qu'il avait refusée plus tôt, en compagnie des autres mercenaires.

Il retournait à sa place.

« Le chambellan affirme qu'il n'a jamais vu votre pétition. Je crains que vous ne deviez en rédiger une autre. »

Assise sur le lit, Emma soupira. Elle roula la feuille de parchemin et la posa près d'elle, espérant que Julia de Vere n'avait pas jugé nécessaire de coucher avec le chambellan pour une information aussi ténue.

Il allait falloir qu'elle écrive une autre pétition pour la libération de Nicole, bon gré mal gré. Il était sans doute possible d'obtenir du parchemin, une plume et de l'encre dans ce château. Ensuite, peut-être le comte accepterait-il d'emporter la missive à Londres quand il repartirait.

Peut-être même serait-il disposé à présenter directement la requête au roi Etienne, évitant ainsi les odieux valets et l'arrogant chambellan.

Emma appréciait le comte Guillaume. Il s'était montré aimable et attentionné lors du dîner. Elle avait noté ses efforts pour la mettre à l'aise, contrairement à Darian, qui avait été très silencieux, presque maussade.

Avait-il été irrité par quelque parole prononcée par le comte ? Ou était-il fâché d'être assis à côté d'elle ?

La seconde hypothèse paraissait la plus vraisemblable.

Il ne lui avait pas adressé un seul mot depuis l'incident survenu avec Rose ce matin. Il semblait même l'éviter. Au dîner, il s'était tenu à l'écart, ne prenant aucune part aux conversations. Non qu'elle se fût attendue à ce qu'il manifeste un grand intérêt pour les éviers et les tapisseries, mais elle était convaincue qu'il n'aurait pas ouvert la bouche, même s'il s'était agi de batailles.

Pourquoi tant de distance aujourd'hui, alors qu'il avait été galant et doux la veille au soir ? Son baiser lui avait prouvé qu'il était conscient du courant qui passait entre eux, beaucoup plus qu'il souhaitait le faire croire. S'efforçait-il donc de renforcer ses défenses en adoptant un silence obstiné ?

Même Rose avait subi sa mauvaise humeur au cours du repas.

Maura avait raison. La chienne aurait dû appartenir à Darian. Il suffisait de voir la manière dont elle lui avait obéi ce matin. L'autorité de sa voix avait figé Emma sur place, comme tous ceux qui se trouvaient autour. Darian était né pour donner des ordres, et non pour les suivre.

Pauvre Rose ! Elle était restée assise derrière Darian pendant tout le repas, dans l'attente d'une gâterie qui n'était jamais venue.

Pourquoi diable Darian repoussait-il la fidèle affection de cet animal ?

Emma se contraignit à détourner ses pensées, et prit la lettre de Gwendolyn, qu'elle avait déjà lue une fois. La seconde lecture se révéla plus excitante encore, plus troublante.

Gwendolyn, désormais heureuse en mariage, attendait un enfant. La nouvelle avait de quoi réjouir. Mais il y avait plus. Emma était bouleversée de constater que sa sœur partageait ses inquiétudes concernant Nicole. Apparemment, Gwendolyn avait elle aussi remarqué le ton étrange des missives de leur cadette.

Un ton soumis et résigné, qui brisait le cœur d'Emma. Il fallait qu'elle aille voir Nicole, qu'elle découvre pourquoi, en l'espace de quatre mois à peine, une enfant si vive avait pu changer à ce point.

Bledloe Abbey se trouvait à trois bons jours de route de Hadone. N'étant plus soumise à l'autorité du roi, Emma se considérait libre de voyager. Certes, Darian étant à présent son mari, elle devrait sans doute solliciter sa permission. Mais elle n'escomptait pas de résistance de sa part. Non. Le plus ennuyeux, c'était le manque de moyens. Et il en faudrait pour le voyage.

Emma roula la lettre de Gwen et se leva, avant d'arpenter la vaste pièce.

Le comte lui viendrait-il en aide ? Peut-être, mais alors, sa dette envers lui en serait encore augmentée, et elle préférait éviter cela. Elle pourrait peut-être persuader Gar de lui fournir un cheval, voire une charrette et une escorte. Mais alors, elle aurait une dette envers Gar, ce qui lui plaisait encore moins.

Pouvait-elle convaincre Darian de l'emmener ? Ne serait-ce pas la solution la plus raisonnable ? Mais comment accepterait-il de l'accompagner s'il cherchait à l'éviter ? Et puis, il se sentait peut-être trop lié par la promesse faite à Guillaume de rester à Hadone.

Avec un soupir de frustration, elle se laissa retomber sur le lit.

Miséricorde ! En de tels moments, elle regrettait fort de ne pouvoir regarder dans une cuvette d'eau ou un étang afin d'y trouver les réponses aux questions qu'elle se posait. Alors, elle saurait si Nicole avait simplement mûri beaucoup plus vite que Gwendolyn et elle ne l'en avaient crue capable, ou si c'était la tristesse et la crainte qui avaient triomphé d'elle. Peut-être aussi verrait-elle à la surface de l'eau si Gwendolyn allait avoir un fils ou une fille et si Darian serait blanchi des soupçons qui pesaient sur lui.

Mais surtout, elle brûlait d'avoir un aperçu de ce que deviendrait le couple qu'elle formait avec Darian. Elle voulait croire qu'ils seraient amants un jour, mais que se passerait-il ensuite ? Combien de temps resterait-il son mari avant qu'ils obtiennent une annulation – si toutefois c'était possible ? Et si l'Église approuvait l'annulation, qu'adviendrait-il alors d'elle ?

Emma secoua la tête, se reprochant sa sottise. Accepter les visions revenait à accepter le mal avec le bien, et le mal pouvait être épouvantable. Si elle voyait Gwendolyn mourir en couches comme sa mère, elle serait anéantie. Et elle ne souhaitait pas non plus en apprendre davantage sur l'image qui s'était formée dans l'eau rouge sang de la cuvette, le soir de son arrivée à Hadone.

Parmi les visions qu'elle avait endurées avant d'apprendre à les faire cesser, celle de la mort de sa mère avait été la plus effroyable. D'autres, en revanche, demeuraient un mystère. Comme la petite fille qui jouait dans une prairie jonchée de fleurs sous un soleil de printemps : qui était-elle ? Et la grande porte ornée d'une magnifique rose sculptée, où se trouvait-elle ? Et le parchemin, noué par un ruban écarlate, à côté duquel était posé un pendentif en forme de trèfle : à qui appartenait-il ?

Il y en avait d'autres encore, mais aucune n'était restée gravée dans sa mémoire, hormis celles-ci – et celle de Darian, bien sûr. Cette vision-là avait été la plus claire de toutes, et il lui avait fallu plusieurs années pour la comprendre.

La joie et le plaisir de faire l'amour avec Darian mèneraient-ils au plus grand chagrin qu'elle eût jamais connu ? En intervenant dans le cours des événements, avait-elle d'ores et déjà accepté cette souffrance rien que pour connaître la félicité promise ?

Ces questions n'étaient pas urgentes. C'était sa jeune sœur qui devait occuper son esprit. Or Nicole n'étant jamais apparue dans une de ses visions, celles-ci ne pouvaient être d'aucun secours pour la jeune fille. Dans cette affaire, Emma ne pouvait s'appuyer que sur des observations et des décisions fondées sur des faits et des impressions.

La porte s'ouvrit et Maura entra dans la chambre, à la surprise d'Emma, qui ne l'attendait pas de si bonne heure. Elle referma la porte et s'y adossa, visiblement perturbée.

Quelque chose n'allait pas.

— Maura ?

La jeune femme prit une profonde inspiration.

— Je n'ai pas pu m'empêcher d'entendre la conversation des mercenaires quand je suis passée à côté de leur table. Ils parlaient de vous.

Un affreux pressentiment s'empara d'Emma.

— Je croyais qu'ils avaient mieux à faire que de répandre des commérages.

Maura redressa le menton.

— Est-il vrai que votre père et votre frère étaient des traîtres ?

Emma soupira intérieurement. Ce n'était pas la première fois qu'elle était confrontée à de telles accusations et, pas plus ici qu'à la cour, elle n'allait demander pardon pour la prise de position de sa famille dans la guerre qui opposait l'Emperesse Mathilde au roi Etienne.

— Mon père et mon frère ont lutté pour une cause qu'ils défendaient passionnément. L'un et l'autre considéraient que l'Emperesse Mathilde était l'héritière de droit de la couronne. Si vous jugez que c'est une trahison, qu'il en soit ainsi.

Le visage de Maura s'assombrit.

— Ici, à Hadone, nous sommes fidèles au comte de Kent, et par conséquent au roi Etienne. Comment pourrions-nous abriter une traîtresse ? Pourquoi n'avez-vous pas trouvé refuge à Bristol, où vous seriez à votre place ?

— Croyez-moi, si j'en avais eu la possibilité, je serais peut-être allée au château de Robert de Gloucester pour me mettre au service de l'Emperesse, riposta Emma, désormais sur la défensive. Je ne suis pas devenue pupille du roi de mon plein gré. Et ce n'est pas moi qui ai pris la décision de venir ici, mais le comte Guillaume. Si vous voulez vous opposer à cette décision, adressez-vous à celui qui l'a prise.

Maura parcourut la chambre du regard. Sa chambre, qu'elle avait partagée de si bonne grâce.

— Vous pouvez continuer à utiliser cette chambre pendant le reste de votre visite. Je dormirai ailleurs.

Elle tourna les talons et quitta la pièce, laissant Emma chagrinée.

Il était désormais inutile d'espérer s'en faire une amie, songea Emma. Peut-être aurait-elle dû veiller à adoucir ses paroles. Ou essayer de persuader la jeune fille que la guerre entre l'Emperesse et le roi ne devait pas affecter leur amitié naissante.

Et peut-être Maura aurait-elle rejeté ses efforts et quitté la pièce avec la même animosité. La fille de l'intendant n'était pas la première, ni ne serait la dernière, à reprocher à Emma les actions de son père et sa disgrâce.

Partir à Bledloe Abbey semblait plus souhaitable que jamais. Dans l'intérêt de Nicole, certes, mais aussi dans son propre intérêt.

9

Guillaume d'Ypres, comte de Kent, commandait plusieurs centaines d'hommes qui, tous, considéraient la carrière de mercenaire comme une excellente manière de gagner leur vie.

À l'instar de Marc, Armand et Thomas, Darian servait Guillaume pour d'autres raisons. Ils comptaient parmi la douzaine d'hommes qui obéissait aux ordres du comte par loyauté plus que pour leur salaire. Tous étaient flamands et tous avaient une dette envers Guillaume. Deux jours plus tôt, Darian aurait parié une somme considérable que chacun d'entre eux donnerait jusqu'à sa vie pour le comte – et qu'ils se sacrifieraient pareillement les uns pour les autres.

À présent, cette certitude était ébranlée.

Guillaume confiait à son petit groupe d'élite le soin de commander les troupes lors des batailles et ils étaient les seuls à savoir que sa vue baissait. Soupçonner un de ses camarades d'avoir volé sa dague était étrange, impensable même, mais Darian ne pouvait expliquer par quel autre moyen son arme avait pu échouer à côté du cadavre d'Edouard de Salis, et ensuite, entre les mains de l'évêque Henri.

À la pensée qu'un des leurs ait pu assassiner de Salis dans l'intention de le faire accuser, Darian avait l'estomac retourné. L'assassin pouvait-il être l'un des trois hommes avec qui il partageait en ce moment une chope de bière ?

Il espérait ardemment que non.

— Cette fois, l'escorte de Guillaume n'est pas très étoffée, observa-t-il. Je suis surpris que Julian et Edgar ne vous aient pas accompagnés.

— Ils assurent le commandement des troupes sur le chemin de Wallingford, expliqua Marc. Ils ont dû quitter Westminster ce matin. Il était temps, d'ailleurs. Les hommes commençaient à s'agiter. Si le roi n'avait pas décidé de partir, il y aurait peut-être eu des troubles.

Des grognements d'assentiment se firent entendre autour de la table. Sans bataille, point de solde, point de pillage, mais aussi trop de temps libre pendant lequel les hommes pouvaient s'adonner à des bêtises.

Armand sourit.

— Si nous partons demain matin, nous devrions arriver à Wallingford bien avant les troupes. Un siège est une affaire ennuyeuse. Dommage que le roi n'autorise pas le pillage dans cette région. Les hommes brûlent tous de prendre le château ! Et ce ne serait que justice.

La place forte de Wallingford, qui appartenait à Brian Fitz Count, fervent partisan de l'Emperesse Mathilde, se trouvait assiégée depuis des mois. Darian croyait même se souvenir que c'était devant les murailles du château que le père et le frère d'Emma de Leon avaient perdu la vie.

Une bouffée de compassion l'envahit. Ne savait-il pas combien la perte des siens était douloureuse ?

— Y a-t-il du progrès à Wallingford ? demanda-t-il.

Thomas, dont les cheveux grisonnants et le visage buriné lui donnaient un air de doyen du groupe, secoua la tête.

— Personne n'a bougé d'un pouce. Wallingford est si bien approvisionné qu'ils peuvent tenir un an au moins. Il faut voir les remparts ! Ils sont si hauts et si épais qu'il est presque impossible de les escalader ou de les faire tomber. Les forces du roi n'ont réussi jusqu'ici qu'à encercler la citadelle et à couper les communications entre l'Emperesse Mathilde et le comte Robert.

Thomas agita un doigt.

— Si j'avais l'oreille du roi, je lui conseillerais de mettre fin à ce siège qui ne mène à rien. Il vaut mieux marcher sur Bristol.

Marc laissa échapper un ricanement.

— Les fortifications de Bristol sont deux fois plus imposantes que celles de Wallingford. D'ailleurs, si le roi prenait Bristol, ce serait la fin de la guerre. Et on n'aurait plus besoin de nous.

Thomas haussa les épaules.

— Ce ne serait pas une mauvaise chose. Pour ma part, je ne refuserais pas d'aller me retirer dans une gentille chaumière, peut-être dans le Kent, avec une bonne petite femme dodue pour partager mon lit et me faire la cuisine.

Darian frissonna intérieurement à cette pensée. Pendant que les autres taquinaient Thomas sur ses rêves de mariage, il vit le comte redescendre l'escalier. Guillaume vint droit à la table et s'assit sur le banc près d'Armand. Les plaisanteries cessèrent dès qu'il se fut éclairci la gorge.

— Vous avez parlé à Darian de Philip et de Perrin ? demanda-t-il.

— Nous avons pensé qu'il valait mieux vous en laisser le soin, messire, répondit Marc.

Darian se raidit, redoutant les nouvelles qui allaient suivre.

Le comte croisa les bras sur la table.

— Non seulement l'évêque Henri est en colère contre toi, mais Philip a été offensé que tu soupçonnes un des mercenaires d'avoir volé ta dague. Il a mené l'enquête pour évaluer le risque qu'un étranger ait pu pénétrer dans le dortoir. D'après lui, c'est possible, mais peu probable.

Cette nouvelle fit réfléchir Darian. « Possible » signifiait qu'une personne de l'extérieur pouvait avoir dérobé sa dague.

— Pourquoi dit-il que c'est peu probable ?

— Parce que, toutes les fois où Philip a essayé de se faufiler à l'intérieur pendant que les autres dormaient, l'un d'eux au moins s'est réveillé, et parfois tous. Ces hommes semblent avoir des sens trop aiguisés pour qu'une telle intrusion puisse se produire à leur insu.

C'était peut-être vrai. Mais les mercenaires avaient sans doute redoublé de vigilance après avoir appris que leurs quartiers avaient été visités par un intrus.

— Je ne rejette pas toute possibilité qu'un de mes hommes soit le coupable, reprit le comte. Cependant, je refuse d'accuser quiconque sans preuve.

Il se pencha vers Darian.

— Où étais-tu ce soir-là ?

Darian hésita, ne sachant à qui se fier, en dépit de l'inclination de Guillaume à croire tous ses mercenaires innocents. Un des hommes assis autour de cette table pouvait être son ennemi. D'un autre côté, s'il ne répondait pas, ils devineraient que c'était la méfiance qui l'incitait à tenir sa langue.

Guillaume comprit son dilemme et écarta d'un geste son objection silencieuse.

— Tous ces hommes et Philip sont au courant de l'audience avec le roi dans les moindres détails. Ils savent que tu n'as pas passé la nuit avec dame Emma. Avec qui étais-tu ?

— J'étais à Southwark. Hubert et Gib m'avaient fait transmettre le message qu'ils avaient une information pour moi, et je suis allé les retrouver. Ils m'ont parlé de la rumeur selon laquelle le comte de Chester comptait envahir le pays de Galles – rien de nouveau. Le temps qu'on en finisse, London Bridge était fermé, et j'ai dû attendre le matin pour regagner la cité. Alors, je leur ai offert quelques chopes de bière, histoire de patienter agréablement.

— Pourquoi n'as-tu rien dit à l'évêque Henri ?

— Henri exigeait des témoins fiables. Crois-tu que ces deux-là le satisferaient ? Il les ferait sans doute pendre haut et court avec moi.

Guillaume se frotta le menton d'un air songeur.

— C'est vrai. Néanmoins, Philip a deviné juste en ce qui concerne tes faits et gestes, et il a procédé à une enquête discrète auprès de nos nombreux espions à Londres. Peut-être parviendra-t-il à savoir qui a vraiment tué de Salis.

L'intervention de Philip dans l'affaire préoccupait Darian.

— C'est moi qui devrais accomplir ces démarches, et non Philip. Il court un danger à cause de moi, et je préférerais que ce ne soit pas le cas.

Par ailleurs, si Philip était mêlé à l'assassinat d'Edouard de Salis, il ne se donnerait peut-être pas trop de mal pour le sauver, lui, l'accusé principal.

Guillaume haussa les épaules.

— Je ne m'inquiète pas pour Philip. Il a maintes fois prouvé qu'il était capable de se défendre.

— Tout de même, j'aime mieux rechercher ce meurtrier personnellement.

Guillaume secoua la tête.

— Mieux vaut que tu restes ici. Si tu te rends à Southwark, l'évêque Henri le saura. À quoi bon risquer d'être capturé et emprisonné dans le cachot le plus profond de la Tour Blanche ?

Darian réprima un frisson. Les cellules noires et humides, infestées de rats, n'étaient un secret pour personne, et certes pas un lieu de villégiature. Un accès de colère l'emporta sur la répulsion.

— Je sais me défendre, moi aussi.

— Sans doute, mais Philip n'offre pas une cible aussi tentante. N'insiste pas, Darian. Laisse Philip apprendre ce qu'il peut avant que nous décidions de la suite des événements.

Impatient de fuir Hadone pour sa propre tranquillité d'esprit, Darian se pencha en avant.

— En ce cas, permettez-moi au moins de vous accompagner à Wallingford.

— Non. Tu as intérêt à rester aussi à bonne distance du roi Etienne. S'il ne te voit pas, il n'aura nulle raison de remettre en cause la curieuse décision qu'il a prise à la cour. Tu ne risques rien à Hadone. Il me manque déjà un homme, et je ne tiens pas à en perdre un autre.

Darian n'eut aucun mal à deviner de qui il s'agissait.

— Perrin.

— Nous supposons qu'il a perdu un pari et qu'il se terre quelque part pour ne pas payer. J'aimerais fort qu'il cesse de participer à ces combats de coqs.

Perrin... Non, songea Darian, il ne pouvait lui avoir dérobé sa dague. Certes, ses dettes de jeu étaient légendaires. Il devait quelques écus à chacun des membres de la troupe. Mais ce n'était pas la première fois qu'il avait maille à partir avec un créditeur, et ce n'était pas non plus la première fois qu'il se volatilisait.

Cependant, la coïncidence était troublante.

— Je connais la plupart des cachettes de Perrin. Je pourrais...

— Non ! Philip le cherche aussi. Toi, tu restes ici !

Sur quoi, Guillaume se détourna. Son refus claqua au visage de Darian, aussi clair et aussi sec qu'une gifle.

Ainsi, il était prié de demeurer les bras ballants à Hadone, de continuer à endurer le mépris de Gar, de lutter contre le désir que lui inspirait sa femme, alors qu'un autre que lui sillonnait les rues de Southwark, en quête de Perrin et de l'assassin d'Edouard de Salis !

Darian songea aux jours à venir, et jugea qu'ils seraient insupportables.

Dire que tout pouvait être résolu par un voyage à Londres.

Tandis que ses camarades recommençaient à parler de la guerre, Darian sirota lentement sa bière en réfléchissant.

Son instinct lui dictait de quitter Hadone. À Londres, il pourrait œuvrer plus efficacement à sa cause. Tout en cherchant Perrin et l'assassin, il se renseignerait aussi sur la manière d'obtenir une annulation, une tâche presque aussi cruciale que de capturer le coupable.

Ce n'était pas la première fois qu'il ressentait du désir pour une femme, mais jamais auparavant il n'avait dû le combattre si âprement. Peut-être parce qu'il n'avait jamais vécu, des jours durant, tout près de l'objet de sa flamme. Et savoir qu'il possédait les droits d'un mari, qu'Emma pouvait être sienne, rendait la lutte plus difficile encore.

Mettre fin à son mariage avec Emma était de la plus haute importance, et il devait le faire avant que la vue ou le parfum de sa femme ne l'emporte sur son bon sens. Il devait se débarrasser d'elle avant de faiblir.

Guillaume ne s'opposerait certainement pas à ce qu'Emma séjourne encore à Hadone pendant quelque temps. Quant à Gar et Maura, ils s'assureraient qu'elle ne manque de rien, comme ils l'avaient fait au cours des deux derniers jours.

Emma n'aurait rien à craindre – surtout pas de lui. Il pourrait partir le lendemain du départ de Guillaume et des mercenaires pour Wallingford, et personne ne saurait qu'il avait bravé l'interdiction du comte.

Certes, c'était là un comportement déloyal qui lui déplaisait fort, mais pardieu ! il était irrité par le raisonnement de Guillaume. Lui, incapable de se défendre ? Lui, laisser son sort entre les mains de Philip ? Il avait l'impression d'être un lâche et s'interrogeait sur la confiance que Guillaume avait désormais en lui.

Doux Jésus. Pour la première fois depuis que Guillaume avait arraché un garçon chétif et terrifié aux décombres d'un village brûlé et dévasté, qu'il l'avait nourri, habillé et doté d'un but dans la vie, Darian envisageait de désobéir à ses ordres.

Tout le monde ou presque était sorti dans la cour pour assister au départ de Guillaume, et ce dernier prenait son temps pour faire ses adieux, au grand dam de ses mercenaires, en selle depuis longtemps.

Visiblement mécontent de ne pas être du convoi, Darian se tenait debout à côté d'Emma, les bras croisés et le visage fermé, faisant de son mieux pour dissimuler sa déception.

Guillaume prit congé de Gar, puis de Maura qui, non seulement avait déserté sa chambre, mais n'avait pas adressé une seule parole à Emma depuis la veille. Emma n'avait pas tenté de l'aborder non plus, craignant une rebuffade qu'elle ne se sentait pas encore prête à affronter.

Quand le comte se tint enfin devant elle, Emma ne put se résoudre à lui souhaiter bonne fortune dans son combat à Wallingford. Si elle n'était pas une si ardente partisane de Mathilde que son père, elle considérait néanmoins que la cause de l'Emperesse était juste.

— Bon voyage, messire. Que Dieu vous protège.

Guillaume sourit.

— Votre amabilité est tout à votre honneur, madame. Avez-vous un message pour dame Julia ?

La question la surprit.

— Avais-je mal compris ? Je vous croyais en route pour Wallingford.

— Je vais passer par Londres afin de m'assurer que le roi et mes troupes sont déjà partis.

— En ce cas, si vous croisez dame Julia, remerciez-la, je vous prie, des efforts qu'elle a déployés pour moi. Et si j'osais, messire, je vous demanderais une autre faveur.

Elle tendit le parchemin roulé sur lequel elle avait travaillé jusqu'aux premières lueurs de l'aube.

— Voudriez-vous avoir la gentillesse de remettre cette pétition au roi Etienne ?

À son grand soulagement, il prit le rouleau.

— Rien ne me rendra plus heureux que de faire plaisir à une si charmante dame.

Emma se sentit rougir. Il n'était guère étonnant que ce noble Flamand soit devenu un des favoris de la reine Mathilde, et se soit élevé à une telle position à la cour. Non seulement il commandait ses troupes avec autorité et succès, mais il était prodigue de compliments, même quand ils n'étaient pas mérités.

Le plus important, cependant, était qu'il ait accepté le parchemin sans question ni condition, et elle ne doutait pas qu'il tiendrait sa promesse. C'était une autre de ses qualités. Guillaume d'Ypres était un homme de parole.

Enfin, la requête d'Emma allait atteindre le roi.

— Je vous en suis très reconnaissante, comte Guillaume.

Ce dernier la salua, puis donna à Darian une tape amicale sur le bras.

— Tout va finir par s'arranger.

— Je suis sûr que vous avez raison. Bon voyage, messire.

Darian ne paraissait guère convaincu par ses propres paroles. Il tendit distraitement la main pour caresser la tête de Rose. La chienne se blottit contre sa jambe, apparemment soulagée que l'objet de sa loyauté ne l'abandonne pas tout à fait.

Le comte parti, les gens s'éparpillèrent afin de retrouver leurs tâches matinales. D'un pas déterminé, Darian se dirigea vers les écuries.

Emma courut derrière lui pour le rattraper.

— Un instant, Darian, s'il vous plaît. J'ai une faveur à vous réclamer aussi.

Il ralentit le pas, mais ne s'arrêta pas.

— De quoi s'agit-il ?

— J'aimerais me rendre à Bledloe Abbey pour y voir ma sœur, et j'espérais pouvoir vous persuader de m'y emmener.

Cette fois, il se figea sur place. Il la regarda, les sourcils froncés, le visage plus sombre encore qu'auparavant.

— Vous savez que le comte nous a donné l'ordre de ne pas quitter Hadone.

— C'est ce que j'ai cru comprendre.

— Vous me demandez de désobéir à cet ordre ?

— Je vous le demande parce que, tant que nous n'aurons pas obtenu l'annulation, vous êtes mon mari et je dois avoir votre permission pour entreprendre un tel voyage.

Cette pensée lui était venue à l'esprit aux premières heures du matin. Tout d'abord, elle en avait été atterrée, avant de comprendre que cette obligation pourrait bien tourner à son avantage.

— À ce qu'il me semble, un mari pourrait considérer qu'il est de son devoir d'accompagner sa femme pour la protéger des dangers de la route. Peut-être même y verrait-il une obligation sacrée.

— Dites-moi, je vous prie, pourquoi je devrais le faire.

— Parce que vous ne désirez pas rester à Hadone au-delà de ce qui est nécessaire. Pas plus que je ne le désire.

— Je pensais que vous vous entendiez bien avec Maura.

— Jusqu'à hier soir. Apparemment, vos amis mercenaires ont la langue bien pendue. Elle les a entendus parler de mon père, et elle est venue me dire que j'aurais dû me rendre à Bristol. À présent, elle me considère comme une ennemie, et je doute de pouvoir changer son opinion sur moi.

— Comme à la cour.

Le cœur d'Emma battit plus vite dans sa poitrine tandis qu'elle se souvenait des remarques désobligeantes et des regards méprisants qu'elle avait dû endurer.

— Oui. La plupart d'entre eux ne pouvaient pas me supporter. Je crains qu'il n'en aille de même ici, une fois que les gens auront remarqué la froideur de Maura à mon encontre.

Il la dévisagea longuement, puis il prit une longue inspiration.

— Je comprends. Cependant, je ne peux accéder à votre requête.

Emma cilla, submergée par la déception. Elle avait soupçonné que Darian s'opposerait à la suggestion de contrevenir aux ordres du comte, mais elle aurait vraiment préféré faire le voyage en sa compagnie plutôt que de partir seule ou escortée par des gardes qu'elle ne connaissait pas.

— Le comte vous a-t-il ordonné de rester à Hadone ou seulement de ne pas aller à Londres ?

— Les deux !

Sa réponse était à la fois sèche et sans réplique.

— Avez-vous une objection à ce que Gar me fournisse un cheval ou une charrette et une escorte ? demanda-t-elle, résignée.

— Où se trouve Bledloe Abbey ?

— Au sud d'Oxford.

Il secoua la tête avec vigueur.

— Wallingford aussi. Les routes sont beaucoup trop dangereuses par là. Vous devriez demeurer ici.

C'était impossible. Il fallait qu'elle voie Nicole.

— Je ne courrai aucun danger si j'ai assez de gardes.

— Non !

La fermeté de son refus éveilla la colère d'Emma.

— J'ai eu la courtoisie de vous prier de m'accompagner. Si vous ne le souhaitez pas, je ne vois pas pourquoi je ne pourrais pas trouver un autre arrangement !

— Vous ne m'avez pas entendu ? Il est périlleux de se rendre du côté d'Oxford.

— Voulez-vous dire que les gardes de Hadone seraient incapables d'assurer ma protection ?

— Non. Ils sont bien entraînés. Mais il est stupide de courir des risques inutiles !

Emma eut un geste irrité.

— Ce voyage me semble nécessaire. Nicole n'est qu'une enfant, prisonnière d'un couvent qui lui fait horreur, et elle a besoin de savoir que je ne l'ai pas oubliée, ni abandonnée !

Une étrange expression traversa le regard de Darian, si fugitive qu'elle ne put en comprendre le sens. D'ailleurs, elle était beaucoup trop fâchée contre lui pour essayer d'interpréter cette démonstration inhabituelle d'émotion.

— Et en quoi êtes-vous concerné par ma sécurité, de toute façon ? continua-t-elle. Vous avez l'intention d'obtenir l'annulation de ce mariage dès que possible. Si je devais perdre la vie, cela vous éviterait bien des complications !

Il la saisit fermement par les bras.

— Soyez assurée que je ne vous veux aucun mal. Nous ne baignons peut-être pas dans la félicité du mariage, mais je ne souhaite pas vous voir blessée, ni encore moins morte. Si je pouvais vous emmener à Bledloe, je le ferais, mais je ne peux pas. Restez ici. Vous serez en sécurité. Quand je reviendrai…

Il s'interrompit brusquement, conscient d'en avoir trop dit. Emma arqua un sourcil. Ainsi, il ne se rendait pas seulement à la carrière, comme elle l'avait cru. Et il ne pouvait avoir qu'une seule destination en tête.

— Vous allez à Londres, n'est-ce pas ?

Il regarda autour de lui, s'assurant que personne ne risquait de les entendre.

— En tant qu'épouse, vous devez garder mes secrets.

Le mariage l'arrangeait donc lorsqu'il était question de parvenir à ses fins !

— Seulement si vous m'emmenez avec vous.

— Les rues de Londres sont plus dangereuses encore que les routes qui mènent à Bledloe Abbey.

— Je vous fais confiance pour me protéger.

En parlant, elle se rendit compte qu'elle disait vrai. Sinon, elle n'aurait pas demandé à l'accompagner.

— Nous pouvons aller à Londres, insista-t-elle. Vous serez libre d'y accomplir toute mission que vous vous êtes fixée. Ensuite, nous irons à Bledloe.

Il parut sur le point de refuser de nouveau. Elle crispa les poings sur le tissu de sa tunique et le secoua légèrement. Afin d'être plus persuasive et parce que leur relation le méritait, son ton se fit plus direct.

— Je t'en supplie, Darian. Ne me laisse pas seule ici, sans occupation et sans une âme à qui parler. Je deviendrai folle. Je te promets de t'obéir sans discuter. Peut-être pourrai-je même t'aider. Je te jure que si tu pars sans moi, tu n'auras jamais ton annulation, car je ne serai pas saine d'esprit quand tu me demanderas mon consentement.

C'était une menace absurde, et il le savait, car le coin de sa lèvre frémit, trahissant le sourire qu'il réprimait.

— Que ferais-je de toi ?

— Je ne sais pas, et je m'en moque, tant que tu ne m'abandonnes pas ici.

Ciel, elle avait conscience de paraître désespérée. Peut-être l'était-elle – en tout cas, sa détresse semblait avoir pour effet de convaincre Darian.

Il soupira.

— Tu ne pourras pas emporter de bagages. Les vêtements que tu portes devront suffire.

Elle chancela tant son soulagement était grand.

— Permets-moi de prendre ma cape, et nous pourrons partir de suite. Tu n'auras pas à le regretter, je te le promets.

— Je le regrette déjà. Nous ne pouvons nous en aller si vite, car nous risquerions de rattraper Guillaume. Sois prête à partir demain à l'aube.

Lentement, elle ouvrit les poings, lâchant les plis de sa tunique, mais incapable de retirer les mains de sa poitrine. Elle sentait sa chaleur, et les battements fermes, réguliers, de son cœur.

— Merci, Darian, murmura-t-elle, plongeant son regard dans ses yeux noisette.

La colère, l'humour et la résignation avaient disparu, cédant la place à un désir si intense que son corps de femme s'enflamma. Seigneur ! Devenir la maîtresse de cet homme lui paraissait infiniment naturel, d'une superbe évidence.

Et peu importait qu'il mette sa patience à rude épreuve, qu'il puisse l'exaspérer en un éclair. Peu importait qu'il contrôle de si près ses propres émotions, qu'il ne livre jamais rien de ce qu'il éprouvait, pas même à la chienne qui l'adorait et ne constituait aucune menace pour lui.

Que le Ciel lui vienne en aide ! Car s'il lui souriait comme il l'avait fait dans sa vision, s'il exigeait une étreinte tout de suite, dans sa chambre ou dans l'écurie, elle accepterait.

Il ne lui réclama rien de tel. Au contraire, elle sentit la pression sur ses bras se relâcher.

— Ne sois pas si prompte à me remercier, dit-il. C'est peut-être toi qui auras des regrets.

10

Darian inspira profondément l'air frais du matin, le savourant longuement avant d'expirer.

Derrière lui, montée en croupe, Emma eut un rire empreint de gaieté.

— Je sais ce que tu ressens.

— Vraiment ?

— Tu as l'impression d'être libre. Le lourd fardeau qui pesait sur tes épaules a disparu, et les chaînes qui comprimaient ta poitrine aussi. Tu recommences à respirer, et tu apprécies l'odeur de la liberté.

L'expression était un peu lyrique, songea Darian, mais elle avait vu juste. Et elle n'avait eu qu'un seul moyen de le savoir.

— Éprouves-tu le même sentiment ?

— Depuis l'instant où nous avons franchi le pont-levis de Hadone, répondit Emma. Tes chaînes doivent être plus pesantes que les miennes car tu as mis plus longtemps à t'en débarrasser.

Ou alors il avait été affligé d'une chaîne supplémentaire, se dit Darian. Les mains d'Emma reposaient légèrement sur sa taille, comme un rappel tiède et constant de sa présence.

Ils avaient pris congé de Gar – lequel n'était pas mécontent de les voir partir – à l'aube, et chevauchaient depuis plus d'une heure, le soleil matinal derrière eux. Il avait fallu tout ce temps à Darian pour s'accoutumer à la chaleur des mains d'Emma et cesser de se demander s'il avait été sage de l'autoriser à l'accompagner.

Pas plus qu'en allant à Hadone, quelques jours plus tôt, Emma ne se plaignait d'inconfort, bien que sa posture ne dût guère être plaisante. Darian se félicitait de son endurance. Du moins n'était-elle pas une compagne difficile. Certes, ils n'avançaient pas aussi rapidement qu'il aurait pu le faire seul – à la tension des mains d'Emma sur sa tunique, il devinait quand il fallait ralentir un peu –, mais ils atteindraient Londres à la tombée de la nuit. Là, il chercherait une auberge acceptable où laisser Emma pendant qu'il se rendrait à Southwark.

Il aurait sans doute dû quitter discrètement Hadone sans elle, mais chaque fois qu'il avait envisagé cette possibilité, la détresse d'Emma quand elle parlait de sa jeune sœur lui était revenue à l'esprit. C'était cette angoisse qui avait eu raison de ses réticences.

— Parle-moi de Nicole.

— Elle a dix ans, expliqua Emma après un silence. Notre mère est morte en lui donnant naissance, et Gwendolyn et moi avons fait de notre mieux pour l'élever correctement.

Un soupir profond caressa les oreilles de Darian, tandis qu'il sentait l'haleine chaude d'Emma sur sa nuque.

— Des enfants qui éduquent une enfant, telle était notre situation. Ce n'était pas toujours commode. Je crains que nous n'ayons gâté Nicole, en lui autorisant des libertés que notre mère ne nous avait pas permises. En grandissant, elle est devenue têtue, et par trop directe.

— Comme toi ?

— Je ne suis pas ainsi, protesta-t-elle.

Si Emma s'imaginait qu'elle était timide et soumise, elle se trompait, mais Darian était peu désireux de se quereller par un si beau matin. Il la laissa donc poursuivre sans protester.

— Après la mort de mon père et de mon frère, le roi a exigé que Camelen prenne pour époux Alberic de Chester. Quand Nicole a appris qu'Alberic était l'homme qui avait tué notre frère, elle a tenté de le poignarder. Je n'approuve pas son geste, mais je dois admettre qu'elle a été la seule d'entre nous à exprimer en acte ce que nous ressentions toutes.

Darian émit un sifflement.

— Et les nonnes de Bledloe Abbey l'ont acceptée dans leur couvent ?

— Sur ordre du roi Etienne, Alberic a épousé Gwendolyn, m'a envoyée à la cour et a donné Nicole à l'Église. Rares sont les abbesses qui oseraient ignorer les désirs du roi – ou la somme considérable qu'il a payée pour que Nicole entre au couvent.

Ses mains se raidirent sur sa tunique, mais cette fois, cela n'avait sans doute aucun rapport avec l'allure du cheval.

— Nicole a tant changé que je ne la reconnais plus. Je dois tenter de découvrir pourquoi. As-tu des parents dans les Flandres ?

Il faillit esquiver la question, mais elle avait été si ouverte à propos de sa propre famille qu'il craignit de paraître grossier en refusant de répondre.

— Je n'en ai plus. J'ai perdu toute ma famille il y a des années.

— Toute ta famille ?

Tous ceux qu'il aimait, au cours d'une seule abominable journée. Une journée qu'il essayait d'oublier depuis, en vain.

— Ma mère, mon père, et mes frères et sœurs.

— Une épidémie ?

— La guerre.

— Quelle horreur, murmura Emma avec émotion. Tu ne pouvais pas être bien grand, à l'époque. Tu étais là ?

Une compassion sincère perçait dans sa voix, et il sentit, à la légère pression des mains d'Emma sur sa taille, combien elle désirait lui apporter son réconfort.

Touché malgré lui, il demeura silencieux un instant.

— Je travaillais aux champs quand Bruges a été attaqué, dit-il enfin. Je ne les ai pas vus mourir.

Il avait fallu des années pour qu'il cesse de se sentir coupable d'avoir survécu alors qu'ils avaient tous péri. Le chagrin était devenu supportable, mais Darian savait qu'il ne connaîtrait jamais tout à fait la paix.

— Mon père m'a parlé, autrefois, d'une guerre dans les Flandres, murmura Emma au bout de quelques minutes. Quand Charles le Bon est mort sans laisser d'héritier.

— Une situation similaire à celle qui prévaut depuis le décès du roi Henri. Il n'avait pas de fils pour lui succéder. De sorte que maintenant, son neveu, Etienne, et sa fille, Mathilde, se disputent le trône.

— Guillaume d'Ypres était candidat à la succession de Charles, n'est-ce pas ?

— Il ne s'est pas imposé en tant que tel, mais ses forces ont contribué à rétablir la paix dans le pays. Par la suite, il m'a proposé de me joindre à sa troupe. Je ne l'ai pas quitté depuis.

— En tant que mercenaire. Je me suis souvent demandé…

Elle s'interrompit, gênée.

Il sourit.

— Pourquoi un homme choisit ce métier ? La vie de soldat n'est pas si déplaisante, et le travail ne manque pas. Il y a toujours un seigneur ou un autre qui a besoin d'hommes d'armes. En ce moment, le roi paie pour nos services. Quand la guerre sera terminée, eh bien… aussi longtemps que les hommes convoiteront richesse et pouvoir, il y aura du travail pour les mercenaires.

— J'espère que tu ne m'en voudras pas de l'avouer, mais je préférerais que tous les conflits soient résolus par des moyens pacifiques, et qu'on n'ait plus besoin de mercenaires.

Le sourire de Darian s'élargit.

— Tant que tu te rends compte que ton souhait est vain, tu peux rêver autant qu'il te plaira. As-tu besoin de t'arrêter, de te dégourdir les jambes ?

— Si tu es prêt à faire halte, volontiers.

Darian quitta la route et s'engagea dans les bois pour s'approcher d'un ruisseau qu'il avait entendu chanter. Il lança une jambe par-dessus la tête du cheval et mit pied à terre, puis tendit les mains à Emma pour l'aider à descendre.

Elle glissa à terre avec tant de grâce qu'on aurait pu croire qu'elle s'était entraînée à cet art.

Et il resta là, les mains dans les siennes, le regard plongé dans les yeux de biche les plus adorables qu'il ait jamais vus. Un homme pouvait s'y noyer, fuir ses soucis dans leurs profondeurs sombres et s'y perdre à jamais.

Comme elle inclinait la tête sur le côté et humectait sa lèvre inférieure, la vue de sa jolie langue rose troubla les sens de Darian, éveillant son imagination.

Il connaissait le goût de la bouche d'Emma. Leur unique baiser avait laissé son empreinte sur ses lèvres des heures durant, le privant de sommeil, lui faisant regretter d'avoir quitté la chambre de la jeune femme.

Il pouvait embrasser Emma à présent, l'embrasser tout son soûl. Elle ne s'y opposerait pas.

Mieux. S'il ne se trompait pas sur l'expression de son visage, elle lui accorderait d'autres libertés sans hésiter, comme elle l'aurait sans doute fait l'avant-veille. Il pouvait la prendre, là, sur l'herbe, près du ruisseau.

Le feu brûlait dans ses entrailles, le poussant à désirer ce qu'il ne devait pas avoir, à convoiter le fruit défendu.

La tentation était irrésistible.

Darian se pencha en avant. Emma ferma les yeux. Leurs haleines se mêlèrent.

Un frémissement dans les buissons le fit tressaillir. Les sens en alerte, il se figea, tandis qu'une seule pensée s'imposait à son esprit. Survivre, et protéger Emma. Il lâcha les mains de la jeune femme et se tourna vers l'endroit d'où venait le bruit, se baissant en même temps pour saisir sa dague.

Il ne la prit jamais. Sidéré, il se redressa tandis que Rose se laissait tomber sur son arrière-train à quelques pas de lui, l'air très satisfaite d'elle.

— Doux Jésus, commenta Emma, un sourire dans la voix. Elle a dû se sauver juste après notre départ. Je me demande comment elle a fait pour sortir.

Darian se posait la même question. Et une autre. Quelqu'un s'était-il aperçu de son absence ? Gar avait-il envoyé un homme la récupérer ? C'était peu probable. Un cavalier allant bon train les aurait déjà rejoints.

Les mains sur les hanches, il s'adressa à l'animal.

— Ne t'ai-je pas renvoyée au donjon pour que tu restes avec Maura ?

Rose se leva et fit quelques pas vers lui, tête baissée en signe de soumission. Elle savait qu'elle avait désobéi, et elle attendait une réprimande méritée.

— Tu dois rentrer. Je ne peux pas t'emmener.

La chienne émit une plainte pathétique.

Emma toucha le bras de Darian.

— Tu ne peux pas la renvoyer seule. Elle risque de se perdre.

Il haussa un sourcil, offensé pour le chien.

— Tu crois que Rose ne pourrait pas retrouver son chemin jusqu'à Hadone ? Sur une route où sa propre odeur est encore fraîche ?

— Peut-être y parviendrait-elle, concéda Emma, mais elle peut aussi rencontrer des ennuis. Et si elle était capturée par des brigands ? Si quelqu'un s'approchait d'elle et que, se sentant menacée, elle l'attaquait sans raison ?

L'un et l'autre étaient peu probables. Emma devait le savoir.

Il eut un geste impatient de la main.

— Si je la ramène, la matinée est perdue.

— En ce cas, laisse-la nous accompagner. Il est évident qu'elle n'a pas envie de nous lâcher.

Il n'en croyait pas ses oreilles.

— Tu céderais aux caprices d'un chien ?

Emma tendit la main vers Rose qui, flairant sans doute un soutien, se dirigea vers elle.

— Sa fuite de Hadone n'est pas un caprice. Quelqu'un l'y aura encouragée. Je parie que Maura est mêlée à cela. Elle pense que le chien t'appartient et que tu lui refuses la place qui lui revient.

Maura avait dû raconter à Emma que Guillaume lui avait offert l'animal. À l'époque, tout comme maintenant, il n'avait pu accepter ce cadeau. Un chien devait avoir un foyer, et le plus souvent, le foyer d'un mercenaire consistait en une tente près d'un champ de bataille, un dortoir dans une forteresse, ou la terre froide et dure sous les étoiles.

Et, oui, il était bien possible que Maura ait fait sortir la chienne pour le forcer à l'accepter.

— La place de Rose est à Hadone. Elle appartient au comte Guillaume.

Emma ne dit rien, mais elle lui décocha un regard qui suggérait qu'il avait tort et qu'il était inutile de le nier.

— Nous ne pouvons pas l'emmener, insista-t-il.

— Bien sûr que si. Elle n'est pas encombrante. À vrai dire, elle pourrait s'avérer utile. Pense à elle comme à un soldat, quelqu'un qui peut veiller sur toi. Ne serait-ce pas un avantage pour toi, à Southwark ?

Rose s'appuya contre Emma, tournant vers lui des yeux suppliants. Ce n'était pas juste. Le combat était inégal : il ne pouvait lutter contre une femme et une femelle, têtues et unies contre lui. Non qu'elles soient capables de triompher s'il était ferme dans sa résolution.

En réalité, à y bien songer, l'argument d'Emma paraissait raisonnable, encore qu'il ne voyait pas la situation sous le même angle qu'elle. Certes, Rose ferait une excellente gardienne, mais non pour lui. Pour Emma elle-même. Il pourrait laisser la jeune femme aussi longtemps que nécessaire à l'auberge sans s'inquiéter de sa sécurité. Rose arracherait la main à quiconque oserait la toucher.

Pour cette seule raison, quelques instants plus tard, Darian menait son cheval par la bride dans la campagne du Kent, Emma confortablement installée sur la selle, un chien-loup trottinant gaiement à côté de lui.

— Vous ne pouvez pas laisser entrer ce gros chien ici, déclara l'aubergiste sur un ton définitif. Attachez-le dehors. Je ne veux pas qu'il fasse peur à mes clients.

Emma ouvrit la bouche pour protester, mais Darian la devança.

— Vous voulez qu'on l'attache dehors ? Allez-y. Mais ne venez pas vous plaindre si elle hurle à la mort.

L'aubergiste plissa le nez d'un air mécontent, foudroyant la chienne du regard. Rose attendait patiemment, assise à côté d'Emma dans la salle de l'établissement mal tenu. Les rares clients qui occupaient les tables tachées de bière, branlantes sur le plancher inégal, ne bougèrent pas de leur place, jugeant sans doute qu'il valait mieux se tenir à l'écart de la bête. Emma ne pouvait les en blâmer. Rose était d'une taille impressionnante.

— En ce cas, vous devrez payer pour la chambre privée et l'emmener avec vous.

Darian tira une bourse en cuir des plis de sa tunique et posa quelques pièces sur la large planche en bois qui tenait lieu de comptoir.

— Il nous faut aussi de la soupe, du pain, de la bière et de l'avoine pour mon cheval. Y a-t-il une cheminée dans la chambre ?

L'aubergiste acquiesça.

— Qu'on y allume un feu, et qu'on laisse un sac de charbon de bois à côté.

L'aubergiste ramassa les pièces avec un grognement.

— Asseyez-vous. Je vais vous faire servir pendant qu'on s'occupe de la chambre. Et gardez cette bête à côté de vous.

— Elle se tient sans doute mieux que la plupart de vos clients. Elle ne causera pas d'ennuis.

— Vaudrait mieux pas, sinon je vous mets tous à la porte.

Il n'en ferait rien, Emma le savait. Darian avait déboursé pour le gîte et le couvert plus d'argent que l'aubergiste ne devait en empocher durant tout un mois.

Ils choisirent une table tout au fond de la salle. Emma s'assit avec précaution sur le tabouret instable près de la cheminée. Le pétillement et le craquement des bûches lui paraissaient aussi réconfortants que la chaleur du feu.

Darian prit place à côté d'elle ; Rose se laissa tomber à leurs pieds. Ayant attrapé et dévoré un lièvre tantôt, la chienne semblait prête à s'endormir.

Darian aussi, d'ailleurs. Il avait marché pendant presque toute la journée, insistant pour qu'Emma ait sa monture. Une galanterie inutile, songeait-elle, mais il ne lui avait servi à rien de plaider. C'était seulement vers la fin de l'après-midi qu'il était remonté à cheval, voulant s'assurer qu'ils arriveraient à Londres avant la nuit.

— Mes excuses pour la piètre qualité du logis, dit-il. Je crains que la soupe ne soit claire, la bière éventée, le pain sec et le lit inconfortable.

Elle avait déjà évalué la qualité du service.

— Peut-être pourrons-nous trouver mieux demain. Pour l'instant, nous avons un toit au-dessus de nos têtes, et c'est tout ce dont j'ai besoin.

Le repas se révéla aussi médiocre qu'ils l'avaient redouté, et quand l'aubergiste annonça que la chambre était prête, Emma ne pensait plus qu'au lit qui les attendait et à qui l'occuperait.

La pièce sentait la poussière et le moisi. Le matelas avait des bosses, visibles à la faible lumière provenant de l'âtre.

Le loquet de la porte retomba et Darian poussa le verrou, les enfermant tous les trois. Rose s'étendit au pied du lit, et plongea dans le sommeil avant même d'avoir trouvé la position qui lui convenait le mieux.

Bientôt, Emma ne fut plus consciente que de son propre souffle, des battements accélérés de son cœur. Pour la deuxième fois, elle était seule avec Darian dans une pièce contenant un lit, et cette fois, elle ne souffrait pas d'un mal de tête.

Elle retira sa cape, réchauffée par ces pensées.

Sa vision de Darian se réaliserait-elle ce soir ? Aurait-il cet éclatant sourire en se tenant nu devant elle, la main tendue vers elle en guise d'invitation ?

Que le Ciel lui vienne en aide, mais elle l'espérait, ne serait-ce que pour se prouver qu'elle avait eu raison d'intervenir si audacieusement dans sa vie. Qu'elle n'avait pas commis une erreur en négligeant ses propres affaires pour sauver Darian de la potence.

Si sa vision ne se réalisait pas, tout ce qu'elle avait fait n'aurait servi à rien ! Cette pensée lui était intolérable.

Et elle attendait désespérément le baiser dont elle avait été privée ce matin lorsque Rose les avait rejoints. Leurs lèvres avaient été si proches, et pourtant si lointaines. Emma n'en voulait pas à Rose de son apparition, mais elle aurait aimé que la chienne se manifeste quelques minutes plus tard.

Comme elle se tournait pour accrocher sa cape par-dessus celle de Darian sur l'unique crochet près de la porte, il passa derrière elle pour aller ouvrir les volets. Les mains crispées sur le rebord de la fenêtre, elle le vit se pencher en avant pour fixer la route en contrebas.

Était-il lui aussi affecté par la tension qui régnait dans la pièce ? Éprouvait-il des fourmillements dans la peau à la pensée de partager le lit ? Il la désirait, elle le savait. Elle avait vu son émoi, y avait répondu trop souvent pour en douter désormais.

— La nuit est calme, commenta-t-il de la fenêtre. Nous ne devrions pas être dérangés indûment.

— Tant mieux.

— Prends le lit. Je peux dormir par terre.

Enhardie, Emma traversa la petite pièce et s'approcha de lui. Rares étaient les âmes qui bravaient la route plongée dans le noir. Ceux qui le faisaient marchaient d'un pas vif, à la recherche d'un abri.

— Tu ne sors pas ce soir ?

— Je devrais sans doute. Nous ne sommes pas loin du port. Mais la journée a été longue et fatigante.

Elle posa une main sur son bras, et sentit ses muscles se raidir sous sa chemise.

— Nous pourrions… partager le lit.

Il baissa les yeux sur elle.

— Nous ne dormirons pas.

— Peut-être que non.

— En ce cas, nous n'allons pas partager le lit.

— À cause de l'annulation ?

— Exactement.

Essayait-il de la protéger, ou de se protéger lui-même ?

— La non-consommation du mariage n'est pas le seul motif autorisé pour obtenir une annulation – ou un divorce.

Elle ne put s'empêcher de sourire à une des raisons qui lui venaient à l'esprit.

— Je pourrais toujours affirmer que tu es incapable de t'acquitter de tes devoirs conjugaux, hmm, de manière satisfaisante.

Il arqua un sourcil, visiblement peu amusé.

— Ce serait un mensonge.

— Aussi gros que le mien, quand j'ai déclaré au roi que nous étions amants ? La plupart ricaneront de me voir prétendre que je suis toujours vierge. L'évêque risque de brûler notre pétition avant même de l'avoir lue.

Sa main remonta sur la manche de Darian, s'arrêtant sur son épaule.

— Certes, nous allons mettre fin à ce mariage, mais cela ne signifie pas que nous ne pouvons pas prendre plaisir l'un à l'autre en attendant.

— Je refuse de coucher avec toi uniquement pour prouver que je suis capable de fornication.

Elle faillit ciller à la laideur du mot, mais comprit qu'il l'avait utilisé exprès pour la choquer. Il n'avait pas bougé un muscle. Ses mains étaient toujours crispées sur le rebord de la fenêtre, les jointures blanchies.

Peut-être était-elle allée trop loin. Ou pas assez loin.

— Dois-je en conclure que tu ne me désires plus ?

— Tu sais que ce n'est pas vrai.

En un clin d'œil, il l'avait plaquée à lui.

— Sens-tu combien je te désire ? Pourquoi es-tu si résolue à me séduire ?

— Est-ce que j'y arrive ? Suis-je en train de réussir ?

Darian secoua la tête.

— Je me doutais que tu étais vierge, mais je ne te croyais pas si innocente. Oui, tu es en train de me séduire. Sois prudente, Emma. Un homme ne peut résister indéfiniment. Tu pourrais réussir et le regretter ensuite.

— Je ne regrette pas les victoires. Seulement les échecs.

— Pourquoi moi ? Pourquoi un choix si peu approprié à ton rang ?

Le moment était venu de dévoiler une partie de la vérité.

— Parce que tu es le seul homme de ce royaume que j'aie jamais désiré dans mon lit. J'ignore pourquoi, mais je sais que le destin nous a réunis, et je pense que ce serait un péché de refuser le destin.

Pour toute réponse, il prit brutalement possession de ses lèvres. Emma n'en avait cure. Étrangement, plus son baiser se faisait exigeant, plus il lui semblait tendre, et oh, si… juste.

Elle l'embrassa de toute sa passion, voulant lui communiquer combien elle aimait sentir sa bouche sur la sienne. Le désir de Darian se répandait en elle, attisant la flamme qui brûlait dans son ventre.

Quelque part dans le lointain, elle entendit les volets se refermer. Puis les mains puissantes de Darian l'écartèrent légèrement de lui, coupant court à leur frénésie de baisers, la laissant désemparée.

— Emma, nous ne devrions pas…

Elle promena ses doigts le long des sourcils froncés de Darian, puis les baissa vers le pli de sa bouche.

— Il n'y a pas de mal. Nous nous désirons, Darian. Dis-moi que tu ne me refuseras pas.

— Tu as affirmé au roi que je t'avais possédée, et maintenant tu me demandes de le faire en réalité.

Ses paroles crues firent tressaillir Emma, mais oui, elle voulait sentir Darian en elle.

— Ne m'as-tu pas assuré que tu serais heureux de m'obliger ?

Il la lâcha.

— Déshabille-toi et mets-toi au lit.

Troublée par le ton sec de sa voix, elle le regarda retirer sa tunique, puis sa chemise, dénudant son torse, conformément à sa vision. À une différence près.

Il ne souriait pas.

— Eh bien ? Tu as changé d'avis ?

Emma secoua la tête, et d'une main tremblante, tâtonna derrière elle à la recherche des aiguillettes de son bliaud. Elle laissa tomber le vêtement à ses pieds, de plus en plus nerveuse. Certes, Darian la désirait, mais l'idée de coucher avec elle lui déplaisait.

Peut-être avait-elle été trop insistante. Elle s'était montrée terriblement audacieuse, exigeant presque ses faveurs. Elle commençait tout juste à regretter sa conduite quand sa chemise tomba à son tour, révélant presque tout son corps au regard de Darian. Il la fixa avec intensité, la dureté de son expression cédant bientôt le pas à l'approbation.

Jamais elle n'avait considéré son corps comme attirant. Ses seins étaient un peu trop lourds, les mamelons trop sombres. Ses hanches étaient trop larges, ses cuisses et ses fesses trop rondes. Mais apparemment, Darian ne voyait aucun de ces défauts. Il continua à la contempler, sans montrer le moindre signe de déception.

Se sentant à la fois nerveuse et puissante, vêtue uniquement de ses bas et de ses bottines, elle se percha au bord du lit.

— Garde tes bas, ordonna-t-il d'une voix rauque.

— Comme tu voudras.

Gagnée par une sensation enivrante d'assurance, Emma recula un peu, mit les mains sur le lit et se pencha en arrière, écartant légèrement les jambes.

Elle n'aurait pu espérer produire plus d'effet. Darian tressaillit, les narines dilatées, captivé par la toison d'un brun roux entre ses cuisses.

— À toi, souffla-t-elle.

En un éclair, il retira bottines, chausses et bas, lui révélant ce que sa vision ne lui avait pas restitué. De pied en cap, il était magnifique… et imposant.

Il s'approcha d'elle.

— Tu sais ce que je vais faire.

Emma déglutit avec peine, son assurance fondant comme neige au soleil.

— Oui.

Darian la dominait de toute sa hauteur.

— Allonge-toi.

Elle obéit, s'efforçant de maîtriser sa nervosité. Il posa la main sur sa chair féminine. Le contact était si intime, si inattendu et si excitant qu'elle s'arqua sur le lit avec un cri.

— Doux Jésus, murmura-t-il avant de soupirer et de s'étendre près d'elle. Viens là, ma douce.

Emma se blottit contre lui, notant avec plaisir son changement de ton et le mot tendre qu'il lui avait adressé.

— Quelque chose ne va pas ?

— Non. Tu es si parfaite qu'un homme tel que moi ne devrait même pas avoir le droit d'être en ta présence.

Parce qu'il était mercenaire et elle de sang noble ? Darian ne lui laissa pas le temps de s'attarder sur la question. Il était peut-être réticent à coucher avec elle, mais Seigneur, il semblait avoir surmonté ses doutes.

Il l'embrassa jusqu'à ce qu'elle croie perdre la tête, ne sentant plus que la chaleur de ses mains sur son corps. Tendrement, il lui pétrit les seins. Puis, moins tendrement, il mit les mains sur ses fesses et la pressa étroitement contre son sexe dressé, allant et venant contre son ventre, lui annonçant l'étreinte à venir.

Les seins écrasés contre son torse puissant, les jambes nouées aux siennes, Emma s'abandonna à ses sensations, murmurant le nom de Darian, le suppliant.

— Pas encore. Il y a des jours que je veux sentir ta peau sous mes doigts, suivre tes courbes délicieuses. Je veux me rassasier de toi d'abord.

— Aie pitié.

Il eut un rire amusé.

— Tu ne m'as pas témoigné de pitié, et tu ne devrais pas en attendre de moi. Patience, Emma. Permets-moi de te faire l'amour comme tu le mérites. Tout n'en sera que mieux ensuite, tu verras.

Il baissa la tête et prit un mamelon durci dans sa bouche, la torturant si délicieusement qu'elle ne résista pas, le laissant butiner ses seins tour à tour.

Sans se presser, il chercha de la main l'entrée de sa féminité. Comme la première fois, elle tressaillit à son toucher, incapable de rester immobile sous le tendre assaut de ses doigts. Son cœur cognait dans sa poitrine, elle pouvait à peine respirer.

— Darian, je t'en prie. Je t'en prie.

Cette fois, il céda à ses suppliques. Il la recouvrit de son corps, qui pesa sur le sien comme un fardeau bienvenu. Enfin, il plaça l'extrémité de son sexe à l'endroit que ses doigts avaient caressé. Lentement, il la pénétra, l'emplissant, n'interrompant qu'une seule fois sa progression. Puis il plongea en elle, et une douleur aiguë apprit à Emma qu'elle avait perdu sa virginité.

Elle retint un cri, resserrant ses muscles autour de cette partie de lui qui envahissait si délicieusement son corps. Il gémit, son souffle aussi haletant que le sien.

L'éphémère douleur reflua. Elle se détendit. Du même rythme lent, régulier qu'il avait utilisé plus tôt, Darian l'entraîna dans un tourbillon de plaisir. Au moment où elle eut l'impression que son corps explosait, il gémit de nouveau et s'enfonça profondément en elle, s'abandonnant à son tour à l'extase.

Aucun mot ne pouvait exprimer ce qu'elle ressentait, hormis peut-être celui de joie. Une joie si profonde qu'elle dut refouler des larmes d'émerveillement.

Elle promena les doigts dans les cheveux blonds de Darian, sur ses épaules moites de sueur. L'idée lui vint qu'il s'était montré aussi impitoyable envers lui-même qu'envers elle. S'il l'avait voulu, il aurait pu satisfaire ses besoins bien plus tôt. Mais il avait pris le temps de lui donner du plaisir, de lui montrer que l'accouplement d'un homme et d'une femme n'a rien de comparable à celui d'un cheval et d'une jument.

Et pour quelques semaines, cet homme extraordinaire serait son mari, son amant.

11

Impatient de se mettre en route, Darian attrapa sa cape suspendue au crochet.

— Rose ne bouge pas d'ici. J'ignore quand je serai de retour.

Emma eut un geste de refus.

— Tu as permis à la chienne de nous accompagner pour qu'elle puisse te protéger sur les quais. Je vais verrouiller la porte derrière toi. Emmène-la. Je n'ai nul besoin d'elle.

Cette femme pouvait être obstinée, et convaincante – Darian n'avait qu'à repenser à la manière dont il avait succombé à son raisonnement et à l'abondance de ses charmes la veille au soir. Mais ce matin, il était résolu à ne pas céder.

— J'ai autorisé Rose à venir pour qu'elle te surveille, toi, pas moi. Rose reste ici.

Emma croisa les bras sur sa poitrine, froissant la chemise qu'elle avait enfilée avant de manger le pain et le fromage qu'il avait rapportés après avoir sorti la chienne. Le mince tissu blanc ne dissimulait rien de ses amples et délicieux attributs. Même maintenant, après une nuit tempétueuse et remplie de plaisir, il était tenté de retourner au lit et d'effacer la moue irritée qu'il voyait sur sa jolie bouche.

Et c'était précisément ce qui le poussait à fuir cette chambre avant que le bon sens ne le déserte une fois de plus.

— Je n'ai pas besoin qu'on me garde, affirma-t-elle.

— Moi non plus, et encore moins pendant la journée. S'il te manque quoi que ce soit, informes-en l'aubergiste et je le réglerai plus tard. Je vais essayer de mon côté de nous trouver une auberge plus confortable.

Elle jeta un coup d'œil en direction du lit, où ils avaient passé si peu de temps à dormir.

— Je ne me souviens pas de m'être plainte.

Lui non plus n'avait pas souffert d'inconfort, trop captivé par Emma pour remarquer les bosses du matelas ou les flammes chétives de la cheminée. C'était seulement ce matin, quand l'euphorie s'était dissipée, qu'il avait pris pleinement conscience de l'énormité de ce qu'ils avaient fait.

— Ce soir, tu dormiras seule, que ce soit dans ce lit ou dans un autre. Je ne permettrai pas que ma folie d'hier soir se reproduise.

Il pointa un doigt vers la chienne.

— Garde.

L'instant d'après, il était sorti et il dévalait les marches avant que sa résolution ne faiblisse devant l'enchantement qu'Emma éveillait en lui, menaçant de l'entraîner vers d'autres moments délicieux dans son lit.

Si nécessaire, il sommeillerait sur une des paillasses alignées dans le dortoir commun. C'était ce qu'il aurait dû faire la veille, laissant la chambre privée à Emma et à Rose. Il avait réellement eu l'intention de dormir par terre, mais la séduction d'Emma l'avait pris au dépourvu.

Et il ne lui avait guère opposé de résistance.

Pour couronner le tout, irrité par sa propre faiblesse, il avait décidé de la posséder durement et vite, sans plus de considération qu'un étalon pour une jument. Mais il n'avait pu demeurer distant et détaché, prendre son plaisir sans assurer le sien. Cette femme n'était pas une coureuse de remparts, mais une dame noble, qu'il trouvait attirante à bien des égards, pas seulement pour son corps souple et séduisant.

Darian traversa les rues étroites et nauséabondes de Londres, se demandant une fois de plus pourquoi dame Emma de Leon voulait partager sa couche avec un mercenaire étranger, un homme issu de la paysannerie.

Avec Darian de Bruges.

Par le sang du Seigneur, il ne pouvait être le seul homme du royaume qu'elle désirait assez pour l'inviter dans son lit, ainsi qu'elle l'avait affirmé. De toute évidence, elle n'avait pas rencontré suffisamment d'hommes de son propre rang. Paysans ou nobles, tous les mâles étaient semblablement équipés et capables de glisser une épée dans un fourreau.

Enfin, la plupart d'entre eux, tout au moins.

Darian sentit son estomac se nouer à la pensée qu'Emma puisse autoriser un autre homme que lui à la posséder. Stupide réaction. Darian avait beau être son mari, l'union ne durerait pas longtemps, et il n'avait pas le droit de se montrer possessif. Tant qu'elle était son épouse, il prendrait soin d'elle et ferait en sorte qu'elle soit nourrie et logée. Ensuite, elle redeviendrait pupille du roi, et Etienne pourrait décider de son sort à sa guise. Peut-être la donnerait-il en mariage à quelque nobliau prêt à fermer les yeux sur le passé de la famille en échange d'une dot.

C'était ainsi que se comportait la noblesse et il ne lui appartenait pas de s'immiscer dans les us du monde.

D'ailleurs, s'il se trouvait marié à une dame aujourd'hui, c'était uniquement parce qu'Emma était intervenue dans son existence. Cinq jours s'étaient écoulés depuis cet événement, et il n'avait toujours pas compris pourquoi elle s'était sentie obligée de le sauver, ce matin fatidique à la cour.

Le désirer dans son lit n'était sûrement pas une raison suffisante pour courir tant de risques. Elle croyait peut-être sincèrement qu'il était innocent du meurtre d'Edouard de Salis, mais de là à ternir encore son image auprès des gens de haut rang, et à reporter l'occasion qu'elle avait de venir en aide à Nicole...

Non. Il devait y avoir une raison plus importante pour expliquer ses actions. Seulement, il ne la connaissait pas. Pas encore.

La puanteur du poisson lui fit l'effet d'une gifle, l'arrachant à ses réflexions pour le ramener brutalement au présent. Il promena un regard autour de lui, juste à temps pour se rendre compte qu'il était parvenu au London Bridge, où se pressait la moitié de la populace de Londres.

À moins d'avoir recours à un passeur, le pont en bois était le seul moyen de traverser la Tamise. Des échoppes s'alignaient des deux côtés, si bien qu'il était impossible de progresser sans encombre à cette heure de la journée.

Darian se fraya un chemin dans la foule, apercevant de temps à autre le quartier de Southwark, où l'évêque Henri possédait son palais, Winchester Palace. C'était là qu'il collectait les loyers des tavernes et autres lieux dissolus qu'il voyait sans doute de sa chambre à coucher.

Les oies de Winchester – comme on appelait parfois les donzelles de ces établissements – avaient fait de lui un homme riche.

Le long des quais, d'imposants navires à hauts mâts se disputaient l'espace avec de longues barges de rivière à fond plat. Joignant leurs efforts, des marins bourrus et des commerçants harassés déchargeaient des marchandises venues de contrées lointaines, et chargeaient des balles de laine anglaise à destination des Flandres, d'où elle reviendrait quelques mois plus tard, sous forme d'étoffe.

Les cris des poissonniers se mêlaient à ceux des marchandes de fleurs, de pommes ou de pâtés à la viande. Mouettes et sternes battaient des ailes au-dessus d'eux, décrivant des cercles, prêts à s'abattre sur les miettes oubliées par les chiens et les chats errants. Des mendiants levaient leur soucoupe pour quêter l'aumône. Des gosses des rues, à l'œil vif et aux doigts habiles, harcelaient les passants peu avertis.

Résolu à retrouver les espions avec qui il avait passé la soirée du meurtre, Darian entra dans l'auberge où il avait laissé Hubert et Gib aux premières heures de ce désastreux matin.

Ses yeux s'accoutumèrent bientôt à l'intérieur sombre, qui sentait le ragoût aigre, la bière éventée, et la sueur de trop de corps masculins entassés dans un lieu renfermé. Des odeurs familières, presque accueillantes.

Il se sentait chez lui en de tels endroits.

Il avança à travers la foule, reconnaissant quelques visages, sans voir ceux qu'il cherchait.

— Darian, appela à mi-voix un homme assis à une table, près de l'âtre.

Philip.

De petite taille, les cheveux noirs, sobrement vêtu, Philip se fondait dans le décor. N'était la voix, qu'il avait reconnue, il n'aurait sans doute pas prêté attention à son camarade mercenaire.

Il se laissa glisser sur le banc.

— Guillaume me dit que tu t'es renseigné. Tu n'aurais pas dû. C'est à moi de résoudre mes problèmes.

Philip haussa les épaules avec indifférence.

— Le comte t'a autorisé à revenir ?

— Je ne pouvais pas rester là-bas. Tu as retrouvé Perrin ?

— Non. Il n'est dans aucun de ses repaires habituels. J'ai même demandé au Clink. Rien.

Le Clink n'était autre qu'une cave au palais de Winchester, où les soldats de l'évêque entassaient les ivrognes, les prostituées et les débiteurs qui avaient déplu au maître de la ville. Darian se félicitait que Perrin n'en fasse pas partie.

— Qu'as-tu de nouveau ?

Philip sourit.

— J'ai appris que les gens peuvent être fort silencieux quand ils ont peur, que chaque homme a son prix, et que plus on en découvre sur les événements de ce matin-là, plus on se pose de questions.

Darian était parvenu aux deux premières conclusions longtemps auparavant.

— Quelles questions ?

— Viens avec moi.

Darian suivit Philip hors de l'auberge, puis dans la rue. Il ne demanda pas où ils se rendaient, car il avait l'impression de le savoir.

Philip désigna un espace étroit entre deux maisons.

— C'est ici qu'on a trouvé le cadavre. D'après ce que j'ai entendu dire, c'est un marin qui a donné l'alarme. Sans doute peu après ton retour dans le dortoir.

Darian secoua la tête.

— Si je comprends bien, je suis censé avoir rencontré de Salis en sortant de la taverne, l'avoir tué et poussé là-dedans. Mais ce n'est pas possible. Je ne l'aurais pas assassiné dans un lieu si fréquenté. Et je n'aurais pas laissé ma dague sur place.

— Non. Eh bien, on prétend que l'évêque Henri passait dans ce coin par hasard, et qu'il est devenu fort agité en reconnaissant la victime. Naturellement, ses gardes ont emmené de Salis.

Un picotement parcourut la nuque de Darian.

— Que diable faisait l'évêque dans les rues à cette heure-là ?

— Personne ne semble le savoir. Personne n'admet avoir été témoin du meurtre, ni même connaître quelqu'un qui pourrait apporter quelque lumière sur les faits. Tout le monde se tait, par peur, je pense. Et il y a un autre point troublant. Regarde autour de toi, Darian. Ne remarques-tu rien d'étrange ?

L'espace entre les deux maisons en bois était à peine assez large pour abriter un corps. Darian ne distinguait que quelques brins de paille, un morceau de vieux filet, et la boue omniprésente.

— Non. Pourquoi ?

— Si un homme avait été assassiné ici, il devrait y avoir du sang quelque part.

Darian observa le lieu du crime avec plus d'attention. Il n'y avait aucune flaque brune. Pas d'éclaboussures non plus sur les murs.

— En cinq jours, la pluie a pu laver les traces, commenta-t-il. Suggères-tu que de Salis aurait été tué ailleurs et que son corps aurait ensuite été traîné ici ?

— Je dirais que c'est fort probable.

De nouveau, Darian promena un regard pensif autour de lui. Quelqu'un sur les quais en savait plus long qu'il ne voulait bien le dire. Mais qui ?

— Il faudrait que je remette la main sur Hubert et Gib. Ils m'ont sans doute suivi quand je suis sorti de la taverne. Peut-être ont-ils vu quelque chose.

Philip prit une profonde inspiration, et étrécit les yeux.

— Il m'a fallu deux jours, et bourse délier, pour découvrir avec qui tu étais, et où. C'est pourquoi je me trouvais dans cette taverne. Hubert et Gib se sont volatilisés, Darian. Personne ne les a croisés depuis cette nuit-là.

Un frisson traversa l'échine de Darian.

— Ils doivent se terrer quelque part, comme Perrin.

— À moins qu'ils ne soient morts.

À moins qu'ils ne soient morts, en effet.

Emma fixa la chienne, qui semblait ne plus vouloir rester en place.

— Darian sera de retour bientôt, argua-t-elle. Il serait très mécontent que je sorte, même avec toi pour me garder. Ne peux-tu patienter encore un peu ?

Rose laissa échapper un long geignement en retour.

Emma était consciente de s'avancer en prévoyant le retour imminent de Darian. Comment savoir quand il rentrerait ? Il était parti à l'aube, et midi approchait. Faire attendre Rose paraissait absurde. Aucun homme sain d'esprit n'oserait s'approcher d'elle alors que la chienne était à ses côtés. Dans le cas contraire, Rose se chargerait de l'agresseur.

Encore hésitante, Emma ouvrit les volets et se pencha au-dehors pour jeter un coup d'œil dans la cour. Deux hommes passèrent, absorbés par leur conversation, ne prêtant aucune attention à un garçon d'écurie indolent, adossé à la clôture. Tout semblait calme.

Profitant de ce moment propice, Emma prit sa cape et sortit de la pièce, Rose sur ses talons.

L'aubergiste les vit aussitôt.

— Je vous avais pourtant dit de ne pas entrer dans la salle avec cette bête.

Emma maîtrisa l'irritation qui l'envahissait. Ils avaient besoin de rester là jusqu'à ce que Darian leur trouve une autre auberge.

— Nous ne faisons que passer. Auriez-vous, par hasard, du parchemin, une plume et de l'encre ?

— Je peux m'en procurer.

— Parfait. Darian vous paiera pour le dérangement.

— Vous êtes sûre qu'il va revenir ?

La question la surprit.

— Bien sûr. Pourquoi ne reviendrait-il pas ?

Il ricana.

— Il ne faut jamais se fier à un étranger, et encore moins à un de ces mercenaires flamands. S'il en vient trois ou quatre ici en même temps, je me fais payer à l'avance et je les flanque dehors au premier signe de troubles.

Elle ne pouvait guère s'opposer à l'opinion que l'aubergiste avait des mercenaires. Le récit de leurs exploits s'était répandu jusque dans des contrées lointaines. On prétendait qu'ils étaient sans pitié pour leurs ennemis, qu'ils volaient et pillaient. Mais le jugement sévère de l'homme à l'égard de Darian attisa encore sa colère.

— Je sais sans l'ombre d'un doute que Darian reviendra. N'a-t-il pas laissé ici son cheval et son chien ?

— Et vous.

Emma sentit la rougeur lui monter aux joues en songeant à la place qu'elle occupait dans les priorités de Darian.

— Et moi.

— Je vois que vous êtes une dame de qualité, bien trop respectable pour un mercenaire comme lui. Y a-t-il quelqu'un près d'ici à qui nous pourrions demander de venir vous chercher, et vous ramener à la place qui vous est due ?

Ainsi, l'aubergiste désapprouvait non seulement la compagnie des chiens et des mercenaires, mais aussi la présence d'une dame noble dans son établissement. Elle fut tentée de lui répliquer qu'elle aussi était à demi étrangère, à demi galloise, rien que pour voir sa réaction. Par chance, elle se ravisa.

— Personne. Faites déposer ce que je vous ai réclamé dans ma chambre.

L'homme répondit par un grognement. Emma tourna les talons et sortit.

Rose huma le sol, et se hâta vers les écuries. Sachant que la chienne n'irait pas loin et qu'elle reviendrait au premier appel, Emma la laissa s'éloigner.

Elle donna un coup de pied irrité dans la terre tassée de la cour, attirant un nuage de poussière sur ses bottines.

Quel odieux aubergiste ! Comment osait-il suggérer que Darian partirait en l'abandonnant ici ? Il n'avait peut-être pas souhaité l'épouser, mais elle savait qu'il prendrait soin d'elle aussi longtemps qu'ils seraient mariés. Pas seulement parce qu'il avait besoin de son consentement pour obtenir une annulation. Ni même parce qu'ils avaient connu l'accord parfait au lit.

Mais tout simplement parce qu'il était un homme de parole, un homme sur qui on pouvait compter. Et ce mercenaire endurci, qui arborait un masque de détachement, possédait un grand cœur, qu'il essayait de dissimuler au reste du monde.

Il suffisait de regarder Rose pour en avoir la preuve. Darian refusait d'être le propriétaire de la chienne, mais il l'aimait sincèrement.

Et même s'ils s'opposaient parfois, Emma soupçonnait que Darian l'aimait bien, elle aussi. Sinon, il n'aurait pas tenté de lui résister la veille au soir. Elle ne savait pas très bien pourquoi il s'était montré si dur au début, mais son comportement avait changé subitement, passant de la brusquerie à la tendresse.

Oh oui, il avait été tendre. Si attentionné. Sauf qu'il n'avait pas souri. Si seulement il avait souri.

Rose surgit hors de l'écurie et se dirigea vers la route. Emma était sur le point de l'appeler quand elle aperçut deux silhouettes au loin. Aussitôt, elle comprit.

Darian répondit à la fête que lui faisait Rose en lui tapotant la tête et en fronçant les sourcils. L'homme plus petit qui l'accompagnait semblait lui aussi connaître la chienne, remarqua Emma, avant d'en conclure qu'il devait être mercenaire lui aussi.

Elle demeura immobile, résistant fermement à l'envie d'aller saluer Darian avec le même enthousiasme que la chienne.

— Que fais-tu dehors ?

Le ton de la question était plus sec qu'il n'était nécessaire.

— Rose a refusé de se servir du pot de chambre, rétorqua-t-elle, comprenant que sa rudesse trahissait avant tout l'inquiétude qu'il éprouvait pour sa sécurité.

Darian haussa un sourcil amusé, et un sourire éclaira le visage de son compagnon.

L'homme s'inclina devant elle.

— À entendre Darian, Rose a toutes les permissions.

Emma ne put s'empêcher de lui rendre son sourire.

Après s'être acquitté des présentations, Darian tendit à Emma un pâté à la viande.

— Je t'ai apporté ceci pour le déjeuner. La nourriture ici n'est guère goûteuse.

Emma déballa avec reconnaissance la tourte farcie de viande.

— As-tu encore de l'argent dans ta bourse ?

— Oui. Pourquoi ?

— J'ai demandé à l'aubergiste de me procurer de quoi écrire, et je ne doute pas qu'il exige une somme exorbitante pour ce privilège. Je dois envoyer un mot à Nicole pour la prévenir que nous allons lui rendre visite dans quelques jours, et j'ai besoin d'informer Gwen de tout ce qui s'est passé.

Darian se pencha vers elle, les commissures de ses lèvres relevées en un léger sourire.

— De tout ?

Emma faillit s'étrangler, mortifiée. Elle devinait exactement à quoi il faisait allusion : le misérable avait l'audace de la taquiner sur ce sujet devant Philip !

— De tout ce qu'elle doit savoir, comme notre mariage, et la pétition que j'ai confiée au comte Guillaume pour qu'il la présente au roi Etienne – ce genre de nouvelle. As-tu appris quelque chose ce matin ?

Elle mordit dans le pâté tiède. Sa bouche ainsi occupée, elle ne pouvait rien dire qu'il tournerait à son avantage.

Les deux hommes échangèrent un regard désappointé.

— Rien de précis, avoua Darian. Je suis venu voir comment toi et Rose alliez, avant de poursuivre mes recherches. Verrais-tu une objection à ce que nous passions une autre nuit ici ?

La bouche pleine, elle secoua la tête et haussa les épaules en guise de réponse.

— En ce cas, nous allons retourner à Southwark.

Elle déglutit.

— Pour combien de temps ?

— Je l'ignore précisément.

— Si tu as l'intention d'être dehors à la nuit tombée, tu devrais emmener Rose.

Il croisa les bras.

— N'avons-nous pas eu cette discussion ce matin ?

Si, en effet, et Darian se montra aussi résolu qu'alors. Mais cette fois, elle avait un nouvel argument à lui opposer.

— En ce cas, tu ne verras pas d'inconvénient à ce que je fasse sortir Rose de nouveau. Seule. Après la tombée de la nuit.

— Non, parce que je m'en vais chercher une corde. Rose sera à un bout, et toi à l'autre. Compris ?

Elle comprenait. L'après-midi serait long et la soirée sans doute encore davantage. Heureusement qu'elle avait des lettres à écrire, sinon elle en serait réduite à démêler les poils dans la fourrure de la chienne.

— Dame Emma est charmante, commenta Philip.

— C'est vrai.

Darian en convint sans hésiter. Il ne voyait pas de mal à reconnaître la beauté, l'intelligence et l'esprit d'Emma. Il avait bien failli éclater de rire quand elle avait fait cette plaisanterie à propos de Rose.

D'ailleurs, pourquoi s'était-il retenu ? À quand remontait la dernière fois qu'il était parti d'un bon rire franc ?

Il ne s'en souvenait même plus.

Peu désireux de s'attarder sur sa morosité, Darian reporta ses pensées sur la tâche qui l'attendait, à savoir trouver Hubert et Gib. Ils ne pouvaient s'être volatilisés. Mais pourquoi le chemin semblait-il si long de l'auberge à Southwark, alors que le trajet de Southwark à l'auberge – à Emma – lui avait paru passer à toute vitesse ? Ils ne marchaient pas plus lentement, tout de même ?

— Dommage que tu ne puisses pas la garder.

Garder Emma ? Un mercenaire avec une épouse de sang noble ? Cela s'était déjà produit, mais ce n'était guère courant. Pas du tout, même. D'ailleurs, il ne désirait pas être affublé d'une épouse. Il aimait sa vie telle qu'elle était.

Il laissa échapper un grognement.

— Je n'ai pas plus besoin d'une femme que toi.

— Parfois, je me demande s'il ne serait pas plaisant d'être marié. Une petite maison dans les Flandres. Quelques petits avec qui jouer…

— Oh, allons. As-tu parlé à Thomas ? Il veut, lui, un lopin de terre dans le Kent et une épouse dodue pour le dorloter. Nous avons une guerre à gagner, souviens-toi.

— Oui, mais un de ces jours, la guerre sera finie.

— Pas de sitôt.

— Cela viendra bien assez vite. As-tu songé à ce que tu feras alors ?

Pas du tout.

— J'imagine que je resterai au service de Guillaume. On a toujours besoin de mercenaires.

— Guillaume est en train de perdre la vue. Il ne va pas conduire ses troupes éternellement.

En son for intérieur, Darian pria le Ciel pour que son camarade se trompe.

— En ce cas, je pourrai former ma propre troupe. Viendras-tu avec moi ?

— Peut-être, répondit Philip en riant.

Darian se rendit brusquement compte qu'à un moment donné, au cours de la matinée, il avait cessé de soupçonner Philip au sujet du vol de sa dague. Il était évident que ce dernier était son allié.

Philip méritait sa confiance. Et il la lui donnerait. Ce qui ne signifiait pas que les autres mercenaires, eux, étaient au-dessus de tout soupçon.

— Où vit sa sœur ?
— Tu ne peux pas épouser une de ses sœurs.
— Très drôle. Je voulais seulement proposer mes services pour porter les lettres de dame Emma.
Darian s'immobilisa.
— Guillaume ne t'attend-il pas à Wallingford ?
— Si. Quand nous en aurons terminé avec ce qui nous occupe ici, je le rejoindrai certainement. Mais je peux faire un détour.
— La plus jeune est à Bledloe Abbey. L'autre…
Darian réfléchit un instant, fouillant ses souvenirs.
— L'autre est plus éloignée encore de ton chemin. Camelen est près de Shrewsbury, je crois.
— Ah, je me rappelle à présent. La fille de Hugues de Leon, n'est-ce pas ?
Il émit un léger sifflement et croisa les bras.
— Seigneur, Darian. Tu es marié à la fille d'un baron normand et d'une princesse galloise. Et tu veux renoncer à elle ? Tu n'aurais pas perdu la tête ?
Une princesse ?
À présent, il regrettait amèrement de ne pas avoir prêté plus attention aux commérages de la cour. Il avait certes entendu parler de Hugues de Leon, de son allégeance à l'Emperesse Mathilde et de sa mort à Wallingford. Mais il ignorait qu'Emma était aussi une princesse galloise. Était-elle donc de sang royal ?
Darian eut soudain les mains moites à la pensée de ce qu'il avait partagé avec elle, la nuit précédente.
Il eut un geste d'impuissance.
— Emma n'est pas un butin que je peux décider de garder ou de jeter. Je ne l'ai pas gagnée, et elle ne s'attendait certes pas à être prisonnière d'une union avec moi. Nous mettrons fin à ce mariage dès que… dès que nous le pourrons.
Dès qu'il aurait trouvé un moyen d'obtenir une annulation. Bien entendu, désormais, ils ne pourraient plus alléguer le mariage non consommé. Il lui faudrait

inventer un autre motif valable. Leur union avait été bel et bien consommée, et il n'était pas près de l'oublier.

— Et maintenant, si nous nous concentrions sur la tâche qui nous préoccupe ?

— Oui, Darian. Comme tu voudras.

12

La journée avait été longue et troublante. Darian était encore confronté à trop de questions sans réponses concernant le meurtre d'Edouard de Salis. Et concernant Emma.

Il frappa à sa porte, incapable de maîtriser l'envie de prendre de ses nouvelles, espérant presque qu'elle serait endormie et ne répondrait pas.

— Qui est là ?

Le soleil s'était couché des heures plus tôt, mais la voix d'Emma n'était pas le moins du monde ensommeillée. Apparemment, elle l'avait attendu.

— Darian.

Le verrou fut tiré, le loquet relevé. La porte s'ouvrit.

Emma se tenait devant lui, vêtue de sa chemise, ses pieds nus dépassant légèrement sous l'ourlet. Ses cheveux défaits flottaient librement sur ses épaules. La lueur qui brillait dans ses grands yeux bruns lui disait qu'elle était heureuse de le voir, le léger sourire sur ses lèvres l'accueillait et le tentait à la fois.

Il entra dans la chambre, songeant qu'elle semblait différente de la veille, alors qu'en réalité peu de chose avait changé. Les braises rougeoyaient dans l'âtre. Les volets étaient clos. Les bosses du matelas se distinguaient sous la courtepointe en laine vert fougère.

Dans un coin de la pièce, étaient disposées une petite table et une chaise qu'Emma avait dû demander à l'aubergiste. Dessus, il y avait une bouteille d'encre, une plume, et deux morceaux de parchemin roulé. Les lettres qu'Emma avait écrites à ses sœurs, sans doute.

— Je suis venu vérifier que tu allais bien.

Elle referma la porte.

— Rose et moi avons passé la journée sans encombre. Retournes-tu à Southwark ?

— Pas ce soir.

Elle poussa le verrou. Il lança sa cape sur le lit et se pencha pour caresser la chienne, qui se frottait contre sa jambe, réclamant son attention.

— Des progrès ? s'enquit Emma.

— Quelques-uns. Il semble que de Salis ait passé la nuit avec une donzelle et qu'il ait fait des paris sur un combat de coqs.

Ce dernier élément perturbait Darian. Si Perrin avait perdu de l'argent contre de Salis et n'avait pu payer, l'issue avait peut-être été fatale pour lui.

— Nous cherchons encore deux hommes qui pourraient nous être utiles. Espérons que nous les trouverons demain.

Emma prit sa cape et l'accrocha, recouvrant soigneusement la sienne, comme s'il restait pour la nuit. Le Ciel lui était témoin qu'il en mourait d'envie, mais il n'oserait pas.

— Philip semble très gentil.

— Il peut l'être.

Darian désigna la table d'un geste, réprimant l'envie de prendre Emma dans ses bras.

— Il a offert d'être le messager de tes lettres. Cela te convient ?

— Si tu lui fais confiance, je ne vois aucune raison de refuser. Voudrais-tu boire ou manger quelque chose avant que nous nous couchions ?

— Non.

Il n'allait pas rester. Dans quelques minutes, il irait s'installer dans le vaste dortoir au bout du couloir.

— Je sais qu'il est tard, mais puisque tu es éveillée, j'ai une ou deux questions à te poser.

Elle croisa les bras sous sa poitrine, et ses seins remontèrent sous le mince tissu de sa chemise. Darian entrevit les mamelons sombres qu'il avait longuement titillés et goûtés la veille, et il eut brusquement la gorge sèche.

— À quel sujet ?

— D'après Philip, tu es la fille d'un baron normand et d'une princesse galloise. Ce qui signifie que tu es de sang royal.

Elle secoua la tête, souriant d'un air amusé.

— Pas vraiment. Oh, la lignée est ancienne. Certains disent qu'elle remonte au roi Arthur, mais…

— Au roi Arthur ?

Son sourire s'élargit.

— On s'attendrait à ce qu'une telle ascendance suscite le respect, n'est-ce pas ? Hélas, dans la mesure où elle est impossible à prouver, elle ne compte guère. Il est vrai que ma mère était la fille d'un prince gallois, mais en Angleterre, c'est le sang de mon père qui fait de moi une noble. Or il n'est qu'un baron mineur, et de surcroît, considéré comme un traître. Ceux qui sont à la cour choisissent de me juger sur ces seuls critères.

Seigneur, si le sang du roi Arthur coulait dans ses veines… non seulement elle était noble, mais elle descendait du plus légendaire des rois d'Angleterre.

Comment avait-on pu la traiter avec un tel dédain à la cour ? s'indigna Darian intérieurement, submergé par la colère. Le roi avait abusé de son pouvoir en la donnant en mariage à un paysan flamand, en la soumettant ainsi au mépris et à la pitié de ses pairs.

— N'as-tu pas de parent qui ait assez de pouvoir pour protester contre ton mariage ?

— J'ai des cousins du côté de mon père qui, j'en suis sûre, sont réticents à intercéder en ma faveur. Ils sont alliés au roi Etienne et ils ont vu d'un mauvais œil mon père apporter son soutien à Mathilde. Du côté gallois, ils ont été informés de ce qui s'est passé à la mort de mon père et aucun ne s'est opposé au traitement qui nous a été réservé. Je n'attends l'aide de personne.

— Tes parents gallois se prononceraient certainement contre notre union.

— Peut-être. Je vois que tu as eu le temps de réfléchir à divers moyens d'obtenir une annulation.

— Oui, j'y ai réfléchi.

Et plus il y avait pensé, plus le sort d'Emma l'avait révolté.

— Le roi a outrepassé ses droits en nous ordonnant de nous marier. Tu n'aurais pas dû être forcée à épouser quelqu'un dont le rang est à ce point inférieur au tien.

Emma le dévisagea avec insistance.

— Tu crois donc que notre différence de rang pourrait justifier une annulation ?

— Peut-être. Si tu n'as pas de parent de sexe masculin qui soit prêt à soutenir ta cause, peut-être le comte Guillaume acceptera-t-il de le faire.

Il marqua une pause.

— Emma, pourquoi es-tu intervenue en ma faveur à la cour ? Tout cela aurait pu être évité si tu n'avais pas menti !

Emma ferma brièvement les yeux. Pourquoi Darian revenait-il sur cette question ? Ils avaient déjà eu cette discussion. Pourquoi ne pouvait-il accepter ce qu'elle lui avait dit ?

— Quand tu as protesté de ton innocence auprès du roi et de l'évêque, je t'ai cru, et le fait que tu sois si déterminé à trouver le véritable assassin prouve que j'avais raison. Doux Jésus, Darian, les gardes étaient sur le point de t'emmener à la potence ! Devais-je rester les bras croisés ?

— Pourquoi pas ? Quelle importance la vie d'un paysan revêt-elle aux yeux d'une dame de sang royal ?

Emma croisa étroitement les bras, réprimant l'envie de le gifler.

— Je n'ai pas l'arrogance de croire que le sang d'une personne lui tient lieu de valeur. Qu'il soit noble ou paysan, la qualité d'un être dépend de sa parole et de l'honneur de ses actions. J'ai vu un homme honnête accusé d'un crime qu'il n'avait pas commis et j'ai essayé de le sauver. Cela ne suffit donc pas à expliquer mon intervention ?

— Non. Tu ne pouvais pas savoir que j'étais innocent du crime. Comment espères-tu me persuader que tu as détruit ta réputation auprès de tes pairs, et relégué au second rang le sort de ta sœur Nicole, sur un coup de tête ?

Un coup de tête ? Comment osait-il ? Il s'agissait d'une question de vie et de mort !

— Le roi allait ordonner ton exécution !

— Quelle importance ? Tu ne m'avais jamais vu !

Il lui saisit les bras, sa chaleur se communiquant à elle. De ses yeux noisette, il la suppliait de lui dire la vérité.

— Pourquoi, Emma ? Pourquoi tout risquer pour moi ?

Avouer la vérité allait sans doute lui coûter fort cher, songea-t-elle. Il serait consterné, peut-être même furieux. Mais elle sentait que la raison qu'elle avait invoquée ne le satisferait jamais, qu'il continuerait à la harceler jusqu'à ce qu'il comprenne ses vraies motivations.

Peut-être le moment était-il venu de tout lui révéler et de s'en remettre au destin. Le cœur battant, elle s'humecta les lèvres.

— Parce que tu m'étais apparu… dans une vision.

Il étrécit les yeux.

— Une vision ? Comme un rêve ?

— J'étais éveillée, mais en transe.

Darian laissa retomber ses mains et recula d'un pas.

— Tu es une mystique ?

Elle se frotta les bras, luttant contre le froid qui l'envahissait, à présent qu'il s'était éloigné.

— J'aimerais pouvoir prétendre que je suis une mystique et que mes visions sont envoyées par le Ciel. Mais ce n'est pas le cas. Je suis seulement une femme tourmentée par des révélations impies.

— Ainsi, je faisais partie d'une révélation impie ? Et c'est pour cette raison que tu m'as sauvé de la pendaison ?

— Je n'avais pas le choix.

Visiblement perplexe, il s'assit sur le lit.

— Parle-moi de tes visions.

Emma hésita.

— Elles ont commencé quand j'étais enfant, avoua-t-elle. Dès que je regardais trop longtemps dans l'eau, j'y voyais... des gens ou des lieux. Ma mère m'a prévenue qu'il fallait les éviter et surtout ne partager ces visions avec personne. Je suis sûre qu'elle voulait me protéger, d'où sa crainte que quelqu'un soit au courant.

Darian l'écoutait avec attention, sans paraître éprouver la moindre répulsion, si bien qu'elle poursuivit.

— Dans une de mes visions, ma mère mourait en couches. Respectant son désir, je n'ai rien dit à personne, murmura-t-elle d'une voix tremblante, les larmes aux yeux. Je m'en suis toujours voulu. Si je l'avais avertie, elle aurait peut-être été sauvée.

Il secoua la tête.

— Tu n'étais qu'une enfant. Tu ne peux pas te juger responsable de la mort de ta mère.

Mais l'enfant qu'elle était disposait du pouvoir d'agir et n'avait rien fait. D'autres pouvaient peut-être lui pardonner, mais Emma savait qu'elle ne cesserait jamais de s'accabler de reproches.

— Continue, dit-il avec douceur.

— Après, j'ai décidé que je n'aurais plus de visions, que plus jamais je ne fixerais l'eau assez longtemps. Je n'avais aucune envie d'y voir une mort annoncée, et de me tourmenter sur ce que je devais faire de ce message.

— Et tu n'en as plus ?

Pas si elle agissait assez vite pour les interrompre.

— Parfois, je me laisse surprendre, et une vision commence à prendre forme. Il faut alors que je me détourne et que je me concentre de toutes mes forces sur un sujet anodin. Généralement, l'image se dissipe. Te souviens-tu qu'à Hadone, le premier soir, une servante a mis une cuvette d'eau devant moi ? Quand j'ai vu la surface devenir rouge sang, j'ai fermé les yeux.

— Je pensais que tu avais une migraine.

— C'était vrai. La migraine m'assaille dès que je fais cesser une vision. Si je ne suis pas assez rapide, le mal de tête peut durer plusieurs jours. Par chance, je me suis reprise à temps à Hadone, et je n'ai pas trop souffert.

Darian passa une main sur son visage, absorbant ce qu'elle venait de lui révéler.

Emma l'observa en retenant son souffle. Se souvenait-il de l'avoir portée dans l'escalier ? Se rappelait-il leur premier baiser, qu'il n'avait sûrement pas eu l'intention de lui donner, mais qui les avait inexorablement attirés l'un vers l'autre ? En dépit de la terrible douleur qui lui labourait les tempes, la sollicitude de Darian et son contact l'avaient réconfortée, et son baiser, en plus d'être infiniment excitant, l'avait soulagée.

Cette pensée la frappa brusquement. Aucune potion ni compresse ni prière n'avaient jamais apaisé sa migraine. Pourtant, le baiser de Darian, lui, avait produit cet effet lénifiant, et lui avait même permis de s'endormir. Était-ce possible ?

Quelle absurdité ! C'était une coïncidence, voilà tout.

— Toutes tes visions se réalisent ?

— Pas toutes, non. Certaines sont indéchiffrables pour moi. J'ai vu une pièce où je ne suis jamais entrée, une porte que je n'ai pas franchie, une petite fille que je n'ai pas rencontrée. Mais je suppose qu'elles finiront un jour par avoir un sens.

— Comme celle où tu as vu ta mère mourir.

— Oui.

— Et moi ? M'as-tu vu pendu à une potence ?

Loin de là, songea-t-elle en revoyant son torse puissant, sa peau soyeuse, son glorieux sourire. L'homme qu'elle avait vu était bien vivant, au contraire.

— Non. Tu n'es pas mort dans ma vision.

— En ce cas, tu n'as pas menti pour m'arracher à une exécution certaine, observa-t-il en fronçant les sourcils.

Emma se mordit la lèvre. Comment expliquer à Darian le dilemme auquel elle était confrontée chaque fois ? Comment lui faire comprendre à quel point ces visions l'effrayaient, la troublaient ?

— Quand je t'ai vu ce matin-là dans la chambre du roi, j'ai reconnu en toi l'homme de ma vision. Puis la situation a tourné en ta défaveur. Il a fallu alors que je décide si j'intervenais ou pas, confessa-t-elle avec un soupir. C'est là le pire, vois-tu ? Ne pas savoir si on doit laisser les événements suivre leur cours, ou si on est autorisé à agir de sorte que la vision puisse se réaliser ? Pour ma mère, j'ai adopté une attitude passive. Dans ton cas, j'ai résolu que si tu étais appelé à vivre, tel que tu m'étais apparu dans ma vision, je n'avais pas le droit de t'abandonner aux mains de tes bourreaux.

— Si je comprends bien, ton intervention n'était pas motivée par ta volonté de sauver un innocent ?

— Je te crois quand tu rejettes toute accusation, Darian, dit-elle avec ferveur. Je te croyais alors, et je te crois toujours.

— Que faisais-je dans cette vision ?

Emma prit une longue inspiration. Elle avait été honnête avec lui, et elle n'allait pas se montrer lâche sur ce point.

— Tu étais mon amant.

— Quoi ?
Il se leva, fit un pas vers elle, puis s'arrêta.
— Nous étions amants ?
— C'est sans doute cela qui m'a donné l'idée de dire au roi que tu avais passé la nuit avec moi. Je savais que nous finirions par…
— Ton attitude d'hier soir s'explique ! coupa-t-il avec fureur, désignant le lit d'un geste. Tu m'as séduit pour qu'un rêve se réalise, n'est-ce pas ?
Emma pensait pourtant s'être expliquée clairement.
— Pas un rêve. Une vision que j'ai eue quand j'avais douze ans, peut-être.
Son bras s'abaissa, sa colère sembla refluer.
— Douze ans ? Il y a si longtemps ?
— Près de dix ans. Imagine ce que j'ai ressenti quand j'ai vu l'homme qui devait devenir mon amant sur le point d'être emmené par les gardes pour être pendu ! Il a fallu que je décide si oui ou non je devais intervenir. Regrettes-tu vraiment que je l'aie fait ?
— Oui. Non.
Il eut un geste d'impuissance.
— Comment savais-tu que la pendaison aurait bien lieu ? Un témoin aurait pu se présenter… ou alors le roi aurait pu changer d'avis.
Le roi Etienne était célèbre pour son esprit changeant, mais elle n'avait pas voulu risquer la vie de Darian.
— Je l'ignorais. Et aucun témoin ne s'est présenté jusqu'ici, n'est-ce pas ? Darian, l'évêque était si résolu à obtenir justice que je craignais de te laisser quitter la chambre du roi entre ses gardes.
Darian se rassit sur le lit, et passa une main sur son front.
— C'est… insensé. Impossible. Si je racontais cette histoire à n'importe qui, il me traiterait de fou… C'est pourquoi, sans doute, ta mère t'a encouragée à ne rien révéler de ce que tu… vois.

Emma frissonna à la pensée qu'elle pourrait être haïe de tous, enfermée à jamais.

— Tu me crois ?

— Certes. C'est seulement que je ne sais qu'en penser.

— Rien du tout. Continuons comme avant, comme nous sommes censés le faire, dit-elle en s'asseyant près de lui sur le matelas. Dans ma vision, nous devenions amants, certes. Mais ma conviction, c'est que j'étais poussée à intervenir pour que tu vives. Comme si tu avais un destin à accomplir. Peut-être cela a-t-il un lien avec de Salis, peut-être pas – il s'agirait alors d'une réalisation majeure dans le futur. Laquelle, je l'ignore, et ne veux pas le savoir. À mes yeux, ce qui importe, c'est que tu sois vivant.

Il secoua la tête, esquissant une moue.

— Voilà que tu t'attends à des exploits en échange du secours que tu m'as apporté ! Tu me demandes beaucoup, Emma de Leon.

— Je ne te demande rien, Darian de Bruges. Tu es assez exigeant pour nous deux.

Il réfléchit à ses paroles, l'espace d'un instant.

— Ta vision s'est donc réalisée. Tu as fait ce que tu considérais être ton devoir. Et maintenant ?

Il se trompait. La scène qui lui était apparue dans l'eau n'avait pas encore eu lieu. Cependant, Emma ne tenait pas à le troubler davantage. Garder pour elle un petit morceau de vérité ne pouvait guère prêter à conséquence.

— D'abord, tu vas démasquer l'assassin afin d'être innocenté. Ensuite, nous irons voir Nicole pour juger de son état d'esprit. Je prie pour que le comte Guillaume donne ma pétition au roi Etienne et qu'il accède à notre requête pour la faire libérer. Enfin, nous obtiendrons notre annulation, et reprendrons le cours de notre vie.

— Aussi facilement que cela ?

— Que pouvons-nous faire, hormis poursuivre notre voie ?

Il se tourna vers elle. Son visage était sombre, empreint de lassitude.

— Dans ta vision... Hmm, sais-tu combien de temps nous demeurerons amants ?

— Aussi longtemps que nous le désirons, je suppose.

Elle se pencha et l'embrassa, soucieuse de lui montrer qu'elle ne souhaitait pas mettre fin à leur relation. Et pas seulement pour que sa vision se réalise. Faire l'amour avec Darian semblait si instinctif, si naturel.

Ils s'étendirent sur le matelas, et elle eut la nette impression que Darian était de son avis.

Darian aurait souhaité que la nuit dure éternellement, qu'ils restent entre les draps emmêlés, blottis l'un contre l'autre.

Malgré son intention de dormir dans une autre pièce, il avait partagé la couche d'Emma. Une fois de plus. Et, à cet instant, il ne pouvait le regretter.

Rassasié d'amour, les membres las, il ne trouvait pas la volonté de s'éloigner de la femme qui dormait dans ses bras.

Ses révélations avaient été si stupéfiantes que Darian n'était pas sûr d'avoir bien assimilé tout ce qu'elle lui avait appris sur ses visions – surtout celle qui le concernait.

Une femme issue d'une lignée ancienne et distinguée avait risqué sa vie et sa réputation dans l'espoir de voir se réaliser la vision qu'elle avait eue de lui.

Il écarta doucement quelques mèches de cheveux soyeux sur la joue d'Emma. Elle était si belle, à l'extérieur comme à l'intérieur. Elle avait aussi la tête sur les épaules, tout au moins la plupart du temps. Le sourire lui venait aisément, et il était plaisant de causer avec elle.

Il ne se souvenait pas d'avoir jamais autant parlé avec une femme. Sur le chemin de Londres, il lui avait dévoilé plus de son passé qu'à quiconque, à l'exception du comte Guillaume.

Cette fois, Emma lui avait dit la vérité. Aussi fantasques que ses explications puissent paraître, il ne pouvait imaginer qu'elle les ait inventées.

Quelle dure épreuve pour elle que d'avoir prévu la mort de sa mère et de n'avoir su comment l'empêcher. En un sens, Emma avait assisté deux fois à la mort de sa mère.

Incroyable. Pourtant, il croyait à ses visions, tout comme elle croyait à son innocence.

Sauf qu'il n'était pas innocent.

Que penserait-elle de lui s'il lui avouait qu'il n'était pas seulement un mercenaire, mais aussi un assassin ? S'il n'avait pas été poignardé dans les rues de Southwark, de Salis aurait été discrètement assassiné quelques jours plus tard, de la main même de Darian.

Il voyait presque l'horreur qui se peindrait sur son visage si elle l'apprenait. Nul doute qu'elle ne serait pas, comme elle l'était en cette heure délicieuse, blottie contre lui avec quiétude.

Il inspira le parfum d'Emma, décidant qu'elle n'avait pas besoin de savoir toute la vérité dans l'immédiat. Les circonstances de leur mariage ne lui imposaient pas de l'informer plus précisément sur la manière dont il servait Guillaume d'Ypres, de sorte qu'il ne voyait aucune raison de la peiner. Emma le supposait honnête et honorable.

Quand le moment serait venu de demander l'annulation, peut-être s'enhardirait-il à lui confesser que la vérité était beaucoup moins flatteuse. Peut-être même irait-il jusqu'à lui avouer les actes répugnants qu'il avait commis. Aucun évêque sain d'esprit, hormis Henri, n'approuverait l'union d'une dame noble et d'un assassin. Sans parler du pape.

Mais cela viendrait en son heure.

Pour le moment, il valait sans doute mieux continuer comme ils l'avaient prévu, ainsi que l'avait suggéré Emma.

Ses pensées l'entraînèrent à nouveau vers le don de divination d'Emma. Quel dommage que ses visions lui pèsent au point qu'elle s'empresse d'y mettre un terme à l'instant même où elles apparaissaient. Il n'aurait pas refusé quelque information sur le meurtrier d'Edouard de Salis si elle avait pu voir ses traits dans une cuvette d'eau !

Avait-elle un empire sur ses visions ? se demanda-t-il. Il fallait croire que non, sinon elle ne lutterait pas tant pour les repousser, préférant la douleur de la migraine à la connaissance de l'avenir. Avait-elle jamais tenté de les contrôler ? Ou avait-elle seulement appris à les chasser ?

Il changea légèrement de position, levant les yeux vers le plafond qu'il ne distinguait pas dans la pénombre. Le feu s'était éteint, plongeant la pièce dans le noir et le froid.

Darian songea qu'il aurait dû se lever pour le rallumer, mais il avait déjà eu bien plus froid dans sa vie, et Emma ne frissonnait pas. D'ailleurs, sortir du lit reviendrait à lâcher la jeune femme, et il n'en avait nulle envie.

La tête d'Emma reposait sur son épaule, et elle avait passé le bras sur son torse. Il sentait ses seins pressés contre ses côtes, sa jambe droite glissée entre les siennes, et leurs cuisses enlacées dans une intime étreinte.

Jamais auparavant il n'avait été prisonnier d'aussi délicieux liens, et rien, hormis la menace d'une mort imminente, n'aurait pu le contraindre à s'en libérer.

13

Deux jours plus tard, debout dans la cour de l'auberge, Emma remit ses lettres à Philip.

— Êtes-vous sûr de vouloir aller jusqu'à Camelen ? Cela vous imposera un grand détour.

— Madame, je préfère de loin voyager et découvrir une région de l'Angleterre inconnue de moi plutôt que de rester à me morfondre. Il n'y a rien d'aussi ennuyeux qu'un siège.

Elle sourit.

— J'en ai fait l'expérience dans mon enfance, mais je me trouvais à l'intérieur du château, si bien que mon quotidien n'en a guère été affecté.

— Vous n'avez pas subi d'attaques ?

— Seulement quelques flèches enflammées lancées par-dessus le mur d'enceinte, répondit Emma avec un léger rire. Quand les premiers froids sont arrivés, nos assaillants sont repartis et ne sont jamais revenus.

— Hm. Voilà ce que j'appelle un siège ordinaire. Hélas, le roi Etienne ne renoncera sans doute pas à Wallingford si facilement. Soyez certaine que vos sœurs recevront ces messages. Vous avez ma promesse.

— Je vous remercie, Philip. Mon souhait est que Gwendolyn ne s'inquiète pas à mon sujet. Assurez-la, je vous prie, que je ne manque de rien.

— Ce sera fait.

Philip se tourna vers Darian.

— Je regrette que nous n'ayons pas eu plus de chance. Les gens ont peur de parler. Il vaut peut-être mieux que tu retournes à Hadone quelque temps.

— J'y penserai. En attendant, je voudrais que tu évites d'informer le comte Guillaume de ma transgression.

— Il l'apprendra tôt ou tard.

— Je préfère la lui révéler moi-même.

— Comme tu voudras. Adieu, madame. Darian, sois prudent.

Ils le regardèrent s'éloigner.

— J'apprécie Philip, commenta Emma. Tu ne le soupçonnes plus d'avoir dérobé ta dague ?

— Non. Il a vraiment essayé de m'aider. Quant aux autres mercenaires...

Darian eut un haussement d'épaules.

— J'aimerais savoir lequel a agi contre moi.

— Envisages-tu de regagner Hadone ?

— Ce serait une sage décision, sans doute, mais je ne suis pas encore prêt à abandonner la partie.

Emma nota un mélange de déception et de détermination dans sa voix. Au cours des deux jours écoulés, Darian et Philip n'avaient rien découvert d'utile. Ils n'étaient pas parvenus à retrouver les espions que Darian avait vus le soir du meurtre. Ni leur camarade Perrin. Emma ne savait laquelle de ces disparitions troublait le plus Darian.

— Comptes-tu retourner à Southwark ?

— Oui, ne serait-ce que pour nous acheter de quoi manger. J'ai pris goût aux pâtés à la viande d'un marchand du coin.

Elle aussi. Et si Darian n'avait d'autre intention que celle-là, il n'y avait aucune raison qu'elle ne puisse pas l'accompagner, songea Emma. Quel bonheur ce serait d'échapper à cette chambre pendant quelques heures... La tentation était par trop délicieuse.

— Emmène-moi.

Il haussa les sourcils, stupéfait, et elle comprit qu'il allait refuser.

— Je t'en prie, Darian. Si je dois passer un autre après-midi dans cette chambre, tu me retrouveras peut-être en train de servir la bière à ton retour. Il n'y a pas de danger, n'est-ce pas ?

— Southwark est toujours un endroit dangereux.

— Et si nous emmenions Rose avec nous ? Elle sera contente de faire une longue promenade, et personne n'osera s'approcher de moi.

Darian inclina la tête sur le côté.

— Obéiras-tu à mes ordres sans discuter ?

À cet instant précis, elle lui aurait promis tout ce qu'il lui demandait.

— Certes.

Il prit une profonde inspiration, puis céda.

— Je vais chercher la corde.

Ainsi qu'Emma l'avait deviné, les gens veillaient à marcher à une distance respectueuse de Rose. Et même avec cette précaution, certains ne quittaient pas du regard la chienne, comme si un tel animal pouvait à tout moment échapper aux mains d'une femme pour leur sauter à la figure.

En arrivant au pont, Emma ouvrit des yeux tout ronds à la vue de la foule, surprise par l'animation qui régnait dans les rues. Les étals des marchands aiguisaient sa curiosité. En revanche, elle ne tourna presque pas la tête vers les navires ancrés dans le port, par crainte de fixer malencontreusement le fleuve.

L'odeur du poisson dominait, mais il flottait aussi dans l'air un parfum de fleurs, et l'arôme des épices qu'on venait de décharger.

Chez le marchand que Darian avait repéré, ils achetèrent des pâtés à la viande et de l'hydromel, et les dégustèrent en se promenant. Autour d'eux, l'agitation était incessante.

Des matelots, chargés de balles de laine, se dirigeaient vers les navires, des charretiers agitaient les rênes de leurs bœufs pour les faire avancer. Un rétameur redressait à coups de marteau une bouilloire cabossée. Une vieille femme vendait des pommes. Deux hommes discutaient le prix d'un tonneau de vin.

— As-tu jamais vu pareil endroit ? demanda Darian.

— Je suis venue à Londres quelquefois, mais jamais dans un lieu aussi grouillant que celui-ci. Je suppose qu'à toi, tout ce bruit semble familier ?

— Quand étais-tu par là la dernière fois ?

— Il y a plusieurs années. Henri était encore roi. Mon père pensait qu'il était temps de me trouver un mari.

Elle sourit à ce souvenir.

— Il faut que tu comprennes que, aux yeux de mon père, la tactique était simple. Il suffisait de me montrer un peu pour qu'un homme s'éprenne de moi et demande ma main. Cela ne s'est pas produit, et nous sommes rentrés chez nous.

Darian eut un rire amusé.

— Ce n'est pas tout à fait ainsi que les mariages sont arrangés, dans la noblesse.

— Non, mais c'est ainsi que mon père a épousé ma mère. Imagine, un baron normand qui aperçoit une princesse galloise et la harcèle jusqu'à ce qu'elle accepte de l'épouser.

— On dirait une fable.

— C'est la vérité.

— Je te crois. Mais admets que le récit peut paraître suspect. Ton père devait avoir d'autres raisons…

Son regard se figea au loin, tandis qu'il plissait les yeux.

— Reste ici. Je dois parler à quelqu'un. Rose, garde.

En un éclair, il disparut dans la foule qui les entourait.

Emma alla s'adosser contre une maison, à quelques mètres de là, certaine que Darian n'aurait aucun mal à la retrouver. Obéissant à l'ordre du maître, Rose s'assit sagement à ses pieds, l'œil aux aguets.

Le brusque départ de Darian intriguait Emma, qui passa quelques minutes à s'interroger sur la personne qu'il avait aperçue, mais elle finit par décider d'attendre le récit qu'il lui ferait à son retour, et ses pensées ne tardèrent pas à vagabonder.

Elle ne pouvait lui en vouloir de s'être montré sceptique devant l'histoire d'amour de ses parents. La plupart des mariages nobles étaient le fruit d'un arrangement, et il arrivait même que les deux mariés ne fassent connaissance que sur le parvis de l'église. Plus que l'affection, c'étaient la richesse et la puissance qui réunissaient les futurs époux.

Mais pas dans le cas de ses parents. Leur dévotion l'un à l'autre avait été profonde, et patente aux yeux de tous, y compris aux yeux d'une enfant.

Jamais elle n'avait osé rêver pareil mariage. La tentative de son père pour lui trouver un mari s'était soldée par un échec. Par la suite, il avait arrangé des fiançailles, mais le jeune homme avait succombé à la fièvre quelques semaines après.

En un sens, il était presque amusant qu'elle se retrouve mariée à présent, dans des circonstances aussi inhabituelles que celles du mariage de ses parents. À cette différence près que, pour sa part, elle n'avait ni amour ni sécurité.

Si la situation n'était pas si triste, elle aurait pu en rire.

Emma jeta un coup d'œil dans la rue. Aucun signe annonçant le retour de Darian, pour l'instant. Son regard se posa tour à tour sur les matelots, les caisses d'épices et les énormes sacs de blé, avant de s'arrêter sur le sommet d'un mât autour duquel une mouette décrivait de longs cercles.

Elle observa le vol tranquille de l'oiseau qui scrutait le fleuve à la recherche de son prochain repas. Il s'approcha de la rive, abandonnant enfin sa quête pour atterrir sur un poteau tout près. Emma fixa l'oiseau, et, au-delà, l'étendue scintillante de la Tamise.

Darian avait du mal à croire sa chance. Philip et lui avaient sillonné Southwark des heures durant sans apercevoir Hubert, Gib ou Perrin. Et voilà que, lors d'une simple promenade, il venait de repérer Hubert.

Même dans la sombre lumière de la ruelle, il était évident que l'espion avait enduré des journées éprouvantes. La manche de sa tunique était déchirée, et il n'arborait pas son couvre-chef habituel. De plus, il avait la joue contusionnée et les doigts égratignés.

— Où diable étais-tu passé ?

Hubert se moucha dans sa manche déchirée.

— J'ai été l'hôte de l'évêque, et pas par goût, crois-moi.

Ainsi, Hubert avait passé quelques jours dans les cellules du Clink. Philip s'était renseigné auprès des gardes, mais on avait dû lui mentir.

— Et Gib ?

— Gib est mort. Il est tombé pendant qu'on nous emmenait, et il s'est fracassé le crâne sur une pierre.

Il pointa un doigt accusateur sur Darian.

— Tout ça est ta faute, Darian. Sans toi, ils ne nous auraient pas arrêtés. Il est dangereux d'être vu en ta compagnie. Laisse-moi m'en aller.

Darian saisit Hubert par sa manche intacte et l'empoigna.

— Pourquoi prétends-tu que c'est ma faute ?

— As-tu vu comment ils ont assassiné ce chevalier ? Et maintenant, Gib est mort. Lâche-moi !

Un frisson parcourut l'échine de Darian.

— Qui a tué le chevalier ?

Hubert secoua violemment la tête.

— Si je te le dis, ils vont me trancher la gorge.

— Si tu ne me le dis pas, tu ne sortiras pas de cette ruelle ! Qui a tué le chevalier ?

— Je ne les ai pas vus !

— Mais tu le sais. Hubert, parle !

Hubert serra et desserra les poings plusieurs fois. Darian ne bougea pas d'un pouce, toisant l'homme jusqu'à ce que ce dernier cède.

— Tout ce que je sais, c'est que les soldats de l'évêque nous ont attrapés, Gib et moi, et qu'ils nous ont emmenés au palais de Winchester. Gib a essayé de se sauver, un des gardes l'a poussé et il est tombé… Doux Jésus, le sang a jailli si vite…

— Ils me cherchaient quand ils vous ont trouvés ?

— À ton avis ? Bien sûr qu'ils te cherchaient !

— Le chevalier. Il s'appelait Edouard de Salis. Que peux-tu m'apprendre sur lui ?

— Il aimait les donzelles. Et elles ne l'aimaient guère.

Darian savait à quel établissement de Salis s'était rendu la veille de son assassinat. Une des filles avait admis qu'il était venu, mais sans rien révéler de ses goûts en matière de sexe. C'était inutile. Étant donné les atrocités que l'individu avait commises, Darian ne doutait pas qu'il fût capable de violenter une femme.

— Comment t'es-tu enfui ?

— Ils m'ont laissé partir ce matin. Je suis revenu prendre mes affaires. Je m'en vais à York. J'ai une sœur là-bas. Toi aussi, tu devrais songer à quitter Londres.

Hubert pivota pour partir.

— Comment sais-tu que les gardes de l'évêque ont tué de Salis ?

L'espion se retourna, le visage altéré par le dégoût.

— Ils rigolaient parce qu'il a couiné comme un cochon qu'on saigne.

Darian regarda Hubert s'éloigner, l'air songeur. Les soldats avaient-ils tué de Salis avec la bénédiction de l'évêque ? Mais pourquoi ce dernier aurait-il feint de s'opposer à la décision du roi, si c'était pour charger ses propres gardes d'exécuter la besogne les premiers ?

Une autre question subsistait. Comment sa dague avait-elle échoué aux mains d'Henri ? Qui la lui avait remise ?

Après les révélations d'Hubert, il soupçonnait que Perrin se trouvait lui aussi au Clink. Les gardes avaient menti à Philip au sujet d'Hubert et Gib ; cela valait peut-être également pour Perrin.

Préoccupé, Darian sortit de l'allée, songeant qu'Emma devait se demander où il était passé. Heureusement qu'elle l'avait persuadé d'emmener le chien-loup, sinon il n'aurait pu la laisser seule pour se lancer à la poursuite d'Hubert.

Bien sûr, le mieux aurait été sans doute de ne pas amener Emma du tout. Pour un homme accoutumé à se fondre dans le décor, de crainte d'être remarqué, il s'était rendu plutôt visible aujourd'hui, en compagnie d'une dame noble et d'un énorme chien-loup.

Peut-être Hubert n'avait-il pas tort de lui conseiller de s'éloigner.

Mais il ne retournerait pas à Hadone. Il conduirait Emma chez sa sœur à Bledloe Abbey. Peut-être, durant le trajet, comprendrait-il l'étrange lien qui existait entre l'évêque Henri et Edouard de Salis.

Emma se trouvait tout près de l'endroit où il l'avait laissée. La tête baissée, elle avait enfoui son visage dans ses mains.

Darian fronça les sourcils. Pleurait-elle ?

Ne sachant que faire, il la prit par les épaules.

— Emma, qu'y a-t-il ?

Elle retira ses mains, et Darian tressaillit en avisant ses yeux brillants, voilés par la douleur. Il l'avait déjà vue ainsi. Une fois. À Hadone.

— J'ai regardé le fleuve trop longtemps. C'était stupide de ma part.

Sans doute avait-elle interrompu une vision, et souffrait-elle maintenant d'une migraine.

— Retournons à l'auberge. As-tu la force de marcher ?

— Si je peux m'appuyer sur ton bras.
Darian ne se le fit pas dire deux fois.

Emma leva les mains en l'air tandis que Darian lui retirait son bliaud. Il avait insisté pour le faire, affirmant qu'elle serait plus à l'aise. De son côté, elle n'avait pas l'énergie de résister.

Elle avait l'impression que son crâne allait exploser. Dieu merci, les volets étaient fermés, et il n'y avait pas de lumière dans la chambre.

Quelle idiote, tout de même ! Comment avait-elle pu se laisser absorber dans la contemplation des reflets du soleil sur l'eau ? Elle aurait dû être plus avertie.

— À Hadone, Maura t'avait concocté une potion. Si tu peux me dire ce qu'elle contenait, je demanderai à l'aubergiste de préparer la même.

— Les potions ne servent à rien. Il me faut seulement de l'obscurité et du temps.

Cette migraine risquait de durer plusieurs jours. Elle avait vu le début de la vision et ne l'avait pas chassée aussi vite qu'elle aurait dû.

— Assieds-toi. Je vais te retirer tes bottines.

Emma s'exécuta. Elle ne désirait qu'une chose. Remonter les couvertures sur elle et se perdre dans le sommeil – à condition que le sommeil veuille bien venir.

— L'écorce de saule n'y fait rien ?

— Non.

— Cette migraine est pire que celle que tu as eue à Hadone, n'est-ce pas ?

— Oui. Mes excuses, Darian. Je ne voulais pas te déranger.

Une larme roula sur sa joue, et elle maudit sa faiblesse. Pleurer ne servirait qu'à lui irriter les yeux, sans apaiser en rien sa douleur.

— Chut, dit-il tendrement, tout en lui retirant sa deuxième bottine. Allonge-toi et ferme les yeux.

Darian la couvrit avec soin, puis posa la main sur le côté de sa tête, ses doigts décrivant de légers cercles sur sa tempe.

— Qu'as-tu vu ?

Rien d'effrayant, et elle aurait dû s'en réjouir.

— Ma sœur Gwendolyn. Son premier enfant sera une petite fille.

— Vraiment ?

Sa voix trahissait l'incrédulité.

— Vraiment.

Emma avait clairement vu le bébé. Gwendolyn la tenait assise sur ses genoux, mère et fille échangeant un sourire affectueux. Ce qui la troublait, c'était le pendentif que portait l'enfant – le trèfle en or qu'Emma avait remarqué à côté d'un parchemin, lors d'une précédente vision.

Il était évident qu'il y avait un lien étroit entre la fille de Gwendolyn et le pendentif, mais Emma n'aurait su dire ce qui provoquait son malaise.

— Vas-tu en parler à ta sœur ? s'enquit Darian.

— Gwendolyn n'est pas au courant des visions, répondit Emma. Si je lui annonce la venue d'une fille, elle voudra savoir comment je peux en être si sûre.

— Pourquoi ne pas lui révéler la vérité ? Tu me l'as bien confiée.

Pourquoi pas, en effet ? Il l'avait crue, lui. Mais Darian n'avait pas été témoin de ses migraines, des années durant. Il n'avait pas été contraint d'accomplir des tâches supplémentaires parce qu'Emma était trop souffrante pour s'en acquitter. Gwen serait peut-être furieuse qu'elle ait gardé le secret sur ce qui provoquait ses malaises.

— Un jour, peut-être… Non, ne t'arrête pas. Tu n'imagines pas à quel point tu me soulages.

— En ce cas, recule.

Elle obéit. Il s'étendit à côté d'elle sur le matelas, puis se remit à lui caresser les tempes, apaisant miraculeusement la migraine.

— Si tu savais que la vision allait être agréable, pourquoi ne pas la laisser se dérouler jusqu'au bout ? Tu n'aurais pas ce mal de tête.

— Parce que cela peut changer en un éclair.

Elle sentit qu'il modifiait sa position afin d'être mieux installé.

— Elles finissent toutes mal ?

— Non. Pas toutes.

— Hmm.

Emma ouvrit les yeux. Darian était allongé sur le côté, en appui sur un coude. Il la regardait.

— Quoi, hmm ?

— Rien. Je réfléchissais, c'est tout. Comment va la tête ?

Les doigts magiques de Darian semblaient avoir retiré la lame effilée qui lui transperçait le crâne, laissant à sa place une douleur sourde, mais supportable.

— Mieux.

Elle se souvint de sa folle pensée de l'autre soir. Un baiser ne pouvait tout de même pas la guérir. Si ?

Elle s'humecta les lèvres.

— Embrasse-moi.

Darian arqua un sourcil, l'air stupéfait.

— Étrange requête de la part d'une femme souffrante.

— Embrasse-moi.

Leurs lèvres se rencontrèrent dans un baiser qui parut bien trop bref à Emma.

— Encore.

Cette fois, il s'exécuta plus consciencieusement. Emma sentit le désir naître entre ses cuisses, oubliant sa migraine.

Curieuse réaction. Et pourtant... Si un simple baiser pouvait produire cet effet, qu'en serait-il si... ?

— Fais-moi l'amour.

Darian se figea, puis recula.

— Tu ne parles pas sérieusement.

— Fais-moi l'amour, Darian.

— Tu es malade. Ce n'est guère le moment de...

— Au contraire. Je suis toujours si rassasiée et si détendue ensuite que je dors comme un bébé, et c'est de sommeil que j'ai besoin. Viens.

— Si tu en es sûre.

En quelques secondes, il était étendu près d'elle, et l'enveloppait de ses bras. Elle fondit contre lui comme du miel sur du pain chaud.

— J'ignore si je devrais être flatté, observa-t-il d'une voix amusée. On ne m'avait jamais accusé auparavant d'aider les femmes à s'endormir.

— Si tu préfères t'abstenir...

— Loin de moi cette idée. À vrai dire, je suis curieux. Si cela fonctionne, je pourrais louer mes services en tant que somnifère. C'est plus agréable que de faire la guerre.

— À condition que j'aie la priorité pour tes services, murmura Emma, avant de l'embrasser avec passion, affirmant ses droits.

D'un geste rapide, mais tendre, il lui retira sa chemise.

Sa peau était douce, son corps voluptueux. Après avoir passé plusieurs nuits avec elle, il savait à présent quelles caresses avaient sa faveur. Chaque gémissement, chaque murmure, confirmait ses conjectures. Les yeux clos, elle se laissait de son côté guider par son instinct, ses mains vagabondant délicieusement sur lui. Elle aussi avait appris la géographie de son corps, et portait une tendre attention à ses attributs masculins.

Après l'extase, Darian tint Emma serrée contre lui jusqu'à ce qu'ils aient retrouvé l'un et l'autre leur souffle.

Malgré lui, il avait succombé au charme d'Emma. Renoncer à elle ne serait pas facile, et pourtant il faudrait s'y résoudre, pour leur bien à tous deux.

Les princesses n'épousaient pas des paysans.

La princesse blottie entre ses bras poussa un long soupir, et sa respiration se fit régulière.

Darian retint un rire à la pensée qu'il l'avait bel et bien aidée à s'endormir.

Dehors, le jour perçait à travers les volets. Il se leva avec précaution, se vêtit, et descendit, flanqué de Rose.

Pendant que la chienne flairait les buissons, Darian alla voir son cheval qui se languissait à l'écurie. Puisque Emma était endormie et qu'il n'y avait plus rien à apprendre à Southwark, peut-être le moment était-il propice à une petite promenade…

— Vous voulez le vendre ?

Darian se retourna, faisant face au tavernier.

— Vous désirez l'acheter ?

— Moi, non. Un homme était là tout à l'heure et me l'a demandé.

— Quel homme ?

— Il n'a pas dit son nom. Il doit revenir vous en parler lui-même. Combien de temps comptez-vous rester ?

— Ce soir, au moins. Et peut-être demain.

Darian espérait ne pas devoir s'attarder davantage. D'ici là, la migraine d'Emma se serait sans doute dissipée.

L'aubergiste désigna la chienne d'un geste.

— Je ne serai pas fâché de vous voir partir, dit-il sans ambages. Cette bête fait peur aux clients.

Darian ne répondit pas. Pour sa part, il ne déplorait nullement que la vue du chien-loup effraie les gens.

Quelqu'un s'était renseigné sur son cheval. Apparemment, il ne s'agissait pas d'un client habituel, sinon l'aubergiste aurait su son nom.

Hubert ?

Peu probable.

Un étranger, alors.

À moins que les soldats de l'évêque n'aient eu vent de sa présence à Londres, et n'aient découvert leur cachette.

14

Emma s'éveilla au son de la voix de Darian, qui lui secouait tendrement l'épaule. Elle se força à ouvrir les yeux.

— Comment vas-tu ?

— J'ai la tête encore lourde. Combien de temps ai-je dormi ?

— Presque tout l'après-midi. Il me déplaît de te réveiller, mais si tu peux te lever, je préfère que nous partions.

Elle le dévisagea avec stupeur. Il s'attendait à ce qu'elle abandonne un lit douillet et quitte l'auberge ? Dans son état ? Il devait avoir perdu la tête.

— Partir où ?

— Bledloe Abbey.

— Maintenant ? Pourquoi ne pas attendre demain matin ? D'ici là…

— Je vais t'aider.

Emma se redressa, ayant encore du mal à croire qu'il ne plaisantait pas. Mais Darian repoussa la couverture, et lui saisit le bras pour l'aider à se lever. Au prix d'un effort, elle posa les pieds par terre, vaguement étourdie.

— J'aimerais te laisser reposer, dit-il sur un ton d'excuse, mais nous devons partir dès que possible.

— C'est déjà le crépuscule, Darian. Pourquoi tant de hâte ?

— Je crains que nous n'ayons été découverts, expliqua-t-il en tendant la main vers la chemise qu'il avait lancée sur le plancher quelques heures plus tôt. Lève les bras.

— D'habitude, tu m'aides à me dévêtir, et non à me vêtir, marmonna-t-elle.

Le misérable eut l'audace de sourire.

— Crois-moi, c'est une nouveauté pour moi aussi. Ton bliaud, à présent.

Les pensées d'Emma revinrent sur les paroles que Darian avait prononcées.

— Qui nous a découverts ?

— Je n'en suis pas sûr. L'aubergiste m'a dit qu'un homme s'était renseigné pour savoir si mon cheval était à vendre. Certes, la requête pourrait être innocente, mais si cet homme est un des gardes de l'évêque Henri, il faut que je te sorte d'ici.

Emma le regarda, perplexe.

— Que me veulent-ils, selon toi ?

Darian acheva de lui enfiler ses bottines.

— Ils pourraient essayer de se servir de toi pour m'atteindre.

Elle commençait à comprendre. Ainsi, Darian la croyait en danger, et c'était la raison pour laquelle ils quittaient Londres. Immédiatement. Elle n'avait qu'à mettre un pied devant l'autre, monter à cheval... Doux Jésus, il voulait qu'elle monte à cheval. Elle porta la main à sa tête en gémissant.

— Emma, je sais que c'est beaucoup te demander...

— Certes. Où est ma cape ?

Il la déposa sur ses épaules, et elle parvint tant bien que mal à nouer les aiguillettes. Attrapant son sac sur la table, il ouvrit la porte. Alors seulement, Emma remarqua l'absence de la fidèle compagne de Darian.

— Où est Rose ?

— Elle garde mon cheval. Tu es prête ?

Elle ne l'était guère, mais elle parvint à descendre les marches et à traverser la cour sans encombre. Rose s'avança pour la saluer, remuant la queue avec excitation.

Darian recula son cheval, qui était d'ores et déjà sellé.

— Tu ne doutais pas de ta capacité à me réveiller, observa-t-elle d'un ton mécontent.

— J'avais une autre option : t'envelopper dans la couverture et te porter.

La chaleur monta aux joues d'Emma. Cette extrémité prouvait, si besoin était, sa détermination à l'éloigner de l'auberge. Il devait avoir de bonnes raisons pour le faire.

Un léger frisson lui parcourut l'échine, tandis qu'elle balayait la cour d'un regard inquiet, se demandant si quelqu'un les observait, prêt à les attaquer. Elle ne vit personne, ce qui ne signifiait aucunement que la menace ne planait pas alentour.

Emma posa la main sur la tête de Rose, puisant du réconfort dans la présence de l'animal, cependant que Darian attachait d'un geste vif son sac à l'arrière de la selle et enfourchait sa monture.

— Si tu montes devant moi, tu seras peut-être plus confortablement installée. Je vais t'aider.

Elle obéit avec reconnaissance, aussi impatiente que lui de partir, désormais. Il la souleva et l'assit en travers de ses genoux, les jambes pendant sur le côté gauche du cheval.

C'était sans conteste une position beaucoup plus agréable que de monter en croupe. Dès qu'elle fut prête, Darian pressa le cheval d'avancer.

Blottie contre lui, Emma reposa la tête sur son épaule, et sentit brusquement la tension de Darian, qu'elle n'avait pas perçue auparavant. Pourtant, elle n'avait pas peur, certaine que Darian avait la situation en main. Elle ferma les yeux, écoutant les cloches de l'église sonner les vêpres.

Quand elle les rouvrit, la nuit était tombée. Un mince croissant de lune offrait tout juste assez de clarté pour leur permettre de distinguer la route.

— Réveillée ?

— Presque. Où sommes-nous ?

— À plusieurs lieues au nord-ouest de Londres.

— As-tu l'intention de chevaucher toute la nuit ?

— Non. Comment te sens-tu ? Veux-tu faire halte ?

— Pas pour le moment, merci.

— Quand tu en auras envie, dis-le-moi.

Sa sollicitude pénétra lentement le cerveau encore embrumé d'Emma. Elle comprenait mieux, à présent, pourquoi il l'avait pressée de partir. Certes, pour une raison quelconque, Darian soupçonnait que l'homme qui avait posé des questions sur son cheval était peut-être un des soldats de l'évêque Henri. Mais il risquait de rencontrer ces gardes en d'autres lieux, et cela ne l'empêchait pas de braver le danger.

Un nœud douloureux se forma dans son estomac.

— Darian, si je n'avais pas été là, tu serais resté à Londres, n'est-ce pas ?

— C'est possible, mais peu importe. Si tu essayais de te rendormir ? Il te faut du repos.

Emma ferma les yeux, s'efforçant de ne pas penser que Darian avait pris la fuite pour la protéger, elle.

Ainsi, elle était devenue pour lui un fardeau, un boulet. À cause d'elle, il avait les mains liées. Et elle ne savait que faire pour le libérer.

Darian s'éveilla du sommeil du soldat – le corps au repos, mais les sens en éveil. Adossé au tronc d'un arbre, il sentait la tête de Rose peser sur sa cuisse. Le brouillard matinal se levait déjà. Emma dormait toujours près de lui, allongée sur un lit d'herbe, la selle du cheval en guise d'oreiller.

Il se pencha vers elle afin d'écarter un lacet de sa cape qui lui effleurait la bouche, se demandant s'il l'avait tirée du lit pour rien.

Les questions de l'inconnu n'avaient peut-être rien de suspect. Cependant, poussé par son instinct qui lui conseillait de quitter Londres, il avait cheminé aussi longtemps que possible, jusqu'à ne plus voir la route. Même à une allure modérée, ils avaient couvert une bonne distance depuis leur départ tardif. D'ailleurs, si des soldats étaient à leur poursuite, ils s'étaient sans doute, eux aussi, arrêtés pour la nuit.

Rose remua légèrement la tête, et il lui gratta les oreilles, savourant le plaisir simple de sa compagnie.

L'instant d'après, il se relevait, sans écouter les protestations de ses muscles courbaturés. Combien de temps pouvait-il laisser Emma dormir ? Cette route entre Londres et Oxford, le long de la Tamise, était très fréquentée durant la journée. Dans peu de temps, les voyageurs commenceraient à passer.

Et si les soldats de l'évêque l'avaient suivi, ils ne tarderaient pas non plus.

Sa décision prise, il se pencha vers Emma et la saisit doucement par l'épaule.

Au même instant, Rose émit un grondement sourd. L'espace d'une seconde, Darian sentit un frisson glacé lui parcourir l'échine.

Il secoua Emma sans la quitter des yeux, tout en dressant l'oreille, à l'affût des bruits qui avaient alerté le chien-loup. Un craquement sur sa gauche le renseigna sur le lieu de l'intrusion, sans qu'il sût encore à quoi ou à qui l'attribuer.

Emma ouvrit les yeux, et il fut soulagé de ne lire aucune douleur dans son regard.

— Reste où tu es, murmura-t-il, mais tiens-toi prête. Nous avons peut-être un visiteur.

— Qui ?

— Il pourrait s'agir d'un écureuil comme d'un ours. Ou d'un homme.

Désireux d'être libre de ses mouvements, il retira sa cape et la laissa tomber sur le sol, à côté d'Emma.

— Je vais voir ce qui a dérangé Rose. Ne bouge pas.

Emma se redressa, complètement réveillée. L'inquiétude se reflétait dans ses yeux écarquillés, mais pas la peur. Darian en fut soulagé. Il avait assez de soucis sans devoir calmer une femme en proie à la panique.

— Rose, garde.

Darian pénétra dans les bois, tira sa dague de sa bottine et vira vers la gauche, prenant soin de ne pas faire de bruit.

Deux hommes immobiles lui tournaient le dos, l'épée à la main. Des soldats, de toute évidence. Et sans doute au service de l'évêque Henri.

De l'endroit où il était, il pouvait lancer sa dague et en tuer un. Ensuite, il se chargerait de l'autre sans difficulté. Mais ces hommes avaient probablement reçu l'ordre de le capturer vivant et de le ramener à l'évêque. S'il les persuadait de renoncer à leur mission, peut-être pourrait-il les épargner.

D'ordinaire, Darian n'hésitait pas à trancher la gorge d'un misérable sans un mot d'avertissement, mais ces deux hommes n'étaient que de simples soldats, obéissant aux ordres. Ils ne méritaient pas de mourir, à moins qu'ils ne lui veuillent du mal.

— C'est moi que vous cherchez ?

Ils pivotèrent vers lui, les yeux écarquillés, et se mirent en garde. Au bout d'un instant de silence, ils échangèrent un regard interrogateur. Enfin, l'un des deux eut le courage de parler.

— Darian de Bruges ?

L'espace d'une seconde, il songea à nier, mais se ravisa aussitôt. Un mensonge ne ferait que retarder l'inévitable.

Il acquiesça.

— Et qui êtes-vous ?

— L'évêque Henri de Winchester voudrait vous entretenir.

— Ayez la bonté de dire à l'évêque que je décline son aimable invitation.

— Ce n'est pas une invitation. Nous avons ordre de vous ramener avec nous.

— Et pour ma part, je ne reçois d'ordres que de Guillaume d'Ypres, de sorte que je crains de devoir refuser. Transmettez mes regrets à l'évêque, je vous prie.

Ils s'élancèrent vers lui. D'un geste sûr et précis, Darian lança sa dague, frappant le plus hardi des deux en pleine poitrine. Le soldat chancela, les bras en croix, puis s'effondra, sous le regard horrifié de son compagnon.

À présent, il ne lui restait plus qu'à désarmer le second afin qu'il s'en retourne d'où il venait.

Mais le soldat s'avança, menaçant. Darian s'ancra sur ses pieds, les yeux rivés à ceux de son adversaire, jusqu'au moment où ce dernier brandit son épée, se préparant à assener un coup brutal.

Rose gronda au loin. Enfer et damnation ! Il devait y avoir d'autres soldats que ces deux-là.

Emma !

La seconde d'inattention lui coûta cher. Darian jura, tandis que la lame de l'épée transperçait impitoyablement la manche de sa tunique.

Emma recula, acculée à l'arbre.

Devant elle, Rose grondait férocement, maintenant trois hommes à distance.

Trois soldats, un chien-loup. Sans les armes des hommes, la lutte aurait pu être égale. Les épées inquiétaient moins Emma que la lance. Si le soldat qui en était muni jaugeait correctement les mouvements de l'animal et si son bras restait ferme...

Elle n'osait imaginer ce qui se passerait.

Rose avait besoin d'aide. Elle ne pourrait résister seule à trois gardes armés et survivre à la confrontation.

Un des soldats brandit son épée.

— Rappelez votre chien, madame. Si vous nous suivez sans résistance, personne ne sera blessé.

Emma saisit sa chance au vol, espérant gagner du temps.

— La chienne n'obéit qu'à son maître. Il vous faut baisser vos armes et attendre son retour.

Ils s'interrogèrent du regard. Un râle sonore rompit le silence.

Le soldat qui arborait la lance eut un sourire mauvais.

— On dirait que le maître ne va pas revenir.

Emma déglutit avec peine, redoutant le pire. Seigneur, combien de soldats y avait-il donc ? Darian était-il tombé ? Si oui, Rose et elle étaient perdues aussi.

Le cœur cognant violemment dans sa poitrine, Emma sentit soudain l'espoir renaître en elle à la vue de Rose, qui continuait à menacer les soldats. Si le cri avait été celui de Darian, la chienne aurait réagi différemment, elle en était sûre.

Emma rassembla son courage.

— Peut-être qu'il se hâte de revenir, au contraire.

Le soldat qui semblait commander les autres se tourna vers celui qui portait la lance.

— Tue cette bête !

Horrifiée, Emma fouilla frénétiquement le sol du regard, à la recherche d'une pierre ou d'un bâton qu'elle pourrait utiliser pour se défendre. Soudain, tout en se traitant d'idiote pour n'avoir pas reconnu plus tôt l'arme qu'elle avait à sa disposition, elle se rua vers le cheval de Darian.

— Arrêtez-la !

Priant pour que la lance ne soit pas dirigée contre elle, ni contre Rose, Emma ne prit pas le temps de regarder par-dessus son épaule. Par chance, Darian n'avait pas attaché le cheval, se contentant de faire passer les rênes sur la branche d'un arbuste. Rose aboyait, à présent.

À défaut d'un autre plan, Emma comptait détourner l'attention des hommes, offrant ainsi à Rose un instant de répit.

— Prends garde au chien ! cria un des hommes.

Emma s'empara des rênes. Le cheval renifla, grattant la terre de ses sabots. Seigneur, elle n'avait jamais monté seule que de paisibles chevaux de trait ! Mais il était trop tard pour avoir des doutes. Les mains tremblantes, elle grimpa sur une grosse bûche toute proche, agrippa la crinière et sauta, se hissant tant bien que mal sur la monture. Au même moment, un cri terrifiant s'éleva derrière elle.

Emma baissa les yeux, et sentit la nausée l'envahir. Rose s'était jetée sur un des hommes armés d'une épée. L'un et l'autre se débattaient sur le sol, les mâchoires puissantes de l'animal refermées sur l'épaule du soldat. L'homme à la lance tournait autour d'eux, cherchant à enfoncer son arme dans le corps du chien sans tuer son camarade.

Emma talonna son cheval et chargea. Droit sur l'homme à la lance.

Darian arracha l'épée du ventre du soldat mort, furieux d'avoir mis si longtemps à désarmer son ennemi et à triompher de lui.

Peu profonde, la plaie à son bras était néanmoins douloureuse, et l'avait gêné. Il se hâta d'aller récupérer sa dague plantée dans la poitrine de l'autre soldat, puis se rua vers la bataille qu'il avait entendue sans la voir.

Rose avait cessé de gronder. Les hommes ne criaient plus. Soit la chienne était sortie victorieuse de l'affrontement, soit Darian arrivait trop tard pour lui venir en aide.

Courant à toute allure, hors d'haleine, il se rassurait à la pensée que les soldats ne tueraient pas Emma s'ils avaient reçu l'ordre de l'emmener à Winchester, elle aussi. Mais ils pouvaient quand même faire du mal à une femme sans défense. Il n'osait même pas y penser.

Il émergea dans la clairière et se figea.

Du coin de l'œil, il vit deux corps ensanglantés, face contre terre. Rose gisait près d'eux, couverte de sang, elle aussi.

Ils étaient morts tous les trois.

Fou de rage, il se rua vers le troisième soldat, qui tentait de forcer Emma à descendre de sa monture. Le cheval, bien dressé, résistait à ses efforts. Il se cabrait, agitant la tête pour faire lâcher la bride à l'ennemi. De son côté, Emma se cramponnait à la crinière, pressant les genoux contre les flancs de l'animal afin de ne pas tomber. Sa défense était héroïque. Mais elle ne pourrait pas tenir beaucoup plus longtemps.

Darian émit un sifflement sec. Aussitôt, le cheval s'immobilisa. Emma tourna les yeux vers le son, en même temps que le soldat pivotait sur ses talons, prêt à affronter la menace.

Ce soldat avait osé porter la main sur Emma. Sans la moindre hésitation, pour la seconde fois en l'espace de quelques minutes, Darian lança la dague.

La lame s'enfonça profondément dans la chair. L'homme tomba comme une masse.

Emma baissa les yeux sur lui puis, les traits ravagés par la douleur, elle enfouit le visage dans la crinière du cheval.

Sa détresse était insupportable à Darian. Il aurait dû aller la rejoindre, la réconforter, lui affirmer que tout allait bien. Lui dire combien il était fier d'elle, de son courage, de sa présence d'esprit.

Mais ses mains tremblaient et le remords lui labourait les entrailles.

Tout était arrivé par sa faute.

Son erreur de jugement l'avait mise en danger, en danger de mort. Il lui devait des excuses pour avoir échoué à la protéger comme il aurait dû.

À peine avait-il fait deux pas en direction d'Emma qu'elle se laissa glisser à terre. Elle rassembla ses jupons tachés de sang et courut vers lui, en sanglots. Il eut tout juste le temps de lâcher l'épée et de bander ses muscles avant qu'elle se jette contre lui.

Il la tint serrée dans ses bras sans mot dire, pendant que les larmes coulaient. Par bonheur, songea-t-il, le sang qui maculait sa jupe n'était pas le sien.

Au bout d'un moment, sa tension s'apaisa quelque peu, et ses hoquets devinrent moins déchirants.

— Je suis… désolée, balbutia-t-elle, le front pressé contre sa chemise. J'ai pensé que… si j'éparpillais les hommes… elle… elle aurait peut-être le dessus. Je… je n'ai pas pu… la rejoindre à temps.

La gorge de Darian se serra. Il pouvait à peine respirer tant le chagrin lui transperçait le cœur.

Il avait vu la chienne à côté des soldats. La lance et le sang. Rose avait défendu Emma jusqu'à la mort.

Darian refoula les larmes qui lui montaient aux yeux, se souvenant de la dernière fois qu'il avait pleuré les siens. Ne s'était-il pas juré de ne jamais aimer un autre être à ce point ?

Rose avait ouvert une brèche dans son cœur, et à présent, il en payait le prix.

Plus jamais.

Il s'éclaircit la gorge.

— Elle a tué les soldats ?

Emma acquiesça.

— Elle en a tué un. Je… ton cheval… nous avons piétiné l'autre.

Certain qu'Emma n'avait jamais causé la mort de quiconque auparavant, il la serra contre lui, refusant de penser à ce qu'il lui en avait coûté.

— Tu as fait ce que tu pouvais. C'est à moi de te demander pardon de n'avoir pas été là quand tu avais besoin de moi.

— Ils sont tous morts… ?

Darian l'espérait de toutes ses forces.

— Il faut que je trouve leurs chevaux pour en être sûr, répondit-il.

— Je viens avec toi.

Ce n'était pas une bonne idée, mais il ne pouvait refuser. Comment l'abandonner au milieu de ce carnage ? Jamais plus il ne pourrait charger Rose de la garder.

Il prit une profonde inspiration.

— Laisse-moi récupérer ma dague, et puis nous partirons.

Lentement, Emma dénoua ses bras. Reculant d'un pas, elle l'enveloppa de ses yeux humides, rougis, et tressaillit.

— Tu es blessé !

— Ce n'est rien de grave.

Il essuya sa dague sur la tunique de sa victime, évitant délibérément de regarder Rose. Il le ferait plus tard. Peut-être même l'enterrerait-il pour ne pas l'offrir en pâture aux charognes. Il lui devait bien cela.

Lorsqu'il rejoignit Emma, elle avait les yeux baissés sur ses paumes en sang. Seigneur, elle avait dû tenir les rênes avec tant de force que la peau s'était écorchée.

— Rose serait vivante si j'avais été moins lâche, dit-elle d'une voix sourde. L'autre jour, à Hadone. Le sang dans la cuvette.

Elle jeta un coup d'œil en direction des corps.

— C'est la vision que j'aurais eue, si je ne l'avais pas interrompue.

— Tu ne pouvais pas le savoir.

Les mains d'Emma se mirent à trembler.

— Si, souffla-t-elle. Je le sais. Je le sais.

15

Emma regarda Darian jeter le troisième soldat sur le dos d'un cheval et ne put tenir sa langue plus longtemps.

— Darian, ce n'est guère sage.

Encore furieux, il posa les mains sur les hanches, un filet de sang coulant de la blessure qu'il ne lui avait pas permis de soigner.

— Voudrais-tu que je les enterre ?

Il avait déjà enterré Rose. À l'aide d'une petite pelle trouvée dans les affaires d'un des soldats.

Ensuite, il s'était affairé à effacer toute trace de leur affrontement. Seul. Il n'avait autorisé Emma qu'à rassembler des pierres pour marquer la tombe du chien-loup.

— Il doit y avoir d'autres solutions, dit-elle.

— Lesquelles ? Que voudrais-tu que je fasse ? Que je me rende au village le plus proche et que j'informe les autorités qu'il y a plusieurs cadavres dans la forêt ? Je n'ai nullement l'intention de passer des heures à répondre à leurs questions. Et toi ?

— Non, souffla-t-elle.

— Je préfère que personne ne sache quel rôle nous avons joué dans cette affaire, reprit-il. Certes, nous avons été les victimes et non les agresseurs. Mais nous avons triomphé, et certains pourraient se poser des questions. Mieux vaut que mon nom et le tien ne soient pas sur toutes les lèvres.

Il avait raison. Personne ne saurait rien, hormis un homme. L'évêque Henri de Winchester. Si Darian mettait son plan à exécution, ce dernier saurait avant la tombée de la nuit que ses soldats avaient été vaincus par celui qu'ils avaient pour mission de capturer. Emma n'avait pas besoin d'une vision pour imaginer quelle vengeance terrible s'ensuivrait.

— Darian, je te supplie de changer d'avis. L'évêque est puissant…

— Assez, Emma, ordonna-t-il en hissant le quatrième soldat sur son épaule. Va jusqu'à la route et dis-moi si la voie est libre. Plus tôt nous en aurons terminé, plus tôt nous pourrons reprendre notre chemin.

Emma leva les mains en signe de frustration. Darian avait pris sa décision et il était vain de chercher à l'en dissuader. L'estomac retourné, elle pivota sur ses talons et s'enfuit, refoulant les larmes qui lui picotaient les yeux.

Pleurer ne servirait à rien, et n'aiderait pas Darian. Pas plus que Rose.

Aurait-elle pu prévenir ce carnage, sauver Rose? Cette pensée la tourmentait encore quand elle atteignit la route.

Lentement, sans faire de bruit, elle sortit du couvert des arbres. À gauche, Londres. À droite, Oxford, Bledloe Abbey, et Nicole.

Elle ne vit personne. Seule une légère brise agitait les feuilles des arbres, qui avaient commencé à changer de couleur et ne tarderaient pas à tomber.

Le silence paisible ne dura guère. Derrière elle, un bruit de sabots martelant le sentier. Elle se retourna. Darian conduisait une file de chevaux attachés les uns aux autres, chargés d'atroces fardeaux.

Darian lui lança un regard inquisiteur. Emma jeta de nouveau un bref coup d'œil de part et d'autre, puis elle lui fit signe d'avancer. Il guida les animaux sur une courte distance, donna une tape sur la croupe du premier, avant de rejoindre Emma tandis que les chevaux continuaient leur chemin.

— Il faut que j'aille me laver, annonça-t-il. Tu viens ?

Ils regagnèrent la clairière d'un pas rapide. Au passage, Darian se pencha pour ramasser son sac, et se dirigea vers le fleuve.

Emma hésita. Elle avait bien besoin de se laver, elle aussi. Ses mains la brûlaient, et les plonger dans l'eau froide lui ferait du bien. Pourtant, après sa mésaventure de l'autre jour, elle répugnait à s'approcher de la Tamise.

Elle était presque résolue à ne pas suivre Darian ; mais la clairière lui parut soudain plus petite, cependant que les cris des hommes et les grondements de Rose résonnaient de nouveau à ses oreilles, l'accusant d'être une lâche, la blâmant pour leurs morts.

Elle se hâta d'aller retrouver Darian, qui l'attendait à quelques mètres de là.

— Je ne peux pas trop m'approcher de l'eau, murmura-t-elle.

— Donne-moi ta main et ferme les yeux.

Emma obéit sans protester. Les doigts de Darian se mêlèrent aux siens, et elle sut que sa confiance en lui était justifiée. Elle se laissa guider à travers les bois, et le long de la pente qui menait au fleuve, tandis que le son de l'eau devenait de plus en plus distinct. Enfin, il la fit pivoter légèrement.

— Il y a un rocher derrière toi. Tu peux t'asseoir dessus et regarder vers la gauche. Ainsi, tu ne verras pas l'eau. Recule d'un pas.

Il lui prit les deux mains.

— Maintenant, baisse-toi. Bien. Tu peux ouvrir les yeux.

Il la lâcha et s'éloigna. Emma n'osa pas le suivre du regard, craignant d'être hypnotisée par le flot. L'instant d'après, Darian se tenait devant elle, l'eau dégoulinant de ses cheveux sur son torse nu. Il lui tendit sa tunique détrempée.

Reconnaissante, elle se frotta le visage et le cou avec le tissu frais et doux, puis nettoya le sang sur ses mains. Ses égratignures seraient à vif pendant un certain temps, mais du moins ne saigneraient-elles pas, contrairement à la blessure de Darian. Il tira pour sa part une tunique à manches courtes de son sac et l'enfila, laissant sa plaie à l'air.

— As-tu un onguent ou de quoi faire un pansement ?

Il baissa les yeux sur l'entaille.

— Elle se cicatrisera toute seule.

— Non. Sans bandage, elle continuera à saigner, protesta Emma. Déchire le bas de ma chemise.

Avec un soupir, il s'agenouilla devant elle, prit sa dague et souleva son bliaud sur ses cuisses pour atteindre la chemise. Elle ne put s'empêcher de se rappeler la dernière fois qu'il s'était mis à genoux devant elle, afin de l'aider à s'habiller. Cette scène semblait floue dans sa mémoire, comme si elle avait eu lieu une éternité auparavant.

La lame cisailla le lin.

— Il nous faudra remplacer ton bliaud, dit-il d'une voix neutre. Peut-être pourrons-nous en acheter un sur la route.

Un détail superficiel, mais il avait raison. Elle préférait ne pas pénétrer dans l'abbaye vêtue d'une robe maculée de sang.

Il rangea la dague dans sa bottine, se leva et entreprit d'enrouler la longue bande de tissu autour de son bras. Emma bondit sur ses pieds, écartant d'une tape sa main maladroite.

— La sagesse voudrait qu'un homme qui manie des armes sache soigner une blessure, s'indigna-t-elle. Si tu veux que le sang cesse de couler, il faut serrer plus fort, comme ceci.

— Emma, soupira-t-il, je sais…

— On ne le croirait pas.

Il garda le silence pendant qu'elle achevait de nouer le pansement.

— Et tes mains ? demanda-t-il doucement.

— Elles ne saignent plus. Il n'y paraîtra plus, bien avant que ton bras soit guéri.

Il la dévisagea, fouillant son visage, comme si elle lui semblait absente. De fait, elle se sentait soudain lasse. Ses muscles étaient douloureux, et elle avait hâte de quitter ce lieu. Elle tourna les talons pour regagner la clairière. Darian referma une main sur son bras.

— Emma… dans deux ou trois jours, les souvenirs s'estomperont. L'horreur sera plus supportable.

Elle se dégagea, refusant son réconfort. Si elle baissait sa garde, elle éclaterait en sanglots.

— Partons, veux-tu ?

Sans un mot, il acquiesça. Quelques instants plus tard, il sortait de la clairière à cheval, Emma installée sur ses genoux.

Mais cette fois, Rose ne trottait pas devant eux, ne s'écartait pas de temps à autre de la route pour suivre quelque odeur à son goût.

Et Emma s'efforçait désespérément de repousser la voix insistante qu'elle avait entendue plus tôt, celle qui lui reprochait d'avoir arrêté la vision en formation dans la cuvette.

Si elle avait prévu qu'ils seraient attaqués, Rose et cinq soldats seraient peut-être encore en vie.

Elle n'avait jamais dormi dans une grange. Mais il y a quelques jours, elle n'avait jamais dormi non plus dans une auberge, ni à la belle étoile.

Ni même avec un homme.

La pluie les avait contraints à interrompre leur chemin plus tôt que Darian ne l'aurait souhaité, et ils s'étaient réfugiés dans une petite ferme. En échange d'une modeste somme, on leur avait permis de passer la nuit dans le grenier situé au-dessus des bestiaux, et offert une couverture et un bol de soupe. Malheureusement, la femme du paysan ne possédait pas de robe à vendre, et Emma avait dû garder son bliaud souillé.

Debout sur le seuil de la grange, elle attendit avec le cheval que Darian eût monté les degrés de l'échelle qui menait au grenier pour s'assurer qu'il n'était pas déjà occupé par des souris ou des oiseaux.

Immobile dans le coin, la vache considérait le cheval d'un œil soupçonneux. Des martinets entraient et sortaient à travers le mur, à la faveur d'une trouée entre les pierres. Il y avait aussi trois oies grises, plusieurs poulets dodus picorant le grain dans de grands sacs, et, dominant son monde, un coq perché sur une pile de cageots en bois. Quelques flaques boueuses signalaient les endroits où le toit avait besoin de réparations.

Dans l'ensemble, le lieu paraissait chaud et douillet, encore qu'un tantinet bruyant et malodorant.

— Tout a l'air sec, annonça Darian. Et la paille semble propre.

C'était une bonne nouvelle – et la phrase la plus longue qu'il ait prononcée depuis leur départ de la clairière. Non qu'elle ait été plus bavarde que lui. L'un comme l'autre étaient restés plongés dans leurs pensées.

Emma retira sa cape gorgée d'eau et l'étendit sur les bras d'une charrue, avant d'esquisser un geste pour récupérer celle de Darian, encore posée sur la selle.

Elle tressaillit quand il la devança.

— Je m'en charge. Va te reposer.

Se reposer ? Pour ce faire, il eût fallu qu'elle soit en paix, et pour l'instant, toute détente la fuyait. Néanmoins, elle s'assit sur un sac de grain pendant que Darian accrochait sa cape à un crochet, et se mettait en devoir de desseller sa monture.

Le bandage avait tenu, et le sang ne semblait pas l'avoir traversé. Il avait peut-être eu raison d'affirmer que sa blessure n'était qu'une égratignure, songea

Emma, mortifiée au souvenir de la petite tape agacée qu'elle lui avait donnée parce qu'il enroulait mal le tissu. Seigneur, il avait dû penser qu'elle était une vraie mégère.

— Je te demande pardon, Darian. Je ne voulais pas me montrer si grincheuse tout à l'heure, à propos de ta blessure.

Il déposa la selle près du mur, dans un endroit bien au sec.

— Il n'y a pas de mal. Tu étais à bout de nerfs. C'est compréhensible.

Emma ferma les yeux, revoyant l'abominable scène.

— Darian... combien de temps faudra-t-il pour que les images s'estompent ?

Il mena le cheval au fond de la grange.

— C'est difficile à dire, répondit-il enfin. Je connais des hommes qui ont très vite surmonté le choc de leur première bataille. D'autres non. Tu dois d'abord cesser de t'adresser des reproches. Si quelqu'un est coupable, c'est moi. Je... il y a des choses que j'aurais pu faire autrement.

Un long discours. De la part d'un homme qui avait gardé si longtemps le silence, cela signifiait qu'il était lui aussi tenaillé par le remords, même si c'était pour des raisons différentes.

— Je ne peux pas m'empêcher de me demander si nous aurions pu... éviter les soldats grâce à mes visions.

Et si Rose serait toujours en vie. Emma n'avait pas même la force de prononcer tout haut le nom du chien-loup.

Darian se laissa tomber sur le sol en terre battue, s'adossant au sac de grain voisin.

— Peut-être, mais tes visions t'effraient et te troublent, et tu les repousses pour te préserver. Ce faisant, tu es réduite à t'en remettre au destin, comme la plupart d'entre nous.

Comme les gens normaux.

— Ces visions sont une malédiction, dit-elle d'une voix triste.

— Ou une bénédiction. Ou simplement une partie de toi-même. Peu importe. Il se trouve que tu souffres d'une migraine chaque fois que tu mets fin à une vision, et que tu préfères la douleur au dilemme. Chacun de nous décide de ce qu'il ou elle peut supporter.

Elle se raidit.

— Tu penses que j'ai tort de repousser ces visions ?

— Je ne me permettrais pas d'en juger.

Emma en doutait fort.

— Si je t'avais dit, à Hadone, que toi et moi... et Rose serions attaqués par les soldats de l'évêque Henri sur la route d'Oxford, tu m'aurais crue ?

— Peut-être pas à ce moment-là. En revanche, si à Londres tu avais évoqué des ennuis sur la route d'Oxford, j'aurais peut-être tenu compte de tes prévisions. J'aurais emprunté une autre route, ou je serais parti plus tôt.

Il eut un geste indifférent.

— Tout cela n'est que pure conjecture, Emma. Nous ne saurons jamais ce qui se serait passé véritablement.

— Pourtant tu me blâmes...

— Pas plus que je ne me blâme moi-même. Si je ne t'avais pas laissée dormir, si nous avions cheminé plus longtemps, si je n'avais pas fait halte à tel endroit plutôt qu'à tel autre, si Rose avait entendu les gardes plus tôt... Il y a trop d'éléments dépendants et indépendants de ma volonté pour que je puisse te blâmer, toi.

Il paraissait sincère. Emma avait beau se sentir bourrelée de remords, elle était en même temps soulagée d'apprendre qu'il ne lui en voulait pas pour la mort de Rose.

Mais ce qui la surprenait le plus, c'était la manière dont Darian réagissait à ses visions. Avant lui, en dehors de sa mère, nul n'avait été mis au courant de son don, tant elle craignait de se voir rejetée et méprisée par la société.

Une autre pensée la troublait. Darian avait toujours semblé sûr de lui – jusqu'à ce jour. Or elle avait le cœur serré de le découvrir à ce point tourmenté par le doute.

— Rien ne te certifiait que l'homme intéressé par ton cheval était un des soldats de l'évêque, observa-t-elle. Pas plus que tu ne pouvais deviner que d'autres seraient à nos trousses aussi vite. Tu n'as rien à te reprocher.

Il tourna la tête de droite et de gauche, comme pour soulager la tension accumulée dans sa nuque.

— J'aimerais comprendre pourquoi l'évêque Henri est si hostile aux mercenaires, et à moi en particulier.

— Je ne m'étais pas rendu compte que c'était le cas, répondit Emma, surprise. Je le croyais furieux parce que de Salis était une connaissance, ou un homme d'église, ou encore un ami.

— De Salis était un misérable, rétorqua Darian avec force. Ses hommes et lui ont incendié deux villages, tué les hommes, violé les femmes et mutilé des enfants pour s'amuser. C'est l'évêque Henri lui-même qui a ordonné son excommunication il y a quelques mois.

Une abominable créature, en effet.

— L'évêque Henri n'aurait pas dû être autrement bouleversé par sa mort.

Darian ramassa un brin de paille et le fit rouler entre le pouce et l'index, en fronçant les sourcils.

— Non, il n'aurait pas dû l'être, commenta-t-il comme pour lui-même. Il voulait sans doute que ce soit Dieu qui détermine l'heure de sa mort, et non des hommes.

Emma savait qu'il réfléchissait tout haut. Pourtant, sa remarque l'intrigua.

— Quels hommes ?

Il leva les yeux vers elle, puis les détourna.

— Je te demande pardon, Emma. Cela n'a pas d'importance.

Au fond d'elle-même, Emma avait la certitude du contraire.

— Quels hommes ?

— Mieux vaut que tu ne le saches pas. Moins tu es mêlée à cette affaire, moins tu seras en danger.

— Comme ce matin ? s'écria-t-elle, soudain alarmée. Darian, si des soldats finissent par rejoindre l'évêque Henri, il n'en sera que plus résolu à nous capturer – moi, parce que je suis ton témoin et que je l'ai empêché de te faire pendre. Que me caches-tu ?

Il avait cessé de rouler la brindille entre ses doigts et la courbait en deux.

— Le roi avait donné l'ordre d'assassiner de Salis. S'il n'était pas mort ce soir-là, il aurait été tué tôt ou tard.

Un assassinat !

— Mais qui accepterait de… ?

Emma sentit son estomac se nouer brusquement. Elle porta les mains à son ventre, regrettant qu'elle et Darian ne soient pas restés sous la pluie battante, qu'ils n'aient pas continué leur chemin jusqu'à Oxford, où ils auraient été trop las pour discuter.

Seigneur. Qui était mieux placé qu'un mercenaire pour éliminer un être malfaisant ? Et quel mercenaire, sinon celui qui était assis à ses pieds, en train d'écraser silencieusement un brin de paille ?

— Toi ?

— Oui, avoua-t-il, confirmant ses soupçons. C'est mon métier, Emma. J'exécute les pires criminels. Proprement et discrètement, sans que personne ne le sache, pas même ma victime, parfois. La plupart disparaissent sans témoin. Si j'avais tué de Salis, son corps n'aurait jamais été retrouvé, et je n'aurais pas été assez stupide pour laisser ma dague sur les lieux. L'évêque Henri le sait, et pourtant, il m'a accusé devant le roi et la cour.

Et elle s'était précipitée dans la mêlée, croyant Darian innocent – entre autres raisons. Seigneur ! Certes, il n'avait pas tué de Salis, mais il aurait obéi aux ordres du roi, comme il l'avait sans doute déjà fait par le passé.

Comment le roi et l'évêque avaient-ils osé se retourner contre l'homme qu'ils avaient chargé d'une si épouvantable mission ?

— Tu as été trahi ! Peut-être devrais-tu changer de camp, Darian. L'Emperesse Mathilde ne t'imposerait pas des devoirs aussi affreux.

Darian lui adressa un sourire triste.

— Il n'y a que toi pour penser cela.

— Que veux-tu dire ?

Il se leva, épousseta ses chausses et croisa les bras.

— Je t'assure que l'impératrice a ses propres assassins et qu'elle n'a nul besoin de moi. D'ailleurs, personne ne me force à faire ce que je fais. Je crois que certains hommes méritent la mort et je suis heureux de les envoyer en enfer.

Emma le dévisagea, horrifiée.

— Tu n'as rien à craindre de moi, Emma.

Sur quoi, il ramassa un seau tout proche et sortit de la grange sans se soucier de la pluie.

Emma baissa la tête en laissant échapper un gémissement.

C'était impossible. Le Darian qu'elle connaissait ne pouvait être aussi dur, aussi brutal. Certes, il avait prouvé ce matin qu'il savait se montrer impitoyable sur un champ de bataille, mais il se battait contre des hommes qui l'avaient attaqué. Il se défendait, il la défendait.

C'était bien différent de tuer quelqu'un de sang-froid, sur ordre du souverain.

Qu'était devenu l'homme patient et tendre qu'elle avait découvert ? Où était l'amant affectueux, attentionné ?

Comment deux êtres aussi opposés pouvaient-ils coexister dans un seul corps ?

L'amant souriant de sa vision se révélait être un assassin. N'était-ce pas la preuve indubitable que son pouvoir de divination était un don du diable ?

16

— L'endroit est joli.

Dans le bureau exigu mais plaisant de l'abbesse, Darian se tenait à la fenêtre qui surplombait la cour. Derrière lui, les mains jointes sur ses genoux pour dissimuler sa nervosité, Emma avait pris place sur un banc. Elle leva les yeux vers lui.

Aujourd'hui, il lui était à nouveau familier, loin de l'aspect qu'elle avait découvert en lui, la veille.

Elle avait passé une bonne partie de la nuit à réfléchir à la révélation qu'il lui avait faite, seule dans le grenier à foin où il n'était jamais venu la rejoindre. Elle avait tour à tour condamné, excusé, pardonné.

Et ne savait toujours que penser de sa profession.

Le matin, cependant, alors qu'ils s'approchaient d'Oxford, son inquiétude pour Nicole avait pris le pas.

Darian n'avait pas besoin d'elle. Nicole si, peut-être. Et Emma espérait enfin pouvoir être utile à quelqu'un.

— C'est vrai, admit-elle. L'abbaye ne ressemble pas à ce que j'avais imaginé.

— Tu n'es jamais venue ici ?

— Quand Gwendolyn et moi avons eu à choisir un couvent pour Nicole, nous avons opté pour Bledloe parce que l'abbesse avait la réputation d'être une femme ferme, mais douce.

— Vous ne saviez rien d'autre ?

— Seulement que Bledloe se trouvait au sud d'Oxford. D'après Sedwick, l'intendant de Camelen, qui a accompagné Nicole jusqu'ici, nous avions pris une sage décision, ce qui nous a réconfortées un peu.

La première lettre de Nicole avait confirmé ses dires. Par la suite, en revanche, Gwen et Emma avaient toutes les deux ressenti une impression étrange – Nicole semblait éteinte, résignée au sort contre lequel elle s'était autrefois violemment rebellée.

Construite en bois, l'abbaye de Bledloe n'était ni sombre ni austère. Des arches gracieuses ornaient le couloir qu'ils avaient emprunté, et des fenêtres en verre transparent, au sommet arrondi, laissaient généreusement pénétrer la lumière. Dès l'instant où elle était entrée, Emma avait éprouvé une sensation de sérénité, comme si cet endroit était un refuge, à l'abri des hommes, de leurs péchés et de leurs guerres.

Impatiente de voir l'abbesse revenir avec Nicole, Emma se leva à son tour et rejoignit Darian à la fenêtre.

La veille seulement, elle s'était jetée dans ses bras, quêtant son réconfort dans un moment d'insondable détresse. Aujourd'hui, elle était seulement fébrile, nerveuse, et trop troublée pour chercher à se rassurer dans les bras de son mari.

Des pas précipités se firent entendre au-dehors, ainsi que la voix excitée d'une enfant. L'instant d'après, Nicole faisait irruption dans la pièce, souriant jusqu'aux oreilles.

— Emma ! Tu es venue si vite !

Les deux sœurs s'étreignirent avec émotion, échangeant d'affectueux baisers. Bien qu'elle perçût le sourire amusé de Darian, Emma n'y prêta aucune attention. Pour le moment, rien ne venait troubler la joie et le bonheur qui la submergeaient.

Enfin, elle se dégagea, et considéra l'adolescente.

Vêtue d'une longue robe noire dans le style de celles des nonnes, ses cheveux noirs et brillants coiffés en une longue tresse, Nicole paraissait plus âgée.

— Oh, mon Dieu, comme tu as grandi !

Nicole et l'abbesse eurent un léger rire.

— Oui. Sœur Amélia a dû rallonger l'ourlet de ma robe il y a une quinzaine de jours, commenta Nicole avant de froncer les sourcils en désignant la tache qui s'étalait sur le bliaut d'Emma.

— Qu'est-il arrivé ? Et pourquoi tes mains sont-elles égratignées ? Es-tu blessée ?

— Non. Nous avons eu une mésaventure sur la route, c'est tout. Rien de grave.

Emma se tourna vers son compagnon.

— Nicole, je te présente Darian de Bruges. C'est son ami Philip qui t'a apporté ma lettre.

Nicole fit une révérence, et, à la surprise d'Emma, Darian sourit poliment et s'inclina à son tour, avec l'aisance d'un courtisan.

— Je suis heureux de faire enfin ta connaissance, Nicole. Ta sœur n'a parlé que de toi pendant tout le trajet.

— Est-ce votre sang, sur la robe d'Emma ?

Darian baissa les yeux sur le pansement qu'il n'avait pas retiré.

— Peut-être, mais nos blessures sont sans conséquence.

L'abbesse s'avança.

— Dame Emma, je sais que vous souhaitez voir Nicole seule, et je suppose qu'elle a envie de vous montrer le cloître et le jardin.

— Oh. Je peux, ma mère ?

— Certes. Je te donne même la permission de manquer les prières de l'après-midi – pour cette fois seulement.

— Merci. Viens, Emma. Nous avons un jardin vraiment ravissant.

— Très volontiers, répondit-elle en se tournant vers Darian. Une promenade ?

Il ne se départit pas de son sourire poli, mais se raidit légèrement.

— À dire vrai, j'allais vous demander une faveur, ma mère, déclara-t-il. Dame Emma attend depuis fort longtemps cette visite à sa sœur, et notre voyage a été éprouvant. Elle a besoin de se reposer et elle aimerait passer la Saint-Michel avec Nicole. Si c'est possible, j'aimerais la confier à vos bons soins pour quelques jours.

Stupéfaite, Emma ne put que le fixer sans répondre. Elle s'était imaginé que cette visite ne durerait que quelques heures, après quoi... Seigneur, elle n'avait pas envisagé une seule seconde ce qui se passerait ensuite. Où irait-elle ?

— Dame Emma est la bienvenue ici, répondit la religieuse. Nos chambres sont modestes, mais soyez certain qu'elle sera confortablement installée.

— En ce cas, je vous laisse. Adieu, mesdames.

Oh, non. Il n'allait pas franchir ce seuil sans lui fournir une explication sur ses raisons de l'abandonner en ces lieux – et sur ce qu'il entendait par « quelques jours ».

Elle lui barra le chemin.

— Où comptez-vous aller ?

— À Wallingford. Je serai absent quatre jours. Cinq, tout au plus.

Une bouffée de soulagement envahit Emma. Les jambes flageolantes, elle s'avoua intérieurement qu'elle avait craint qu'il ne revienne pas.

Elle ne devait guère s'étonner qu'il saisisse cette occasion de voir le comte Guillaume et ses camarades. Wallingord n'était qu'à quelques heures de route.

Néanmoins, il aurait pu l'avertir de ses intentions.

— Je vois. J'attendrai votre retour dans quatre jours.

Son sourire se détendit un peu.

— Peut-être cinq. Bonne visite, madame.

À regret, elle s'effaça pour le laisser passer. Peut-être était-ce mieux ainsi. Une séparation lui donnerait le temps de mettre de l'ordre dans ses sentiments et ses pensées. Seigneur ! Darian n'avait pas même atteint le bout du couloir qu'il lui manquait déjà.

Et soudain, l'idée lui vint qu'elle avait aussi affaire à Wallingford.

— Darian, attendez !

Marchant d'un pas aussi rapide que sa dignité le lui permettait, elle s'élança derrière lui.

— Peut-être devrais-je vous accompagner. J'ai prié le comte Guillaume de présenter ma pétition au roi Etienne, et j'aimerais savoir s'il l'a fait. Si vous m'accordez quelques heures ici avec Nicole, nous pourrons…

— Non. Vous ne vous approcherez pas davantage de Wallingford. Un siège n'est pas la place d'une dame.

Elle aurait préféré qu'il cesse de s'adresser à elle ainsi. Son prénom sonnait mieux sur ses lèvres, surtout quand ils étaient si proches l'un de l'autre.

Elle baissa la voix, consciente que l'abbesse et Nicole devaient les regarder et les écouter depuis le seuil.

— Avec toi, je serais en sécurité.

Il leva un sourcil d'un air ironique.

— Regarde le sang sur ton bliaud et dis-moi si tu étais en sécurité hier matin.

— C'était différent. Les soldats de l'évêque voulaient nous capturer. Il n'y aurait pas un tel danger là-bas.

Il poussa un soupir et, au moment où elle le croyait sur le point de céder à sa prière comme il l'avait fait par le passé, il prit sa main et la porta à ses lèvres.

— Pas cette fois, Emma. Reste avec ta sœur. Je parlerai à Guillaume de ta pétition, et je te donne ma parole que je reviendrai te chercher.

Emma comprit que ses prières demeureraient vaines. Darian avait l'intention de la protéger en la laissant à l'abbaye.

Mince consolation : il tenait toujours ses promesses.

Elle déglutit avec peine.

— Trois jours.

— La Saint-Michel est dans trois jours. Passe-la avec ta sœur, et j'essaierai de venir le jour d'après.

Il lâcha sa main et s'en alla. Quand la porte se fut refermée sur lui, Emma prit une inspiration et se retourna. Comme elle le soupçonnait, Nicole et l'abbesse l'observaient. Nicole paraissait perplexe. La religieuse, en revanche, ne l'était guère, et Emma redoutait déjà la longue conversation que cette dernière ne manquerait pas de solliciter.

Elle sourit à sa sœur.

— Viens, Nicole, fais-moi visiter le cloître.

La main de l'abbesse se posa sur l'épaule de Nicole.

— Puisque vous restez avec nous, dit-elle, songeons d'abord à vous installer. Nicole, ta sœur semble de la même taille que Sœur Agnès. Va donc gentiment lui demander si Emma peut emprunter sa robe de rechange pendant qu'on répare ses vêtements. Qu'elle apporte aussi de l'onguent. Ensuite, va à la cuisine informer Sœur Enid qu'il nous faut de l'eau chaude pour un bain. Pourras-tu te souvenir de tout cela ?

— Certes, ma mère. Mais quand pourrai-je montrer les jardins à Emma ?

— Penses-tu que les jardins ne seront plus là demain ? Patience, enfant, patience !

Nicole poussa un soupir si exagéré qu'Emma dut réprimer un sourire. Gwen et elle s'étaient fait du souci pour rien. En dépit du ton de ses lettres, Nicole n'avait pas changé du tout.

Le lendemain matin, Emma assista à la messe avec les nonnes. En regardant Nicole participer aux rites religieux, elle songea qu'elle s'était trompée, la veille. Nicole avait changé, quoique moins radicalement que Gwen et elle ne l'avaient craint. Elle avait conservé son caractère vif, mais à présent, elle était également capable de rester immobile, tête baissée, en prière ou dans un recueillement silencieux, toutes attitudes qu'il lui aurait été impossible de tenir à Camelen.

Peut-être Nicole s'épanouissait-elle grâce à la fermeté de l'abbesse, peut-être suivait-elle l'exemple des femmes de tous âges qui se dévouaient à l'œuvre de Dieu. Quoi qu'il en soit, Nicole semblait à sa place à Bledloe Abbey, plus qu'Emma ne l'avait jamais été à la cour.

Quelques instants plus tard, Nicole l'entraînait dans les jardins.

— Je te demande pardon pour hier soir, dit Emma. Je me suis endormie si vite.

— C'est vrai que j'ai été déçue, mais j'ai vu combien tu étais fatiguée lorsque tu as pris ton bain. Et ainsi que me l'a rappelé la mère supérieure, les jardins sont encore là ce matin.

L'adolescente marqua une brève pause.

— Emma, qui est Darian de Bruges ?

Un silence s'installa. Emma avait espéré que Nicole s'abstiendrait de lui poser la question. Non qu'elle ne veuille pas avouer la vérité à sa jeune sœur, mais elle ne savait comment lui présenter la situation de manière à ne pas heurter sa sensibilité de très jeune fille.

— Darian et moi nous sommes mariés il y a deux semaines, répondit-elle enfin. Ni lui ni moi ne nous attendions à ce que le roi Etienne exige que…

Nicole s'était arrêtée brusquement, les yeux écarquillés.

— Tu t'es mariée sans me prévenir ?

— Tout s'est passé trop vite, expliqua Emma, un peu gênée. Naturellement, j'aurais préféré que Gwendolyn et toi soyez là, mais cela n'a pas été possible.

Nicole baissa les yeux sur leurs mains jointes.

— Tu ne portes pas d'anneau.

— Pas encore.

— Pourquoi ?

Emma soupçonnait que Darian n'avait pas l'intention d'obéir à l'ordre du roi sur ce point. Ne serait-ce pas du gaspillage d'offrir un bijou à une femme qui cesserait bientôt d'être son épouse ?

En toute franchise, elle-même n'y avait pas accordé une seule pensée avant cet instant, et il lui semblait absurde de trouver son doigt soudain nu, alors qu'il n'avait jamais connu le poids d'une bague.

— Ne t'ai-je pas dit que tout s'était fait dans une grande hâte ? Allons, tu n'allais pas me montrer le cloître ?

Au grand soulagement d'Emma, Nicole n'insista pas, et la guida vers le centre de l'abbaye, un vaste jardin entouré de bâtiments sur quatre côtés.

Chaque partie était divisée en quarts par des allées, où poussaient en abondance plantes, arbres et buissons. Des bancs étaient éparpillés ici et là, offrant aux religieuses le loisir de méditer, de lire ou tout simplement d'admirer la beauté et la solennité des lieux.

Emma écouta Nicole lui donner le nom de chacune des plantes, impressionnée par les connaissances de sa jeune sœur.

— Viens, allons nous asseoir un moment, suggéra-t-elle quand Nicole eut enfin terminé. J'aimerais savoir comment tu vas.

— Très bien.

— Tu ne te plains de rien ?

— Non.

Les yeux de Nicole se mirent à briller.

— Sais-tu que j'ai un don pour les plantes ? Tout au moins, c'est ce qu'affirme Sœur Enid. Surtout les herbes aromatiques. Je passe des heures à les cueillir, et à les hacher en vue d'en faire des mélanges.

— Pour la cuisine ?

— Certainement pas ! se récria Nicole. C'est pour un usage médicinal.

Elle promena un doigt sur la paume meurtrie d'Emma.

— L'onguent que nous avons préparé pour tes mains contient de la langue-de-chien, qui apaise les brûlures et les contusions. La lavande ajoutée à l'eau du bain a aussi un effet calmant. Et le safran guérit les fièvres et équilibre l'humeur.

Emma sourit.

— Je l'ignorais.

— D'ailleurs, je pense que le safran pourrait t'aider. Souffres-tu toujours de migraines ?

Emma se souvint de la dernière migraine dont Nicole avait été témoin. C'était à la mort de son père et de son frère. Dieu seul savait comment elle avait réussi à suivre la veillée et les rites funèbres sans perdre connaissance.

— Les dernières ont été moins sévères.

— J'ai concocté une potion pour toi, que je garde à l'infirmerie. C'est un mélange d'écorce de saule, de safran et de tanaisie. La prochaine fois que tu auras mal à la tête, fais-en une tisane. Tu me diras si cela t'aide. Sinon, je t'en préparerai un autre, en ajoutant peut-être plus de tanaisie.

Seigneur ! Emma comprenait mieux l'intérêt que Nicole vouait aux plantes médicinales. Au début, sa petite sœur cherchait peut-être un moyen d'apaiser ses migraines. Comme c'était généreux de sa part.

Mais inutile. Emma connaissait déjà le remède.

Il lui suffisait de ne plus jamais regarder dans un bassin, une rivière, un lac ou une fontaine.

Cependant, elle n'avait pas le cœur de gâcher à sa jeune sœur le plaisir de la quête. La potion de Nicole guérirait peut-être d'autres qu'elle.

— Je serai honorée d'essayer ta tisane.

— Nous pouvons aller à l'infirmerie et… Oh, non. J'ai peur que nous ne devions attendre.

L'abbesse s'avançait à leur rencontre.

— Il est l'heure de mes leçons, soupira Nicole. Aujourd'hui, je dois faire de l'arithmétique. Je préfère l'écriture.

— Tu es en retard, Nicole, gronda gentiment l'abbesse.

— J'y vais, répondit celle-ci en se penchant pour étreindre Emma. Je viendrai te retrouver tout à l'heure et nous irons à l'infirmerie pendant que tout le monde s'apprête pour le dîner.

— Avec plaisir.

L'abbesse prit la place que Nicole avait laissée vacante.

— J'imagine que Nicole vous a parlé de la surprise qu'elle vous réservait.

— La potion pour les migraines ? Je dois avouer que je suis étonnée qu'elle s'intéresse tant aux plantes.

— Cela lui a tout de suite plu. Elle supporte les leçons, les corvées et ce qu'elle considère comme des prières incessantes, en échange du temps qu'elle passe à l'infirmerie. Parfois, je pense que ses sourires sont plus efficaces pour guérir nos sœurs malades que les cataplasmes et les tisanes.

— Nicole a un beau sourire, et cela me fait du bien de le revoir. Gwendolyn et moi étions inquiètes à son sujet et je suis heureuse de constater que nos soucis n'avaient pas de raison d'être.

— Elle s'est découvert un but, ici, commenta la religieuse, et elle sera libre d'étudier les herbes médicinales aussi longtemps qu'elle le souhaite.

Emma se mordilla la lèvre.

— Ma pétition pour son retour à Camelen a peut-être été présentée récemment au roi. Après avoir vu combien elle s'épanouit chez vous, je me demande s'il ne serait pas préférable qu'elle reste, pour l'instant.

— Nicole parle souvent de Gwendolyn et de vous. Elle vous aime et vous lui manquez. Ces derniers mois n'ont guère été faciles pour vous toutes.

— C'est vrai, murmura Emma. Mais Gwendolyn est désormais heureuse dans son rôle d'épouse et de châtelaine à Camelen, et Nicole, comme vous le dites, s'est découvert un but ici. Peut-être nos vies commencent-elles à repartir dans la bonne direction.

— Et vous ? Je sais écouter, si vous désirez parler.

Ainsi, la mère supérieure n'était pas venue seulement dans l'intention d'envoyer Nicole à ses leçons. Emma hésita. Partager son fardeau lui procurerait sans doute un certain réconfort, mais elle craignait de choquer la religieuse.

— Mon récit risque de vous paraître sordide.

L'abbesse écarta son objection d'un geste.

— Je peux vous en épargner une partie. Dame Julia rend actuellement visite à son oncle à Oxford, à l'occasion de la Saint-Michel. Elle est venue avec le comte l'autre jour, et nous avons passé quelques instants à causer sous le poirier. J'avoue que j'ai entendu plus de commérages sur la cour que je ne le désirais.

Julia ! Elle n'avait guère pu résister au plaisir de raconter toute l'affaire.

— Ainsi, poursuivit la mère supérieure, je sais comment on vous a traitée à la cour et ce qui s'est passé dans les appartements du roi.

En ce cas, elle n'ignorait pas que Darian avait été accusé de meurtre, qu'Emma s'était portée garante de son innocence, et qu'ils étaient mariés.

— Je vous remercie de n'avoir rien dit à Nicole.

— Ce n'était pas à moi de lui en parler. Et l'affaire ne sortira pas de ce cloître, à moins que vous ne le souhaitiez.

Elle sourit.

— Dame Julia n'est pas si scrupuleuse, ajouta-t-elle sur un ton entendu.

— Certes non, mais j'ai beaucoup d'affection pour elle.

— Moi aussi. Je vous avoue que j'ai été impressionnée par votre Darian, plus que je ne l'aurais cru, étant donné votre rendez-vous secret dans les appartements de la reine.

— Ce... rendez-vous n'a jamais eu lieu, confessa Emma. J'ai menti en prétendant que Darian avait passé la nuit avec moi.

L'abbesse écarquilla les yeux.

— Menti ?

— L'évêque accusait Darian d'avoir assassiné Edouard de Salis, et Darian a affirmé qu'il était innocent. Personne ne s'est porté à son secours. Quand le roi l'a déclaré coupable et a ordonné aux gardes de l'emmener et de prévenir le bourreau, j'ai décidé d'empêcher cette injustice. C'est pourquoi j'ai menti.

— Par ma foi ! Vous étiez si sûre de son innocence que vous avez péché pour lui ?

Elle avait commis de pires péchés pour lui, mais elle n'allait pas évoquer ceux-là.

— Darian n'est pas coupable. Il consacre tous ses efforts à rechercher le véritable assassin. Philip, l'homme qui a transmis ma lettre à Nicole, l'y a aidé.

— Ce mensonge vous a apporté bien des désagréments.

— Mais il a sauvé Darian de la potence, et évité un crime contre lui. Je serais prête à recommencer s'il le fallait.

— Dame Julia était outragée que le roi vous ait forcée à épouser un homme d'une condition si inférieure à la vôtre. Une femme de votre lignée ne devrait pas avoir à subir pareille insulte.

Emma demeura un instant silencieuse. L'abbesse, comme la plupart des personnes qui atteignaient des positions élevées au sein de l'Église, était sans doute de noble extraction. Il était clair qu'elle jugeait honteux un mariage entre une noble et un mercenaire.

Comme Darian lui-même, du reste. Elle l'entendait dans sa voix chaque fois qu'il l'appelait « madame ».

— Nous avons l'intention de faire annuler cette union dès que possible, répondit-elle enfin.

— Pour quel motif ?

Excellente question, qu'Emma choisit d'éluder.

— Le problème n'est pas tant le motif que l'évêque Henri. Il n'est pas enclin à contenter Darian, et il est furieux contre moi. Si jamais il découvre que j'ai menti – et il le saura immanquablement quand Darian révélera le nom du véritable meurtrier – eh bien, notre pétition n'aura plus aucune chance d'atteindre Rome.

— Que de complications, soupira l'abbesse en se levant. Mais votre situation m'intrigue. Je suis sûre que nous possédons à la bibliothèque des ouvrages traitant de ce sujet. Par ailleurs, je connais un abbé qui est très versé dans ces questions de procédure. Souhaitez-vous que je me renseigne ? Sans citer votre nom, bien entendu. Quoique, à en juger par la vitesse à laquelle vont les nouvelles, il devinera sans doute pour qui je cherche ces réponses.

Emma prit une profonde inspiration. Devant elle se tenait une femme qui pouvait l'aider à annuler son mariage. Darian aussi se réjouirait d'être conseillé sur la manière de procéder.

La gorge soudain nouée, Emma hésitait pourtant. Elle avait toujours su que leur mariage ne durerait pas, qu'un jour ils se sépareraient et que chacun irait son chemin. Mais ce jour-là lui avait toujours semblé lointain.

Plus maintenant.

17

Debout sur le chemin de ronde de Crowmarsh, le fortin en bois que le roi avait fait construire en face de Wallingford, Darian baissa les yeux sur la Tamise. De là, on avait une vue dégagée sur l'amont et l'aval du fleuve, et on pouvait observer les troupes ennemies qui tentaient d'entrer à Wallingford ou d'en sortir.

Pour le moment, aucun mouvement n'était visible. Personne n'avait quitté la forteresse depuis des mois. On disait que Brian fitz Count avait des réserves de vivres suffisantes pour tenir tout l'hiver et une partie du printemps.

Le siège se trouvait dans une impasse.

Tout comme sa propre vie, songea Darian. Non seulement il n'avait pas accompli de progrès, mais il avait réussi à aggraver la situation.

Prouver son innocence était devenu une obsession chez lui, et l'avait poussé à commettre des erreurs – comme le lui avait fait sèchement remarquer le comte Guillaume, la veille.

De tout autre que lui, Darian aurait refusé d'essuyer pareille réprimande sans se défendre. Mais Guillaume était un homme juste, et Darian était conscient de mériter les paroles dures qu'il lui avait adressées. N'avait-il pas mis en danger la vie d'Emma et perdu Rose ? Seigneur, elles lui manquaient cruellement, toutes les deux.

Alors qu'il n'était séparé d'Emma que depuis moins d'une journée, il se languissait d'elle. Il brûlait de plonger son regard dans ses yeux de biche, d'entendre sa voix mélodieuse, de baigner dans sa sérénité, de savourer sa généreuse passion. Singulière femme qu'Emma. Il ne pouvait décider laquelle de ses qualités et de ses manières le ravissait le plus.

Et s'il ne pouvait plus rien pour le chien-loup qui l'avait si fidèlement servi, il devait libérer Emma du guêpier où il l'avait entraînée.

Pour annuler leur mariage, ils seraient peut-être contraints de révéler qu'elle avait menti à la cour. Après quoi, il risquait fort de se voir condamner à la pendaison. Malheureusement pour lui, Hubert était son unique témoin – et un témoin que l'évêque Henri jugeait indigne de confiance.

D'ailleurs, Hubert était parti pour York. Le retrouver serait malaisé, et ne servirait probablement à rien.

Cela signifiait qu'il devait retourner à Southwark.

Mais que faire d'Emma pendant qu'il rôdait dans ce quartier dangereux ? Devait-il la laisser à Bledloe Abbey ? La ramener à Camelen ? Il doutait fort qu'elle veuille retourner à Westminster ou à Hadone.

Peut-être pourrait-il acquérir un petit manoir, dans le Kent, où elle voudrait bien résider jusqu'à ce que tout soit résolu. Il viendrait lui rendre visite de temps à autre, s'assurer qu'elle ne manquait de rien, l'entretenir d'événements et de gens qui n'avaient rien à voir avec la guerre ou les meurtres, et passer les nuits avec elle, dans un lit douillet, leurs membres entremêlés après l'extase.

Dire que, quelques jours auparavant, il avait frémi en entendant Thomas évoquer un projet semblable. Un foyer confortable, une épouse affectueuse qui l'attendait. Pourquoi cette idée lui semblait-elle parfaitement raisonnable à présent, si l'épouse était Emma ?

Il secoua la tête, empêchant ses pensées de s'emballer. Aucune dame n'accepterait de mener une telle vie. Il ne pouvait pas demander à une princesse de vivre dans une si modeste demeure et, pour toute occupation, d'y attendre les rares visites de son mercenaire de mari.

Mais alors, pourquoi ne parvenait-il pas à bannir de son esprit l'image d'Emma debout sur le seuil d'un manoir, souriante, l'accueillant d'un baiser ?

Un bruit de pas interrompit ses rêveries, et le comte Guillaume apparut sur la courtine. Il s'adossa à la palissade, portant son attention sur le château qui se dressait de l'autre côté du fleuve.

— Philip devrait être de retour dans quelques jours, déclara-t-il enfin. Avant d'accuser le frère du roi d'avoir ordonné l'assassinat d'Edouard de Salis, je veux savoir exactement ce que Philip a appris des gardes du Clink.

Le comte Guillaume s'attendait donc à ce qu'il reste à Wallingford jusqu'au retour de Philip, songea Darian. La veille, après que la colère du comte s'était quelque peu apaisée, Darian lui avait relaté par le menu sa rencontre avec Hubert et les conclusions qui en découlaient. La suggestion de Guillaume était donc sensée, mais Darian avait promis à Emma de revenir à Bledloe le lendemain de la Saint-Michel. S'il s'attardait à Wallingford, il ne pourrait pas tenir sa promesse.

En réalité, la sagesse lui commandait de ne pas y retourner du tout. Emma était en sécurité à l'abbaye, que cela lui plaise ou non. S'il disparaissait de sa vie, elle conclurait à un abandon, et se ferait une raison, dans son propre intérêt.

Quant à lui, moins il verrait Emma, moins il rêverait de baisers accueillants et de divines étreintes.

Sauf qu'il était sûr d'y retourner, ne serait-ce que parce qu'il lui avait donné sa parole. Il serait peut-être en retard, mais il tiendrait sa promesse.

— Je l'attendrai, murmura-t-il. Et Perrin ?

Le comte soupira.

— S'il est en vie, nous le retrouverons. Je vais envoyer Marc et Armand à Southwark pour voir ce qu'ils peuvent y apprendre. Ils seront de retour avant Philip. À présent, je dois aller m'entretenir avec le roi.

— A-t-il lu la pétition de dame Emma ?

— Je la lui ai remise le jour de mon arrivée, et il n'est pas encore parvenu à une décision.

— On pourrait s'imaginer que ce n'est pas si compliqué de décider du sort d'une enfant.

— Je lui en reparlerai. En ce qui te concerne, ne t'avise pas de l'approcher.

Darian comptait bien s'en abstenir. Il ne se rappelait que trop distinctement sa dernière entrevue avec le souverain.

Le surlendemain de la Saint-Michel, dans le cabinet de l'abbesse, Emma jetait de fréquents coups d'œil par la fenêtre, en s'efforçant de ne pas s'inquiéter. Sur le bureau, une pile de parchemins roulés témoignait des recherches entreprises par la religieuse sur la question des annulations.

— L'Église tient à ce qu'un mari s'acquitte de ses devoirs envers son épouse, commença cette dernière. Si Darian vous abandonnait, il n'y aurait aucune raison pour que le mariage perdure.

Emma s'assit sur une chaise, à côté de son amie Julia.

— Darian reviendra, assura-t-elle. Sinon aujourd'hui, demain, ou dès qu'il le pourra.

La mère supérieure soupira.

— En êtes-vous certaine ?

Croire le contraire aurait plongé Emma dans les affres du désespoir. Elle devait se cramponner à la pensée que Darian avait été retardé pour quelque bonne raison – et non parce qu'il avait l'intention de l'abandonner.

— Darian tient toujours parole.

L'abbesse s'empara d'un nouveau rouleau de parchemin.

— La consanguinité semble être le motif le plus fréquemment invoqué pour obtenir une annulation. Est-il possible que Darian et vous soyez parents ?

Julia éclata de rire.

— Ce serait fort étrange, ma mère. Pour qu'un paysan flamand soit apparenté à une dame noble d'origine normande et galloise, il faudrait que leur arbre généalogique remonte jusqu'à Adam et Ève !

— C'est bien ce que je craignais, fit l'abbesse, avant de poursuivre, rougissant légèrement. Serait-il possible que votre Darian soit… impuissant ?

Réprimant un sourire amusé, Emma secoua la tête.

— Je crains que Darian ne souffre pas de pareille déficience.

— Si vous en avez la certitude, pouvons-nous en conclure que le mariage… a été consommé ?

Ce fut le tour d'Emma de s'empourprer.

— Nous le pouvons.

L'abbesse repoussa le parchemin.

— En ce cas, il ne nous reste plus que la question du consentement. Je suppose que le roi vous l'a demandé à tous les deux.

Emma s'en souvenait clairement.

— Oui, et nous l'avons donné l'un et l'autre, quoique à regret.

La religieuse étrécit les yeux.

— À regret ?

— Si je me rappelle bien, j'ai dit : « Seulement parce que vous me l'ordonnez, sire », et Darian : « Si vous insistez. »

— Voilà qui ne ressemble guère à un consentement librement donné ! s'indigna l'abbesse.

— Ils étaient sur le point de pendre Darian. Nous n'avions pas le choix.

— Quelle femme a jamais le choix ? maugréa Julia. Rares sont celles qui osent refuser les mariages qui sont arrangés pour elles, surtout si c'est le roi qui les a ordonnés. La qualité du consentement n'entre pas en ligne de compte.

— Peut-être, observa l'abbesse, mais l'Église réprouve les mariages forcés.

— L'évêque Henri était présent quand Darian et moi avons échangé nos vœux, si l'on peut les appeler ainsi, et il n'a pas mis en doute la qualité de notre consentement.

— J'ignore pourquoi il ne l'a pas fait, mais peu importe. Je dirais que la nature de votre mariage à Darian vous donne des motifs d'annulation.

Les choses étaient-elles vraiment aussi simples que cela ?

— À qui devons-nous en adresser la demande ?

L'abbesse eut un sourire rusé.

— En principe, vous pourriez solliciter n'importe quel évêque, mais si j'étais vous, je m'adresserais à Theobald de Bec, archevêque de Canterbury.

— Pourquoi Canterbury ?

— Pendant bien des années, expliqua la religieuse avec un large sourire, l'évêque Henri a occupé la position de légat papal, qui plaçait Winchester au-dessus de Canterbury, le siège traditionnel de l'Église en Angleterre. À la mort du pape Innocent II, Henri a perdu ce privilège. L'archevêque Theobald et lui attendent maintenant une décision du pape Eugène III pour savoir lequel des deux, à supposer que ce soit l'un des deux, aura cet honneur et le pouvoir qui va de pair avec cette position. Croyez-moi, Theobald sera ravi de contrarier Henri, même s'il s'agit seulement d'annuler un mariage que ce dernier a béni.

Julia applaudit.

— Parfait ! Songez, Emma, que vous pouvez avoir votre annulation et vous venger de l'évêque Henri par la même occasion.

Parfait, en effet, se dit Emma tristement. Son mariage avait commencé à cause de l'évêque Henri, et pourrait se terminer à cause de lui aussi. Si seulement elle n'avait jamais entendu parler d'Henri, évêque de Winchester !

Julia se leva.

— Maintenant que tout est réglé, je dois partir. Emma, je suis désolée que nous n'ayons pas passé plus de temps ensemble. Mais souvenez-vous que je suis prête à vous aider de quelque manière que ce soit.

Emma se laissa étreindre avec reconnaissance. Malgré ses défauts, Julia de Vere lui vouait une amitié chaleureuse et sincère.

— Je ne l'oublierai pas. Bon voyage.

Julia partie, Emma prit congé de l'abbesse et se dirigea vers le cloître. Elle comprenait pourquoi Nicole se plaisait tant en ces lieux.

Dans ce jardin ouvert sur le ciel, embaumant les plantes odorantes, les âmes troublées pouvaient oublier un temps les malheurs qui frappaient le royaume, audelà des hauts murs d'enceinte de l'abbaye.

Mais Emma ne parvenait pas à oublier. Darian se trouvait de l'autre côté de ces murs. Encore à Wallingford ? Ou en route pour Bledloe ? Lui était-il arrivé malheur ? Elle tremblait en imaginant la réaction de l'évêque Henri si quelqu'un lui avait ramené les cadavres de ses soldats…

Certes, elle était persuadée que Darian tiendrait sa promesse. Mais plus le temps passait, plus il lui manquait, et plus son inquiétude allait croissant.

Elle leva la main et cueillit une pomme, songeant qu'elle n'était jamais venue dans cette partie du cloître. Et soudain, elle comprit pourquoi.

La fontaine.

Un saint dont elle ignorait le nom, sculpté dans du marbre blanc, dominait le petit bassin à ses pieds. L'eau coulait doucement sur les pierres qui lui servaient de socle, dans un murmure apaisant, attirant.

Ce bassin pourrait lui apporter les réponses qu'elle cherchait.

Jamais elle n'avait vraiment tenté de contrôler ce qu'elle voyait, songea-t-elle, pensive. Si elle se concentrait sur un lieu, sur une personne, ou une question, l'eau livrerait-elle ses secrets ?

Quelle folle idée ! se récria-t-elle. Et pourtant, si tentante. Était-elle prête à prendre le risque d'affronter une vision terrifiante dans le seul but de satisfaire sa curiosité ? Darian avait-il raison de suggérer qu'elle niait une partie d'elle-même en refusant ces visions ?

Terrifiée, et se réprimandant pour sa lâcheté, Emma posa la pomme sur le banc, emplit ses pensées du visage bien-aimé de Darian, et s'approcha de la fontaine.

Bientôt, les traits tant désirés apparurent sous ses yeux.

Darian était assis en tailleur sur le sol, dans un cercle composé de cinq hommes. Elle reconnut Thomas et Armand. Tous riaient, hormis Darian, qui souriait. Puis il lança une paire de dés au milieu du cercle et son sourire s'élargit.

Le cœur battant, captivée par la vision, Emma s'agenouilla pour mieux voir. Darian paraissait si heureux, plus heureux qu'elle ne l'avait jamais vu. Elle l'avait vu sourire, certes, mais pas ainsi.

Elle aurait tout donné pour être à ses côtés à cet instant, tendre la main vers lui, caresser sa bouche…

L'eau frémit. Darian disparut.

Emma cilla, et se rendit compte que ses doigts avaient effleuré l'eau du bassin, en troublant la surface et mettant fin à la vision. Elle ferma les yeux, dans l'attente que la douleur lui transperce la base de la nuque avant d'exploser dans son crâne.

En dehors d'une légère sensation de vertige, rien ne se produisit.

Elle se leva, ouvrit les yeux, et fixa la statue. Le vertige cessa. Elle ne ressentait aucun malaise, aucun inconfort.

Seigneur! Elle avait sollicité une vision, et vu ce qu'elle désirait voir : Darian.

En train de lancer les dés. De sourire à ses camarades mercenaires. Heureux en leur compagnie comme il ne l'avait jamais été avec elle. Et visiblement peu pressé de les quitter.

De toute évidence, elle ne lui manquait pas autant qu'il lui manquait.

Emma se laissa tomber sur le banc et mordit rageusement dans la pomme, libérant sa colère sur le fruit. Dire qu'elle se languissait de lui, et que lui – le misérable – jouait tranquillement aux dés, s'amusait et, à en juger par son sourire éclatant, gagnait!

De plus, elle ne pourrait pas lui reprocher d'avoir lanterné à Wallingford, car alors, il saurait qu'elle l'avait surpris dans une vision – qu'elle l'avait espionné.

Elle déglutit, et la pomme pesa lourdement sur son estomac.

Certes, elle n'avait pas eu l'intention d'espionner, seulement de vérifier si elle pouvait contrôler une vision. Mais son exploit lui faisait honte. Observer les autres à leur insu était inacceptable. Et le fait que Darian lui manque ne constituait pas une excuse valable.

Si elle avouait à Darian ce qu'elle avait vu, il se mettrait peut-être en colère, et elle ne désirait pas se quereller avec lui. Elle n'avait qu'un souhait : qu'il vienne la chercher parce qu'elle brûlait de le retrouver et que… qu'elle l'aimait.

Était-ce possible? Une bouffée de joie la submergea. L'espace d'un instant, elle baigna dans la sensation d'un cœur débordant de bonheur et de jubilation. Elle aimait Darian, et son allégresse était presque insoutenable.

Trop tôt, l'exultation se dissipa.

Aimer Darian était peut-être une folie plus grande encore que de chercher à mettre ses visions à l'épreuve.

Elle aimait un mari qui voulait rompre leur mariage. Elle aimait un mercenaire qui admettait avoir commis des assassinats. Elle aimait un homme à qui elle ne manquait pas suffisamment pour qu'il s'arrache à ses parties de dés – à supposer qu'il fût en train de jouer aux dés, bien sûr.

La vision lui avait-elle révélé ce qui se déroulait au moment même, ou un événement du futur ? Peut-être Darian ne prenait-il pas du bon temps à Wallingford. Peut-être était-il en route vers elle…

Cette brève lueur d'espoir s'éteignit aussi vite qu'elle avait surgi. En son for intérieur, elle n'y croyait pas. Tout comme elle savait que la nappe rouge dans la cuvette à Hadone avait annoncé l'attaque des soldats de l'évêque, elle savait que l'eau de la fontaine lui montrait le présent.

Seigneur ! Dire qu'elle apprenait à déchiffrer ses visions.

Sans Darian, elle n'aurait peut-être jamais eu le courage de regarder délibérément dans l'eau. Elle n'aurait peut-être jamais connu la joie d'aimer un homme de tout son cœur, de toute son âme.

Quoi que l'avenir lui réserve, elle avait pris des risques et s'en trouvait plus forte.

Une force dont elle aurait sans doute besoin pour ne pas succomber au désespoir… si Darian ne venait pas la chercher.

— L'évêque hait les mercenaires et ne demanderait pas mieux que de les renvoyer tous dans les Flandres, observa le comte Guillaume en passant une main sur son menton d'un air songeur. Et plus j'y réfléchis, plus je suis persuadé que c'est moi qu'il vise. Henri ne peut pas m'attaquer directement parce que j'ai la faveur du roi. Par conséquent, il essaie de me discréditer à travers vous.

Marc laissa échapper un sifflement.

— Il vous déteste à ce point ?

Guillaume acquiesça.

— L'évêque Henri jalouse tous ceux qui ont de l'influence sur le roi Etienne. Depuis quelque temps, il sent que le pouvoir lui échappe. Je suis convaincu qu'il est prêt à tout pour redevenir le conseiller privilégié de son frère.

— Perrin a dû tomber entre les mains de l'évêque, sans doute pour une dette de jeu, déclara Darian en réfléchissant tout haut, et Henri l'aura jeté en prison pour faire croire à sa désertion. Puis il a conçu un plan afin de m'accuser du meurtre d'Edouard de Salis – et vous blâmer pour la conduite de vos troupes.

— C'est ainsi que je vois la situation, en effet.

— Mais cela signifie qu'Henri, ou un de ses sous-fifres, a persuadé l'un d'entre nous de voler ma dague et de la lui remettre en guise de preuve contre moi.

— Persuadé ou forcé, corrigea le comte. Pour l'instant, ce qui me préoccupe, c'est ce que l'évêque Henri est en train de mijoter.

— Guillaume, nous avons besoin de savoir qui a dérobé cette dague.

— Et nous le saurons. Mais un point reste obscur : pourquoi de Salis se trouvait à Southwark ? C'est étrange qu'il s'y soit trouvé à un moment si opportun pour Henri.

— L'évêque l'a excommunié, intervint Philip. Peut-être de Salis voulait-il demander à Henri de revenir sur sa décision.

— J'en doute. À mon avis, de Salis se moquait totalement du jugement d'Henri.

Darian écoutait en faisant les cent pas, certain qu'il existait un autre lien entre les deux hommes.

— Une prostituée m'a affirmé que de Salis avait passé sa dernière nuit sur terre avec elle, mais j'ai eu l'impression qu'elle en savait plus sur lui qu'elle ne voulait m'en révéler. Philip, lorsque nous nous sommes rencontrés là-bas, tu m'as bien dit que les gens semblaient avoir peur de parler de lui, tu t'en souviens ? Peut-être est-il resté plus d'une nuit à Southwark ?

— C'est possible.

Darian passa une main fébrile dans ses cheveux.

— L'évêque Henri était opposé à la décision qu'avait prise le roi d'assassiner de Salis. Je me rappelle lui avoir fait remarquer qu'il aurait été moins indulgent si ses propres villages avaient été incendiés. De Salis serait-il venu à Southwark pour conclure un accord de ce genre avec l'évêque ? Pour lui proposer d'épargner ses biens ?

Philip écarquilla les yeux.

— Henri aurait été de mèche avec de Salis ? Si l'hypothèse se vérifie et qu'elle arrive aux oreilles du roi, il en fera une attaque !

— En effet, opina Guillaume. De Salis a pu proposer à l'évêque de ne pas attaquer ses possessions, en échange d'un pot-de-vin.

— Dans ce cas, fit Darian, perplexe, pourquoi Henri semblait-il si opposé à son assassinat ?

Guillaume avait une réponse toute prête.

— Parce qu'il pouvait se servir d'Edouard de Salis pour te pendre, me discréditer et continuer à apparaître vertueux aux yeux de tous.

Darian serra les poings.

— Pas de tous. Celui qui a volé ma dague devait être au courant de l'usage qu'on allait en faire.

— Pas nécessairement. Philip, Marc, aucun mot de cette conversation ne doit sortir d'ici. Compris ? Darian, reste un moment.

Les deux mercenaires se retirèrent, laissant Darian seul avec le comte.

— Darian, le roi a décidé de refuser la pétition de dame Emma. Assure-la de mes regrets : j'aurais souhaité avoir de meilleures nouvelles à lui apporter.

— A-t-il donné une raison ?

Le cœur serré, Darian écouta Guillaume lui exposer les intentions du roi concernant Nicole. Il sentait sa colère croître au fil du récit, devant l'injustice faite à la jeune fille, et peut-être à Emma.

Mais, n'ayant pas les moyens de contrer la volonté du roi, il ne pouvait qu'avertir les malheureuses de ce qui les attendait.

18

Si elle courait à sa rencontre dans le couloir, se dit Emma, elle donnerait un mauvais exemple à Nicole, scandaliserait l'abbesse, et révélerait à tous sa joie de le revoir.

La présence de Darian sur le seuil répondait aux incessantes prières qu'elle avait prononcées depuis qu'elle avait regardé dans l'eau de la fontaine, deux jours plus tôt.

Depuis qu'elle était tombée amoureuse de son mari.

Cette révélation l'avait ébranlée, plongée dans un tourbillon d'émotions, si bien qu'elle avait l'impression d'avoir perdu tout sens de la mesure.

Elle accéléra le pas, laissant la religieuse et Nicole suivre de loin. S'il n'était pas question pour elle de se jeter dans les bras de Darian, elle avait au moins besoin de le toucher, de retrouver un appui, son roc. En s'approchant de lui, elle sourit et lui tendit les bras.

Le sourire qu'il lui adressa en retour la réchauffa tout entière et, quand elle mit ses paumes dans celles de Darian, elle sentit une paix délicieuse l'envahir. Peut-être lui avait-elle manqué après tout, en dépit des apparences.

— Tu as deux jours de retard.

— Bien malgré moi. Tu as l'air reposée.

— Il n'y a rien d'autre à faire ici. Comment s'est passée ta conversation avec le comte Guillaume ?

Il jeta un coup d'œil en direction du couloir, et son sourire devint triste.

Emma sentit la pression de ses doigts sur les siens.

— Emma, le roi a refusé ta requête.

Sans être surprenante, la nouvelle n'en était pas moins douloureuse. Emma se mordit la lèvre inférieure, refoulant les larmes qui lui montaient aux yeux.

— Sais-tu pourquoi ?

Il acquiesça, puis regarda par-dessus son épaule.

— Ma mère, pouvons-nous aller dans votre bureau ?

Une fois dans la pièce, Emma prit Nicole sur ses genoux.

— Le jour où nous nous sommes quittées, lui dit-elle, je t'ai promis de demander au roi la permission de te retirer du couvent afin que tu puisses retourner à Camelen. Tu t'en souviens ?

Nicole hocha la tête, et la lueur d'espoir qu'Emma décela dans son regard acheva de la bouleverser.

— Je crains que le roi ne voie la situation autrement, mon ange.

L'espoir céda aussitôt la place à la résignation.

— Il redoute que je m'en prenne à Alberic, n'est-ce pas ?

— Non, intervint Darian. C'est votre lignée et le remords du roi qui sont à l'origine de ce refus. Quand votre père a été tué, le roi a donné ses terres à Alberic et l'a sommé d'épouser l'une de vous trois. Il a choisi Gwendolyn. Emma a été envoyée à la cour et le roi regrette aujourd'hui d'avoir pris la décision hâtive de la marier. Je crains, Nicole, que tu ne sois la dernière des sœurs de Leon sur laquelle il peut exercer son autorité.

Emma sentit la méfiance l'envahir.

— Que veut-il de Nicole ?

— D'après le comte Guillaume, le roi craint des troubles au pays de Galles s'il l'emporte sur l'Empe-resse Mathilde. Une promesse de mariage avec une jeune fille issue de la lignée du roi Arthur pourrait persuader un prince gallois de prendre son parti. Et Nicole est la seule de vous trois qui ne soit pas encore mariée.

— Mais elle n'a que dix ans ! s'écria Emma, atterrée.

— Emma, le danger n'est pas imminent. Jusqu'à présent, les Gallois sont restés neutres, car ils préfèrent laisser Etienne et l'Emperesse Mathilde se détruire l'un l'autre. Un conflit qui pourrait durer de nombreuses années encore, puisque aucun des deux n'est assez puissant pour vaincre l'autre, et que toute négociation paraît impossible entre eux.

Tout cela était vrai, mais Emma s'en moquait.

— Quel mal y aurait-il à laisser Nicole regagner Camelen ? Pourquoi faut-il qu'elle demeure ici ?

Avant même que Darian ait ouvert la bouche, elle avait deviné la réponse.

— Camelen est trop proche du pays de Galles. Un prince entreprenant pourrait se mettre en tête de l'enlever avant qu'elle ne puisse être utile au roi Etienne.

Nicole se leva.

— N'ai-je donc pas mon mot à dire ?

Darian posa une main apaisante sur son épaule.

— Pas pour le moment, j'en ai peur, Nicole. Tout dépendra de l'issue de cette guerre. Ton sort est lié également à la personne qui occupera le trône, la prochaine fois que le royaume aura des démêlés avec le pays de Galles.

— En ce cas, je dois rester à Bledloe Abbey jusqu'à… jusqu'à ce que le roi choisisse pour moi le mari qui lui convient.

— Oui. Cela te paraît-il insupportable ?

Nicole inclina la tête.

— Non. En vérité, non.

Loin de se réjouir du calme de Nicole, Emma sentit croître sa colère.

— Peut-être pourrais-je renouveler ma demande au roi d'ici à quelques mois…

— Non, dame Emma, coupa l'abbesse, ne faites rien qui soit susceptible de rappeler au roi l'existence de Nicole. S'il a l'intention de la donner en mariage à un prince gallois, il ne pensera peut-être plus à elle avant que l'occasion se présente. Et comme le dit Darian, tout dépend de l'issue de la guerre, et de la réaction des Gallois envers le souverain.

Refoulant un dangereux élan qui la poussait à courir vers la fontaine pour tenter de savoir qui occuperait le trône d'Angleterre, Emma tendit les bras à Nicole d'un air résigné.

— Oh, mon ange, j'aimerais tant t'aider.

— Aucune décision ne s'impose dans l'immédiat, observa Darian sur un ton rassurant. Si Nicole ne voit pas d'objection à rester ici, le couvent est peut-être l'endroit le plus sûr pour elle. Qu'en dis-tu, Nicole ?

— Je n'ai guère le choix, n'est-ce pas ?

L'abbesse se leva.

— Peut-être l'auras-tu un jour. En attendant, tu as le choix entre m'accompagner à la chapelle et te rendre à l'infirmerie.

Nicole redressa la tête, les yeux brillants.

— L'infirmerie !

— Si tu te hâtes, tu peux aller remplacer Sœur Enid à l'infirmerie afin qu'elle puisse assister à l'office.

— Bien sûr, ma mère !

— Ne cours pas.

— Mais comment... ?

La religieuse désigna la porte, et Nicole obéit en soupirant.

— Ne vous inquiétez pas pour Nicole. L'enfant est forte et nous la soutiendrons. Darian, les hommes ne sont pas autorisés à prendre leurs repas avec nous ni à dormir entre nos murs, mais il y a une petite maison de prêtre, actuellement inoccupée, à quelques minutes d'ici, vers le sud.

Elle décrocha une grosse clé suspendue au mur.

— Vous pourrez y passer la nuit si l'endroit vous convient.

Darian sourit.

— Il me conviendra, ma mère. J'apprécie toujours d'avoir un toit au-dessus de ma tête.

— Emma, je vous verrai au souper, ordonna l'abbesse avant de sortir à son tour.

Encore sous l'effet de l'émotion, Emma fixa la porte, ne sachant si elle devait être triste ou furieuse, soulagée ou résignée.

— Nicole a bien réagi à la nouvelle, déclara Darian.

— Mieux que moi, semble-t-il.

— Puisqu'on n'attend rien de nous dans l'immédiat, puis-je te suggérer de mettre ta cape et de m'accompagner ? Tu pourras m'aider à décider si cette chaumière est digne de moi.

Il plaisantait, évidemment. Le logis en question était sans nul doute un cottage confortable et douillet où même un évêque se serait senti à l'aise. Mais pour rien au monde elle n'aurait renoncé à la perspective d'une promenade avec Darian.

— Je te rejoins à la grille.

Darian marchait lentement. À présent qu'il avait retrouvé la compagnie d'Emma, il n'était pas pressé d'y renoncer de nouveau.

— Es-tu contente de ces jours passés avec Nicole ?

— Nous avons eu de délicieuses conversations.

— Te sens-tu plus tranquille à son sujet ?

Elle soupira.

— Moins depuis que je connais les intentions du roi.

— Apparemment, le comte de Chester lui a reproché de t'avoir mariée. Je ne crois pas qu'il ait réfléchi à ton sort et à celui de Nicole avant que le comte lui fasse remarquer combien vous pourriez être utiles en cas de conflit avec les Gallois. Si nous obtenons une annulation, je crains que tu ne te retrouves dans la même situation que ta jeune sœur.

Emma se contenta de hausser les épaules.

— Les rois se servent toujours de leurs pupilles pour consolider des alliances.

Sans doute, mais Darian tentait de surmonter son dégoût à la pensée qu'Emma puisse être utilisée de la sorte, donnée en mariage à un homme, prince gallois ou non. Emma était son épouse, tonnerre ! Même si ce n'était plus pour très longtemps.

Quelques jours, quelques semaines tout au plus.

— C'est injuste pour les femmes, grommela-t-il.

— Je doute que vous soyez mieux lotis, vous autres. Imagine qu'on t'impose une étrangère, qu'on t'ordonne de t'unir à elle par les liens du mariage… mais tu n'as pas à l'imaginer, n'est-ce pas ? La réalité est là. Par chance pour toi, nous œuvrons en vue d'une annulation.

Une annulation qui les libérerait l'un et l'autre, songea Darian. Mais des deux, il serait le seul à pouvoir mener sa vie à sa guise. Quelle injustice, vraiment ! Emma devrait avoir les mêmes droits que lui.

— J'ai eu moi-même quelques entretiens à ce sujet avec la mère supérieure, reprit Emma. D'après elle, nous devrions présenter notre requête à l'archevêque de Canterbury, en alléguant que notre consentement a été obtenu par la force. Apparemment, Canterbury et Winchester se détestent, et il serait bien disposé à annuler un mariage béni par l'évêque Henri. N'est-ce pas charmant ?

Elle ne paraissait pas s'en réjouir le moins du monde. Darian ne put s'empêcher de penser au projet qu'il avait envisagé à Wallingford. Une lueur d'espoir naquit en lui.

— Peut-être ne devrions-nous pas annuler notre mariage, murmura-t-il, les mains moites.

Elle s'arrêta et le fixa de ses grands yeux bruns qui lui avaient tant manqué.

— Pourquoi ?

Parce que je t'aime, faillit-il répondre.

— Tu pourrais vivre comme tu l'entends et où tu le désires, sans redouter les machinations du roi.

Elle continuait à le dévisager, lisant trop profondément en lui. Il se détourna avant qu'elle ait pu atteindre son cœur, son âme, et deviner son secret.

Il se débattait dans ses émotions depuis qu'il avait enfin compris pourquoi les projets du roi le faisaient bouillir de rage. Pourquoi la perspective d'une chaumière et d'une épouse accueillante le tentait soudain. Pourquoi il voulait garder Emma pour lui tout seul.

Dieu sait comment, Emma avait trouvé la clé de son cœur et ouvert la porte.

— Si je comprends bien, tu serais prêt à sacrifier ta liberté pour que je ne sois pas forcée à épouser un prince gallois ?

Curieusement, sa noble proposition lui semblait soudain plus suspecte.

— Hm.

Pendant un long, un interminable moment, elle demeura immobile, le regard tourné vers l'horizon. À mesure que le silence s'éternisait, Darian sentait son estomac se nouer.

— J'apprécie ton offre, murmura-t-elle enfin, mais je crains de ne pouvoir accepter.

La réponse lui fit l'effet d'un coup de poing. Son désarroi était si profond que, l'espace d'un instant, il fut incapable de réfléchir, ou d'articuler un son. Elle se remit à marcher silencieusement à ses côtés, sans lui expliquer les raisons de son refus. D'ailleurs, il ne souhaitait pas entendre ce qu'il savait déjà.

Les dames de sang noble n'épousaient pas le commun des mortels. Les descendantes de la lignée légendaire du roi Arthur ne s'unissaient pas à des paysans flamands. C'était ainsi. Il ne lui restait plus qu'à obéir à la volonté d'Emma et à prier le Ciel qu'un prince gallois la rende heureuse.

— En ce cas, nous devons nous rendre à Canterbury, dit-il, espérant que sa voix ne trahissait pas son chagrin.

— Le comte Guillaume est d'accord ?

— Il m'a accordé un congé pour que je puisse régler nos affaires.

— C'est un geste de compréhension.

— Il me faudra du temps pour retrouver toute sa confiance et son respect, répondit simplement Darian, jugeant inutile de lui raconter avec quelle sévérité Guillaume avait réagi à sa désobéissance.

À vrai dire, sa foi en ses camarades avait été sévèrement ébranlée, elle aussi. Pendant qu'il partageait leurs repas et jouait aux dés avec eux, il ne pouvait s'empêcher de se demander lequel d'entre eux avait subtilisé sa dague. Pendant tout son séjour à Wallingford, il avait gardé ses bottines pour dormir, en ayant pris soin d'y ranger la dague.

L'avaient-ils remarqué ? Il aurait parié que oui.

— Tu n'attendras pas longtemps avant de recouvrer la confiance du comte Guillaume, affirma-t-elle avec plus d'assurance qu'il n'en éprouvait lui-même. Tu es un homme de parole, Darian. Il le sait. Il sait aussi que tu as le sens de l'honneur et du devoir. Exactement comme tu l'avais avant que je me mêle de ta vie.

— Avant que tu me sauves la vie, corrigea-t-il. T'ai-je remerciée pour cela ?

Emma sourit.

— Pas encore. Oh, regarde ! Je me doutais que la chaumière serait jolie, mais pas à ce point !

Plutôt qu'une chaumière, il s'agissait d'un petit manoir en pierre, niché au milieu d'un bouquet d'arbres. Darian introduisit la clé dans la serrure de la lourde porte en chêne, qui s'ouvrit aussitôt, révélant une pièce élégamment meublée.

Une grande table en occupait le centre, entourée de quatre chaises en bois magnifiquement sculpté. Un coffre rempli de bûches jouxtait la cheminée. Un grand lit à baldaquin trônait contre le mur du fond, recouvert d'une courtepointe en velours bleu nuit, assortie aux tentures.

— Si c'est là l'humble logis d'un prêtre, peut-être devrais-je envisager d'entrer dans les ordres, plaisanta Darian.

Emma regarda autour d'elle en riant.

— C'est joli, n'est-ce pas ? Élégant sans être imposant, spacieux mais confortable et accueillant. Tu devrais être bien installé pour la nuit.

Darian laissa tomber la clé sur la table.

— C'est mieux qu'une tente.

Elle inclina légèrement la tête.

— Tu as dormi sous une tente à Wallingford ?

— Sur une couverture, au son des ronflements de Thomas. Au moins ce soir, je serai au calme – et au chaud.

— Tu ne regretteras pas tes camarades pour dîner ou… disputer une partie de dés ?

Il préférait de loin prendre ses repas avec elle.

— Les dés font passer le temps, c'est tout. Il n'y a pas grand-chose à quoi s'occuper sous la tente.

S'agenouillant à côté de l'âtre, il entreprit de préparer un feu. Derrière lui, Emma tira une chaise et s'assit.

— Darian, à propos de l'annulation… si je suis amenée à admettre que tu n'étais pas avec moi le soir du meurtre, tu risques la pendaison.

— Je ne crois pas.

Tout en attisant le feu, il lui confia les conclusions auxquelles Guillaume et lui étaient parvenus. Quand il se retourna, Emma fronçait les sourcils.

— Si nous pouvons découvrir qui a pris ma dague et prouver que les hommes d'Henri ont tué de Salis, je ne crains rien, affirma-t-il, espérant la rassurer.

— C'est la clé du mystère, n'est-ce pas ? Savoir qui a pris ta dague ?

— Oui. Ce qui signifie que j'aurais dû me concentrer sur mes camarades mercenaires au lieu de me fixer sur de Salis. Le problème, c'est que je ne voulais pas croire que l'un d'eux puisse être coupable.

— Reste la question des soldats envoyés par l'évêque Henri. Si les corps ont atteint le palais de Winchester, l'évêque Henri voudra peut-être te punir pour leur mort.

— Il peut essayer, mais dans cette affaire, j'ai un témoin digne de foi. Toi. À présent, si tu es prête, je vais te raccompagner. L'abbesse t'attend pour souper.

Elle jeta un coup d'œil à la porte.

— Je ne pense pas être prête.

Il avait déjà lu cette expression dans son regard, à Hadone, juste avant qu'elle le supplie de l'emmener à Londres, craignant qu'il ne l'abandonne.

— Je serai là demain matin, Emma. Mon cheval est dans les écuries de l'abbaye. Tu peux y dormir, si tu as peur que je parte à Canterbury sans toi.

— Ce n'est pas cela qui m'inquiète, fit-elle, en écartant sa remarque d'un geste. C'est seulement que je préférerais passer la nuit ici, avec toi.

Une bouffée de joie envahit Darian.

— L'abbesse viendrait te chercher elle-même pour te ramener.

— Hm. Nous sommes mariés, après tout, dit-elle en se levant et en s'approchant de lui. L'abbesse elle-même m'a fait remarquer que l'Église réprouve les hommes qui négligent leurs épouses.

Elle se mouvait avec la grâce d'un cygne, mains nouées derrière le dos, la poitrine haute, ferme, attirante.

Il n'avait nulle intention de résister à la tentation si elle insistait. À vrai dire, si Emma avait accepté de rester mariée avec lui, il l'aurait entraînée au lit depuis longtemps. Alors pourquoi se sentait-il obligé de lui rappeler qu'elle avait affaire à un homme qui était loin d'être un prince ?

— Nous ne serons plus mari et femme très longtemps. Canterbury n'est qu'à quatre jours d'ici.

Elle se pressa contre lui, enroulant les bras autour de sa taille, les yeux voilés par le désir.

— En ce cas, nous avons quatre jours devant nous. Tu es toujours mon mari aux yeux de l'Église et du roi. Tu m'as manqué, Darian. Tu m'as tant manqué.

Sans plus réfléchir, il prit possession de ses lèvres, ivre de passion, s'abandonnant à un rêve qu'il n'avait pas le droit de caresser.

Une idée lui effleura vaguement l'esprit. Il lui avait manqué, disait-elle ? C'était merveilleux, certes. Mais il aurait souhaité entendre que c'était de son amour qu'elle s'était languie. Or, il semblait bien qu'elle brûlait de retrouver surtout le plaisir de ses étreintes.

Tant pis. Si c'était là tout ce qu'elle voulait de lui, il la satisferait. Il lui donnerait des souvenirs si mémorables qu'elle ne pourrait s'empêcher de juger fades tous les autres hommes après lui.

Haletant, il retira son voile.

— Combien de temps avons-nous avant le souper ?

Emma délaça les aiguillettes de sa tunique.

— Assez si tu te dépêches.

D'un seul mouvement, il lui ôta sa chemise et son bliaud.

— Je n'aime pas me presser avec toi. Tu n'es pas une simple friandise, mais un délice qu'il convient de savourer.

Emma lui adressa un sourire mutin.

— Et s'il me plaît d'être une friandise ?

D'un coup de talon, Darian se débarrassa de ses bottines. Emma s'assit langoureusement sur une chaise pour retirer les siennes, puis, d'un geste sensuel, fit rouler ses bas le long de ses jambes.

En un clin d'œil, Darian ôta ses chausses, submergé par un désir si intense qu'il en était presque douloureux. Le regard approbateur qu'Emma promena sur lui renforça encore la tension dans son bas-ventre. Délice à savourer ou non, il n'allait pas durer longtemps s'il n'arrivait pas à maîtriser l'envie quasi irrésistible qu'il avait d'elle.

Emma se leva. À la vue de sa peau crémeuse, de ses courbes somptueuses, Darian eut la bouche sèche. Elle serait toute à lui sous peu.

Elle fixa sa nudité qui ne cachait rien de son désir viril.

— J'avais raison de vanter tes talents à la mère supérieure.

Darian la dévisagea, à la fois flatté et stupéfait.

— Tu as parlé de nous à l'abbesse ?

Elle s'avança vers lui, la lueur du feu faisant jouer les ombres sur son corps.

— Un des motifs possibles pour une annulation est l'impotence, fit-elle en prenant son pénis entre ses mains. Il a fallu que je l'assure que tu ne souffrais pas de défauts physiques.

Elle pressa doucement son membre, provoquant une délicieuse sensation.

— Sois prudente, Emma, ou tu ne seras plus qu'une miette au lieu d'être une friandise.

— Je t'ai manqué ? souffla-t-elle.

— Tu ne sens pas à quel point ?

Pour toute réponse, elle ouvrit la main et effleura du bout du doigt l'extrémité de son sexe.

— Pas tout à fait.

— Laisse-moi te le montrer.

Il la souleva dans ses bras et traversa la pièce pour la déposer sur la courtepointe en velours. Elle se recula vers le milieu du lit, lui décochant un sourire séducteur.

Emma avait refusé sa proposition de rester mariés, mais pour quatre jours encore, elle était sa femme. Comment pouvait-on accumuler une vie entière de souvenirs en l'espace de quatre courtes journées ?

Avec enthousiasme. Sans regrets.

— Tu n'es pas une friandise, Emma. Tu es tout un banquet.

— En ce cas, viens festoyer.

Darian accepta l'invitation avec un grognement félin qui la fit glousser d'amusement, avant qu'il n'étouffe son rire sous ses baisers.

Emma approuva en gémissant, ce qui accrut encore l'appétit de Darian, mais il domina sa faim, prenant son temps pour goûter sa bouche, savourer la passion avec laquelle Emma lui rendait ses caresses. Il adora son corps tout entier, jusqu'à ce que sa dame refuse d'endurer plus longtemps ses hommages.

Darian donna à Emma ce qu'elle le suppliait tout haut de lui accorder, espérant qu'aucune des nonnes ne rôdait à l'extérieur. Il la régala de poussées longues et puissantes, confirmant la foi d'Emma en sa virilité.

Y avait-il plus beau spectacle au monde qu'Emma atteignant l'extase dans ses bras ?

Rien n'y était comparable.

Cédant enfin à ses propres besoins, il s'abandonna à son tour au plaisir.

Rassasié, épuisé, et peu désireux de penser au lendemain ou aux jours à venir, Darian attira Emma contre lui, mettant le destin au défi de l'arracher à lui.

Emma manqua le souper.

L'aube vint trop tôt.

Et la route la plus directe et la plus sûre pour gagner Canterbury passait au cœur de Southwark. Avant de traverser London Bridge, ils devraient longer le palais de l'évêque Henri.

19

Le deuxième jour de voyage, Darian arrêta son cheval sur le bord de la route, tard dans l'après-midi.

— Quelque chose ne va pas ? s'inquiéta Emma, surprise.

— Non. Nous allons faire une dernière halte avant d'arriver à Londres.

Emma mit pied à terre, s'efforçant de dissimuler sa nervosité.

Elle était parvenue à prendre congé de Nicole sans verser de larmes. Passer tous ces jours et ces nuits en compagnie de Darian avait été merveilleux, jusqu'au moment où elle avait pensé à sa proposition de renoncer à l'annulation. Avait-elle eu tort de la refuser ?

Doux Jésus, elle n'aurait pas hésité une seconde s'il s'était expliqué sur son souhait de rester marié, s'il lui avait assuré qu'il n'agissait pas par sens du devoir. Elle ne voulait pas qu'il sacrifie sa liberté pour elle.

Elle l'aimait, mais était-il amoureux d'elle ? Sans cet attachement pour elle, le mariage n'était pas destiné à durer. Aussi, quoique bouleversée par cette pensée, avait-elle jusque-là réussi à garder la maîtrise de ses émotions.

Mais à présent qu'ils approchaient de Southwark, elle avait du mal à empêcher ses mains de trembler, et son cœur de tambouriner dans sa poitrine.

Darian sauta lestement à bas du cheval et la regarda attentivement. Ce n'était pas la première fois qu'il la détaillait ainsi, et elle en concevait d'ordinaire un plaisir ineffable. Cette fois, cependant, elle ne vit guère dans ses yeux la lueur d'appréciation habituelle.

— Je te demande pardon, Emma, mais seul un aveugle pourrait te prendre pour une paysanne.

Elle baissa les yeux sur la robe grise en coton grossier qu'elle avait enfilée.

La veille au soir, ils avaient de nouveau dormi dans une grange, et la femme du fermier s'était montrée ravie de troquer une de ses vieilles robes contre le bliaud topaze et le voile d'Emma.

— Les gens ne sont pas accoutumés à voir des dames nobles dans les rues de Southwark, surtout à cette heure tardive, ajouta Darian sur un ton bourru.

Il avait prévu d'arriver au crépuscule, à l'heure où les échoppes fermaient et où chacun se hâtait de rentrer pour la nuit. Avec un peu de chance, les soldats de l'évêque seraient plus occupés à choisir les divertissements de la soirée qu'à inspecter de près ceux qui voulaient traverser London Bridge.

Son plan semblait raisonnable, et comme elle n'en avait pas d'autre à proposer, elle n'avait pas élevé d'objection.

Il tendit la main vers elle, ajustant son capuchon de sorte à dissimuler au mieux son visage.

— Tu te souviens de tout ce que je t'ai dit ? lui demanda-t-il.

Ils avaient répété plusieurs fois le plan à suivre, et elle n'avait rien oublié, mais l'inquiétude de Darian renforçait encore la sienne. S'ils étaient capturés, l'évêque Henri les tuerait sans doute tous les deux.

— Une dernière chose, fit-il en lui relevant le menton du doigt. Ne montre pas que tu as peur. Garde à l'esprit que tes ennemis peuvent le sentir.

Pas seulement ses ennemis, apparemment. Dire qu'elle avait cru réussir à lui cacher ses craintes. Darian semblait tout remarquer en ce qui la concernait, devinant toujours ses besoins, et y répondant avant même qu'elle les ait formulés.

Elle l'aimait tant. Mais l'aimer revenait à essayer de retenir le vent dans ses mains. Plus ils approchaient de Canterbury, plus il allait lui filer entre les doigts, puisqu'elle ne se décidait pas à accepter son offre.

Il jeta un coup d'œil vers l'ouest, où de gros nuages avaient éclipsé le soleil couchant.

— Ce serait bien qu'il pleuve. Pas plus que tout un chacun, les patrouilles n'aiment se mouiller.

Dans leurs habits sombres, leurs capuchons baissés sur leurs visages, ils auraient pu se fondre dans le paysage s'ils avaient cheminé à pied. Mais le cheval était une arme trop précieuse pour qu'ils puissent se résoudre à y renoncer.

— En ce cas, je vais prier pour qu'un orage éclate.

— Rien de trop violent, s'il te plaît, répliqua-t-il en souriant. J'ai besoin de voir mon chemin.

Il se mit en selle et lui tendit la main.

— Monte en croupe. Je veux que tu sois derrière moi.

Peu après, dûment installée, elle se cramponna à lui et pria pour qu'ils traversent Londres sans encombre. À mesure que les minutes passaient, le ciel devenait de plus en plus menaçant, jetant des ombres bienvenues alentour. Alors qu'ils atteignaient les premières maisons de Southwark, une pluie légère se mit à tomber.

À sa gauche, Emma distinguait déjà les quais, les entrepôts et les tavernes. À sa droite, s'élevait le palais de l'évêque.

Droit devant, London Bridge.

Elle écouta les sabots du cheval résonner sur les pavés, en retenant son souffle. Trop de têtes lui semblaient se tourner sur leur passage.

Pourtant, ils continuaient d'avancer. Emma reprit courage et se força à respirer. Pourquoi s'inquiéter ? Il n'y avait rien d'anormal jusque-là.

Darian ralentit.

— Des gardes, murmura-t-il à son intention.

Adossés à un bâtiment, deux hommes causaient, apparemment indifférents aux passants qui les entouraient. Emma reconnut l'uniforme des soldats de l'évêque.

Ils dépassèrent les hommes sans incident. Elle prit de nouveau une profonde inspiration.

— Nous y sommes presque, Emma. Tiens bon.

Elle discernait à présent les contours du pont.

Dans quelques instants, ils seraient à l'abri.

— Vous là-bas, sur le cheval ! Halte !

Le cœur d'Emma bondit dans sa poitrine. Darian accéléra l'allure dans la rue fréquentée, évitant habilement une charrette tirée par des bœufs, puis un groupe de marins.

Du coin de l'œil, Emma aperçut un garde qui courait vers eux. Suivi d'un autre.

— Darian, à droite, avertit-elle, incapable de dissimuler sa panique croissante.

— À gauche aussi. Quelque chose ne va pas, Emma. Ces hommes devraient patrouiller les rues, et non rôder autour du palais.

Quatre soldats, lances à la main, surgirent devant eux.

Ils étaient encerclés.

Comprenant que toute résistance était inutile, Darian ralentit.

— Je crains que nous ne devions accepter l'invitation de l'évêque à visiter les entrailles de son palais, murmura-t-il.

Emma ferma les yeux, espérant avec ferveur que l'évêque se trouvait ailleurs. Au château de Wolvesey, par exemple, qui était sa résidence principale.

— Mettez pied à terre ! ordonna le capitaine des gardes, s'adressant à elle.

Emma obéit, et s'écarta légèrement pour permettre à Darian de descendre à son tour. Mais avant qu'il en ait eu le temps, un garde se rua vers lui.

Elle hurla. Une main sale et rugueuse se plaqua sur sa bouche. Par miracle, la lance s'immobilisa à quelques pouces de la jambe de Darian.

— Donne-moi ta dague d'abord, cria le soldat.

Darian ouvrit sa cape, prit lentement son arme, et la laissa tomber sur le sol avant de quitter sa monture.

— Lâchez la dame. Elle n'est pas une menace pour vous.

— Vous ne l'êtes guère non plus, ironisa le capitaine avant de se tourner vers ses hommes. Emmenez-les.

Libérée, Emma prit la main tendue de Darian, remarquant qu'il ne trahissait aucun signe d'inquiétude. Tant mieux. Elle était assez effrayée pour deux.

Henri, évêque de Winchester, dînait dans une salle si somptueuse que Darian en demeura bouche bée. Il avait entendu les rumeurs les plus extravagantes sur la richesse du prélat, mais il y avait cru à moitié.

Il s'était trompé.

Une dizaine de domestiques en livrée entouraient l'évêque, à distance respectable de son siège, portant qui un plateau débordant de mets, qui une cuvette et des serviettes, qui une carafe de vin. Tous étaient suspendus aux lèvres de l'homme assis sur une chaise aux allures de trône, seul à l'immense table.

Tenant la main d'Emma fermement dans la sienne, Darian suivit les soldats jusqu'au bout opposé de la table, pendant que le capitaine traversait la pièce pour aller remettre la dague à l'évêque.

— Darian de Bruges, dit Henri en prenant son temps. Votre audace me sidère.

— Vraiment, Votre Éminence ?

Emma lui pressa la main en signe d'avertissement.

— D'abord, reprit l'évêque, les sourcils froncés, vous avez menti devant le roi. Ensuite, vous êtes venu vous mêler de mes affaires à Southwark. Comme si cela ne suffisait pas, vous avez tué cinq soldats qui ne vous voulaient aucun mal. Et maintenant, vous avez l'impertinence de traverser ma propriété ?

— Je n'ai pas menti au roi Etienne, répliqua Darian calmement. Pas plus que je n'ai tué Edouard de Salis, et vous le savez très bien.

Le prélat soupira.

— De Salis a été assassiné, et votre dague a été retrouvée à côté du corps. Je ne vois aucune raison de douter des faits, en dépit de la confession de dame Emma.

— En ce cas, vous devriez peut-être demander à vos capitaines ce qu'ils font en votre nom sans vous avertir.

— Accusez-vous mes hommes de déloyauté ? fit l'évêque d'un ton dur.

— Non. Je suis certain qu'ils sont aussi loyaux envers vous que vous l'êtes envers le roi.

L'insulte transperça l'évêque aussi sûrement que l'aurait fait sa dague. Henri rougit, furieux qu'on lui rappelle que, pendant un temps, il avait trahi la cause de son frère pour soutenir Mathilde.

— Emmenez-les au Clink jusqu'à ce que le mercenaire apprenne à respecter ses supérieurs.

Derrière lui, Emma retint un cri. Cette fois, ce fut le tour de Darian de lui presser la main, espérant à la fois la rassurer et lui intimer le silence.

— Nous apprécions votre offre d'hospitalité, Votre Éminence, mais je crains que vous n'ayez d'autre choix que de nous libérer.

— Ha ! Ni dame Emma ni vous ne reverrez le soleil avant fort longtemps, si tant est que vous le revoyiez jamais.

Darian haussa les épaules.

— En ce cas, vous devrez répondre de la disparition de la dame et de la mienne devant le roi.

L'évêque Henri se mit à rire.

— Croyez-vous que mon frère se soucie de l'un ou de l'autre ?

— Il se soucie certainement de dame Emma. Voyez-vous, nous étions en route pour Canterbury...

— Je l'ai entendu dire, interrompit l'évêque en lançant un regard condescendant à Emma. Vous ne devriez pas vous confier à n'importe qui, madame. Certaines femmes sont incapables de garder un secret.

Emma laissa échapper un juron qui stupéfia Darian.

— Julia de Vere ! Elle savait que nous allions à Canterbury. C'est pourquoi il y avait tant de gardes sur le pont. Ils nous attendaient. Pardonne-moi, Darian. J'aurais dû t'informer que Julia était au courant.

— Précisément, fanfaronna l'évêque.

Darian soupira en silence. Il ne s'était pas attendu à une embuscade et Emma paraissait si malheureuse qu'il ne pouvait lui en vouloir.

— Peu importe, affirma-t-il à Emma. Nous serons quand même en route pour Canterbury demain matin, et tout cela parce que notre bon évêque préfère se tourner les pouces dans son confortable palais plutôt que de soutenir son frère à Wallingford.

— Quelle impudence !

— Si vous étiez à Wallingford, poursuivit Darian sans s'émouvoir, vous n'ignoreriez pas que le comte Guillaume sait comment de Salis est mort, et aux mains de qui, et qu'il enquête en ce moment même sur les raisons de sa présence à Southwark ce jour-là. Dites-moi, est-ce sur votre invitation qu'il est venu négocier un traité avec vous ou est-ce lui qui a pris cette initiative ?

L'évêque Henri bondit de sa chaise.

— Ridicule !

— Votre première erreur a été de laisser Hubert sortir du Clink. Il a entendu un de vos gardes raconter que de Salis couinait comme un cochon qu'on saigne. Une fois que nous avons su qui avait tué de Salis, le reste est devenu clair.

Le capitaine pâlit, mais Henri parut se détendre, au contraire.

— Si Guillaume s'imagine que le roi va croire un vaurien plutôt que moi, il se trompe.

— En ce cas, vos gardes n'auraient pas dû mentir à Philip et à Marc en affirmant qu'il n'était pas au Clink. Les dires des gardes n'ont fait que confirmer nos soupçons.

Henri échangea un regard avec le capitaine, et Darian ne put qu'espérer que son intuition avait été la bonne.

— Votre deuxième erreur, poursuivit-il, certain de ne pas se tromper, a été de mêler Perrin à cette affaire. Il a été vu avec de Salis à un combat de coqs. Perrin a vraisemblablement perdu une somme trop considérable pour pouvoir la payer sur-le-champ, et il a échoué dans vos cachots. Vous avez dû offrir de régler ses dettes en échange du vol de ma dague. J'espère qu'il est encore en vie et au Clink, sinon le comte Guillaume risque d'être fort mécontent.

Les joues de l'évêque se gonflèrent de colère.

— Votre comte Guillaume ne va pas rester à son poste très longtemps, je vous l'assure. Et rien de ce que vous dites ne me dissuade de vous faire pendre haut et court, la dame et vous.

Le cœur de Darian cognait dans sa poitrine. Seule son expérience de soldat l'empêchait de trahir sa peur.

— Pendez-moi à votre guise, mais si Emma de Leon disparaissait, le roi serait fort chagriné.

— Pour la fille d'un traître ? J'en doute.

Darian prit une profonde inspiration.

— Si vous étiez à Wallingford, vous sauriez que le comte de Chester a rappelé au roi Etienne qu'une princesse de Galles, descendante de la lignée du roi Arthur, pourrait se révéler fort utile lors de futures négociations avec les Gallois. Une fois notre mariage annulé, dame Emma redeviendra la pupille du roi, ce qu'il désire ardemment. S'il lui arrivait quoi que ce soit, le souverain voudrait découvrir le responsable. Vous aurez peut-être du mal à expliquer pourquoi on l'a vue entrer dans votre palais sans jamais en ressortir.

L'évêque se contenta de le fixer, ses yeux écarquillés révélant sa surprise et son désarroi.

Darian tendit sa main libre, sentant la victoire à sa portée.

— Autant nous rendre ma dague et mon cheval. Vous avez tout intérêt à nous libérer. Et Perrin par la même occasion. Nous détenir ne vous apportera que des ennuis.

L'évêque Henri se leva et abattit son poing sur la table, faisant trembler les assiettes et renversant une coupe de vin couleur rubis.

— Etienne écoute les conseils de Chester ? L'imbécile ! Il sait pourtant que cet homme est indigne de confiance. Capitaine, enfermez-les et préparez-vous à partir pour Wallingford à l'aube.

À grands pas, ses robes en soie flottant autour de lui, l'évêque quitta la pièce par une haute porte à battant sculpté.

Darian le suivit des yeux, stupéfait.

De toute évidence, il n'avait pas réussi à convaincre Henri, évêque de Winchester, dont la jalousie envers Chester l'avait emporté sur son bon sens. En un sens, c'était ce que Darian avait espéré, mais pas avec un tel résultat.

Comme les gardes les poussaient vers la sortie, Darian lança un regard attristé vers sa dague restée sur la table. C'était la deuxième fois qu'il la perdait à cause de l'évêque, et cette fois, il doutait fort de jamais la récupérer.

Emma ne paraissait guère bouleversée, ce qui était étrange. Ils se dirigeaient à présent vers les souterrains du château, plus précisément vers la prison baptisée le Clink, et le Ciel seul savait ce qu'ils y trouveraient.

— Pourquoi es-tu si calme ?

En guise de réponse, elle jeta un coup d'œil furtif en direction des gardes, et lui sourit.

— Ne t'inquiète pas, Darian. Tout ira bien.

Et, sans qu'il sût pourquoi, son sourire et son assurance suffirent à le convaincre qu'elle avait raison.

20

La porte à la rose.

À l'instant même où Emma l'avait reconnue, elle avait compris.

C'était leur porte de sortie.

Jusqu'à cette seconde-là, leur capture lui avait paru effrayante, et la suite des événements trop épouvantable à imaginer. Et soudain, une certitude sereine l'avait envahie. Elle ne savait quand, ni comment, mais Darian et elle seraient sauvés par cette porte au battant sculpté d'une rose.

Naturellement, elle le dirait à Darian, mais pas tant qu'ils étaient entourés par les gardes de l'évêque, qui leur montraient maintenant la vaste cave au sol en terre battue. Emma se couvrit le nez et la bouche de sa cape, s'efforçant de lutter contre la puanteur ambiante.

La cave était faiblement éclairée par des torches placées au pied des escaliers, et il y avait juste assez de lumière pour guider ses pas tandis qu'elle avançait dans l'allée centrale, entre deux rangées de barreaux. Une cellule abritait les femmes, l'autre les hommes.

Des clés cliquetèrent. Les grilles s'ouvrirent en grinçant. Bientôt, Darian et elle furent enfermés chacun de son côté.

Emma jeta un bref regard aux trois femmes captives. Toutes étaient assises sur le sol en terre battue, vêtues de haillons. Des ivrognes ? Des mendiantes ? Peu soucieuse d'apprendre la raison de leur détention, elle se retourna vers Darian qui, lui aussi, dévisageait ses compagnons.

Elle cilla en le voyant se pencher sur un homme recroquevillé dans un coin et le soulever sans ménagement par sa tunique.

— Espèce de vaurien ! Si je n'étais pas de si bonne humeur, je te réduirais en miettes.

— Aie pitié, Darian ! Il y a trop longtemps que je me morfonds dans ce trou, et il n'a rien de plaisant, je te l'assure.

Emma ne pouvait distinguer les traits de l'homme, mais elle soupçonnait qu'il s'agissait de Perrin.

— Tu as failli me faire pendre !

— Moi ? Pourquoi donc ?

— Pour le meurtre d'Edouard de Salis !

— De Salis est mort ?

Darian lâcha Perrin et recula d'un pas, serrant les poings.

— Assassiné. Certains croient que je lui ai tranché la gorge.

— Est-ce vrai ?

— Non ! L'évêque s'est servi de ma dague pour m'accuser du meurtre. Pourquoi diable la lui as-tu donnée ?

Même de l'autre côté de la cave, Emma entendit le soupir de Perrin.

— L'évêque Henri m'a confié qu'il admirait ta dague et m'a promis cinq livres et le pardon pour mes dettes de jeu si je la lui procurais. Je savais que je pouvais t'en acheter une autre avec l'argent qu'il me donnerait, et personne n'aurait jamais rien su.

— Tu crois que je n'aurais pas vu la différence entre les deux ?

— L'offre était trop belle pour que je la refuse. Il ne m'est jamais venu à l'esprit que l'évêque avait pu mentir.

Darian eut un rire moqueur.

— J'imagine que tu n'as pas reçu tes cinq livres.

— Non, et il m'a fait jeter ici. Le comte Guillaume sait-il que l'évêque t'accuse de meurtre ?

— Il m'a accusé devant lui et devant le roi. Le comte sait aussi qui a volé la dague.

Perrin laissa échapper un gémissement.

— Il va m'écarteler !

— À condition que nous sortions d'ici d'abord.

Darian se retourna vers les barreaux.

— Pourquoi m'as-tu dit de ne pas m'inquiéter ? demanda-t-il à Emma.

Elle écarta l'étoffe qui protégeait sa bouche.

— Si tu réussis à nous ramener dans la salle de l'évêque, je peux nous sortir de là. J'ai déjà vu ce qu'il y a derrière la porte en chêne.

Darian étrécit les yeux.

— Tu es déjà venue dans ce palais ?

Comment lui faire comprendre, avec tous les témoins qui les entouraient, que la porte et le passage qui débutait au-delà du battant lui étaient apparus dans une vision ?

— Une fois, répondit-elle, mais j'espère ne jamais le revoir.

Darian arqua un sourcil et acquiesça, indiquant qu'il avait compris. D'un geste, il ordonna à Perrin de s'approcher des barreaux.

Grand et maigre, le visage pâle, Perrin s'appuya à la grille. Ses vêtements étaient crasseux, et une barbe de plusieurs semaines recouvrait son menton. L'hospitalité de l'évêque avait laissé des traces.

— Qu'as-tu vu du palais ? s'enquit Darian.

— Pas grand-chose. La salle, cette cellule, la cour.

— Hm, marmonna Darian en passant une main soucieuse sur son front. J'imagine qu'avant de tenter une fuite, il convient d'attirer l'attention des gardes, et de les maîtriser.

— Ils vont revenir avant l'aube, dit Perrin. Au moins une fois, peut-être deux. Ils amènent plusieurs personnes ici chaque nuit.

— Donc, il nous suffit d'être prêts la prochaine fois qu'ils viendront avec un groupe d'ivrognes. Quand les libèrent-ils ?

Perrin éclata de rire.

— Quand ça leur chante.

Darian s'appuya aux barreaux.

— Il nous faut un plan.

— Dites donc, fit un homme aux cheveux gris, si vous vous sauvez, faudra m'emmener avec vous.

— Moi aussi, renchérit un autre.

Une des femmes s'approcha d'Emma.

— Moi non plus, je ne serais pas fâchée de quitter ce trou à rat.

Darian inclina la tête, et Emma devina sa détresse. Sortir à trois du palais serait suffisamment périlleux sans qu'ils doivent emmener tous ces malheureux.

Il redressa la tête.

— Perrin et moi allons neutraliser les gardes. Si tout le monde reste tranquille jusqu'au bout, ceux qui veulent sortir d'ici en auront la possibilité. Mais cela pourrait être à votre détriment, et je vous conseille de réfléchir avant de vous décider.

— Ça me paraît juste, déclara le prisonnier aux cheveux gris. La plupart des prisonniers connaissent ces murs par cœur. Si vous laissez la porte ouverte, ceux qui en ont envie trouveront leur chemin.

Plusieurs grognements se firent entendre en guise d'assentiment. Emma se demanda combien de captifs présents seraient rattrapés et punis. Nul doute que les gardes ne les ménageraient pas.

Mais tous étaient adultes, et conscients des risques encourus.

Darian et Perrin causaient à présent tout bas, décidant apparemment de la meilleure manière de procéder.

La femme à côté d'elle lui donna un coup de coude.

— Le blond. C'est le tien, ma jolie ?

Plus pour très longtemps, songea Emma tristement. Mais la curieuse n'avait pas besoin de le savoir.

— C'est mon mari.

La femme soupira.

— Dommage. Ça ne m'aurait pas gênée de lui faire une gâterie. Peut-être même sans rien en échange.

Emma rougit, comprenant subitement qu'elle parlait à l'une des oies de Winchester. Une femme de métier. Qui faisait commerce de son corps.

L'embarras céda vite le pas à la curiosité, puis à un curieux sentiment de fierté devant l'admiration que la prisonnière portait à Darian.

En tant que dame noble, Emma savait qu'elle aurait dû être outragée. Pourtant, elle ne put s'empêcher de sourire.

— Je lui transmettrai vos compliments, mais je tâcherai également de m'assurer qu'il n'ait nul besoin de vos services.

La femme gloussa.

— Si toutes les épouses étaient si futées, je mourrais de faim. Viens donc t'asseoir. Il n'y a pas grand-chose à faire, sinon attendre.

Attendre, oui, et espérer que le plan de Darian et de Perrin serait couronné de succès.

Assis dans un coin sombre de la cave, Darian n'avait pas la moindre idée de l'heure qu'il était, mais il avait l'impression d'avoir veillé longtemps, tandis que les autres dormaient.

Dans la cellule des femmes, Emma sommeillait. Trop souvent, ses yeux de biche avaient cherché les siens, et à aucun moment, il n'y avait lu le moindre reproche. Pourtant, à cause de lui, elle partageait une cellule humide et sale avec des prostituées.

Une fois de plus, il n'avait pas réussi à protéger Emma. Aucune princesse n'aurait dû souffrir l'indignité de passer une nuit au Clink, recroquevillée sur la terre battue, avec la racaille de Southwark pour compagnie.

Elle aurait dû être furieuse. Au lieu de quoi, Emma avait la tranquille certitude qu'il allait la sortir de sa cellule, et qu'ils parviendraient à s'enfuir sans encombre. Darian se sentait humble devant une telle confiance en lui.

Cependant, elle ne comptait pas seulement sur ses talents de mercenaire patenté, sans doute. Le palais avait dû lui apparaître dans une de ses visions, ou tout au moins la porte et ce qui se trouvait au-delà.

Jamais auparavant il n'avait prêté foi à une vision ou une divination quelconque, mais son instinct lui soufflait que sa confiance était justifiée. Il devait croire en Emma, tout comme elle croyait en lui. Étrangement, il ne doutait pas qu'elle les guiderait sur la voie de l'évasion, et n'avait pas même pris la peine d'interroger les occupants de la prison, qui semblaient connaître d'autres possibilités de fuite.

Il suivrait Emma sans hésiter. Jusqu'en enfer, si c'était là que le destin les emmenait.

Seigneur, il était vraiment tombé amoureux de cette femme, et lui rendre sa liberté ne serait pas facile.

Car vivre sans elle lui paraissait une horrible perspective.

Un bruit de pas dans l'escalier coupa court à ses sombres réflexions. Il donna un coup de coude à Perrin, qui s'éveilla aussitôt et mima la raideur d'un cadavre.

En silence, Darian se hâta vers les barreaux.

Deux gardes escortaient trois hommes, dont l'un était tellement ivre qu'un des soldats devait le porter à moitié. Parfait.

Le vacarme réveilla presque tout le monde mais, au grand soulagement de Darian, aucun des prisonniers ne broncha.

Le garde qui ne soutenait pas l'ivrogne dégaina son épée et prit la grosse clé pendue au crochet.

— Ne bougez pas, vous autres. Ce n'est pas encore le matin. On vous amène de la compagnie, c'est tout.

La porte s'ouvrit et le garde poussa les plus sobres des nouveaux venus à l'intérieur. Son compagnon entra à son tour, laissant tomber son fardeau à quelques pas de la grille.

— Il y a un mort au fond, annonça Darian. Il commence à sentir.

Le garde resté à la porte cracha un juron et agita son épée en direction de son camarade.

— Va voir.

Les prisonniers s'étaient écartés, formant un large cercle autour de Perrin.

Darian retint son souffle.

Le garde enfonça son pied dans les côtes du corps allongé pour s'assurer qu'il ne bougeait pas. C'est alors que Perrin ressuscita, saisit la jambe de son agresseur, et le déséquilibra. Profitant du choc de l'autre garde, Darian bondit vers la porte. Un coup de poing suffit à abattre l'homme. En un éclair, Darian traîna le garde inconscient jusqu'au fond de la cellule, où Perrin avait maîtrisé sa victime.

Déjà, la cellule se vidait, les hommes se hâtant sans bruit vers les escaliers. Darian se hâta de récupérer la clé que le garde avait laissé échapper en s'effondrant.

De son côté, Perrin prit l'épée.

— Pas de la meilleure qualité, mais elle fera l'affaire.

Darian enferma les gardes, avant d'aller ouvrir la cellule des femmes, impatient de tenir Emma dans ses bras. Le sourire éclatant qu'elle lui adressa reflétait à la fois sa fierté et son soulagement. Il la serra brièvement contre lui et, main dans la main, ils sortirent de la cellule.

Les trois autres femmes s'étaient déjà enfuies.

Si Perrin remarqua que Darian tenait la main d'Emma dans l'escalier, et le long du couloir qui menait à la salle, il ne fit aucun commentaire. D'ailleurs, Darian se souciait peu de ce que pensait son camarade. Il n'avait pas l'intention de lâcher Emma une seule seconde avant qu'ils soient en sécurité.

Dans la grande salle, Emma désigna la porte en chêne empruntée par l'évêque quelques heures plus tôt.

— Par ici.

Darian jeta un coup d'œil vers la table, désormais débarrassée de tout ce qui l'avait encombrée – hormis d'un objet, étincelant. Sa dague ! Ravi de cette aubaine, il la saisit au passage.

Ils franchirent la porte à la rose. Une fois dans le couloir, Emma indiqua un autre battant, un peu plus loin.

— Là, derrière, il y a un passage secret qui mène à l'un des portails du palais.

— Sais-tu quel portail, exactement ?

— Non. Je sais seulement que nous devons traverser le passage.

Tandis que Darian attrapait une torche, Perrin ouvrit le battant.

À regret, Darian lâcha la main d'Emma pour guider leur petit groupe le long d'une volée de marches qui plongeait dans l'obscurité. La lueur vacillante de la torche lui permettait tout juste de distinguer quelques marches devant lui. Au pied de l'escalier se trouvait un tunnel creusé dans la terre. Darian jeta un coup d'œil à Emma et à Perrin, se demandant s'ils sentaient le renfermé qui assaillait soudain ses narines. Ce passage n'avait pas été utilisé depuis fort longtemps et, malgré l'assurance d'Emma, Darian ne put s'empêcher de prier pour qu'il y ait une issue au bout.

Courbé en deux dans le tunnel étroit et bas, il tenta d'accélérer le pas. Bientôt, il sentit une légère tension dans les mollets, qui indiquait que le chemin montait. À en juger par le temps qui s'était écoulé, ils avaient déjà couvert une bonne distance, quand il distingua enfin la porte qu'il cherchait.

Espérant qu'aucune serrure ne leur ferait obstacle, il tendit la torche à Emma.

— Attendez là pendant que je vais voir où nous sommes.

La porte grinça, gémit, mais s'ouvrit. Darian se faufila dehors.

Jamais la liberté ne lui parut avoir si bon goût. Il balaya du regard les environs légèrement éclairés par un croissant de lune, remerciant le ciel de leur heureuse fortune.

Il regagna le tunnel, récupéra la torche et l'enterra.

— Je crois que nous sommes à la porte sud du palais. Les écuries sont sur la gauche. Qu'en dis-tu, Perrin ? Allons-nous chercher des chevaux ?

— Je te suis.

Darian prit la main d'Emma dans la sienne et lui fit gravir les quelques marches qui menaient aux écuries. À sa grande joie, son cheval était là, sa selle et son sac posés non loin de là. Il était sur le point d'enfourcher sa monture quand une idée le frappa brusquement.

— Perrin, ton cheval est encore aux écuries de Westminster ?

— Sans doute. Pourquoi ?

— Emma et moi pourrons traverser la Tamise plus facilement si nous sommes à pied. Prends mon cheval, je prendrai le tien, et nous ferons l'échange quand nous nous reverrons.

Comme ils le soupçonnaient, le portail était tout proche des écuries. Il leur fut si facile de bâillonner et ligoter le garde endormi que Darian commença à s'inquiéter de l'aisance avec laquelle ils avaient pu s'enfuir. Chassant cette pensée importune, il referma le portail du palais derrière lui. Avec un peu de chance, il ne croiserait plus jamais le chemin de l'évêque Henri.

Portant son sac d'une main et entourant les épaules d'Emma de l'autre, Darian suivit des yeux Perrin qui s'éloignait vers l'ouest et Wallingford.

— Guillaume acceptera-t-il de le reprendre ? demanda Emma.

— Je pense que oui, mais c'est à lui d'en décider.

Un bras autour de la taille de Darian, elle reposa la tête contre son épaule. Elle semblait soudain aussi fatiguée qu'elle avait été courageuse dans la journée.

Il la serra contre lui.

— Allons dans un endroit où nous pourrions dormir quelques heures. Et demain matin, nous essaierons de trouver une barge qui nous emmène de l'autre côté du fleuve. Je crois qu'il faut à tout prix éviter d'emprunter le pont.

— Demain matin, les gardes de l'évêque auront su que nous nous sommes enfuis, et ils seront à notre recherche.

— En ce cas, nous veillerons à ne pas nous laisser attraper.

Il plongea son regard dans les yeux inquiets d'Emma.

— Tu as été merveilleuse, Emma. Et sans ta vision, nous ne nous serions pas enfuis aussi facilement.

Le compliment fut accueilli par un sourire ensommeillé.

— Peut-être, mais nous ne sommes pas encore hors de danger.

— Je te promets que, demain soir, nous coucherons dans un vrai lit à Rochester.

Et la nuit d'après, ils seraient à Canterbury. Darian conduisit Emma vers le fleuve, cherchant un lieu tranquille le long de la rive où ils pourraient attendre l'aube. Canterbury, il y songerait plus tard. Il n'était guère pressé d'y arriver.

Fidèle à sa parole, Darian les avait guidés vers une charmante auberge à Rochester. Parvenue dans la chambre, Emma considéra le lit avec un mélange de gratitude et de nervosité.

Ce soir marquerait peut-être sa dernière nuit avec Darian, et elle osait à peine regarder son mari, de peur de fondre en larmes.

Dans la matinée, comme prévu, ils avaient traversé le fleuve à bord d'une barge, puis récupéré le cheval de Perrin. Le trajet jusqu'à Rochester s'était déroulé sans difficulté, mais Emma avait noté qu'une distance croissante semblait se creuser entre eux. Ils avaient chevauché sur des lieues, pressés l'un contre l'autre, sans échanger un seul mot.

Toujours silencieux, Darian alluma le feu tandis qu'Emma cherchait vainement des paroles susceptibles de détendre l'atmosphère. Si c'était sa dernière nuit avec Darian, elle voulait qu'elle soit pleine de rires et d'amour, et non empreinte de regrets.

— Peut-être devrions-nous ajouter une autre nuit sur le trajet vers Canterbury. Tu commences à être très doué pour le choix des auberges.

Il se redressa lentement, un léger sourire lui éclairant le visage.

— Vraiment ? Tant mieux, parce que j'ai réfléchi à... après. Je suppose que tu ne souhaites pas rester à Canterbury. Où voudras-tu aller ?

— À Camelen.

La réponse avait fusé spontanément, et Emma comprit pourquoi. Camelen était son seul véritable refuge, un lieu où elle était sûre de trouver le réconfort, et même la sécurité. En compagnie de gens qui l'aimaient. Si le roi désirait pour elle une autre résidence, qu'il le dise et elle s'y plierait le moment venu.

En attendant, le voyage serait long jusqu'à Camelen, et elle ne pourrait l'accomplir toute seule. Elle avait besoin d'une escorte. Et quelle meilleure escorte que Darian ? Tout comme elle avait pensé à lui pour se rendre à Bledloe Abbey, elle estimait logique de solliciter encore son aide, cette fois.

— Accepterais-tu de m'y emmener ?

— Certes.

Elle soupira d'aise. Quoi qu'il arrive à Canterbury, elle allait passer d'autres soirs avec Darian. D'autres nuits. À cette perspective, le soulagement l'envahit. Il fut de courte durée.

— Devrons-nous traverser Londres ?

Darian secoua la tête.

— Non. Nous pouvons aller à Douvres et monter à bord d'un navire pour Southampton. À moins que tu ne répugnes à voyager par mer.

— Mieux vaut risquer une vision que de retourner au palais de Winchester. Mais qu'adviendra-t-il de toi… après ? Te remettras-tu au service du comte ?

Il s'assit sur le lit, ses mains jointes entre ses genoux.

— C'est le seul métier que je connaisse, mais la situation ne sera plus comme avant. La confiance que Guillaume avait en moi est ébranlée, et je ne suis pas sûr de pouvoir la reconquérir.

Sachant combien il admirait Guillaume, et ce que le comte avait fait pour lui au fil des années, Emma comprenait sa détresse. Elle prit place près de lui sur le lit, hésitant sur l'attitude à adopter. Fallait-il le réconforter ou le distraire ?

Elle opta pour la seconde solution.

— As-tu envisagé de te lancer dans une nouvelle activité ?

— Quoi, par exemple ?

Emma haussa légèrement les épaules.

— Que deviennent les mercenaires quand ils cessent d'être des mercenaires ?

Le regard de Darian se fit lointain.

— Thomas veut acheter des terres dans le Kent, construire un cottage et se trouver une épouse pour lui mijoter des petits plats et partager son lit. Philip est du même avis, mais il préfère retourner dans les Flandres.

Une épouse et un foyer. Emma déglutit avec peine, refoulant son chagrin à la pensée qu'une autre qu'elle aurait la chance de partager la vie de Darian jusqu'à ce que la mort les sépare. Dans les Flandres, peut-être.

— Retourneras-tu là-bas, toi aussi ?

— Il n'y a plus rien qui m'y attende. Mais je n'aurai guère le choix, une fois la guerre terminée. Les Flamands ne sont en Angleterre qu'avec la permission du roi. Quand il n'aura plus besoin de nos services, il est fort possible qu'il nous renvoie.

Il marqua une brève pause.

— L'évêque s'en félicitera, bien sûr, et de manière générale, rares sont ceux qui nous regretteront.

L'évêque Henri pouvait aller au diable.

— Tu me manqueras, à moi, murmura-t-elle sans réfléchir.

Il la dévisagea avec intensité, et elle sentit s'accélérer les battements de son cœur.

— À quel point te manquerai-je ?

— Beaucoup.

— Mais pas assez pour que tu restes ma femme.

Son cœur cognait si fort que les larmes lui vinrent aux yeux. Elle avait refusé sa proposition une fois, après mûre réflexion, et les motifs de sa réticence n'avaient pas changé. Il cherchait à la protéger des machinations du roi, par devoir. Pas parce qu'il la voulait pour femme.

— Oh, Darian, si seulement…

Il posa un doigt sur ses lèvres pour ne pas la laisser exprimer son refus.

— Quand Thomas et Philip ont rêvé tout haut de cottage et d'épouse, je me suis mis à penser que c'était une idée merveilleuse, mais seulement si tu étais l'épouse qui m'attendait sur le seuil pour me souhaiter la bienvenue à la maison, avoua-t-il. Je t'aime, Emma, et je ne te demanderai jamais de…

Emma prit sa main et l'éloigna de ses lèvres, les larmes coulant librement à présent. Des larmes de bonheur, cette fois !

Darian l'aimait. C'était tout ce qu'elle avait besoin d'entendre.

— Demande, ordonna-t-elle.

— Mais tu es une princesse ! Un cottage ne serait jamais...

— Un cottage me suffira amplement !

Comment cet homme pouvait-il être aussi obstiné ?

— Aie pitié de moi, Darian ! Je t'aime. Demande !

Il écarquilla les yeux de surprise, et une ébauche de sourire se dessina sur ses lèvres.

— Tu m'aimes ? Vraiment ?

Emma n'eut pas le temps de répondre. La bouche de Darian s'empara passionnément de la sienne. Ils se laissèrent tomber en arrière sur le lit, échangeant baiser après baiser, jusqu'à ce qu'Emma soit hors d'haleine, étourdie.

— Ce n'est pas sage, fit Darian sans la moindre conviction dans sa voix. Les princesses n'épousent pas les paysans.

— Puisque la princesse en question l'a déjà fait, je ne vois pas de raison d'en débattre davantage. Nous nous sommes bien entendus jusqu'ici, n'est-ce pas ?

Le sourire de Darian s'élargit. Une lueur espiègle dansa dans ses yeux.

— Par certains côtés, fort bien, ma foi.

— Tu ne m'as toujours pas posé la question.

D'un mouvement souple et rapide, Darian se leva et retira sa tunique.

Emma retint son souffle, regardant sa vision se transformer en réalité. Torse nu, un sourire heureux illuminant son visage, Darian tendait la main vers elle, exactement comme elle l'avait imaginé bien des années auparavant.

— Veux-tu être ma femme, Emma ? Veux-tu partager ma vie, quelle qu'elle soit ?

Emma accepta la main de Darian, entrant gaiement dans la vision dont elle avait commencé à craindre qu'elle ne se réalise jamais. Sans doute fallait-il que ce soit elle qui déclare sa flamme à Darian pour que s'ouvre le chemin du bonheur. Avec cette compréhension, venaient une sérénité et une joie telles qu'elle en eut de nouveau les larmes aux yeux.

— Oui, messire. J'ignore ce que sera cette vie, mais je ne peux l'imaginer sans vous.

— Je t'en prie, ne l'imagine plus jamais sans moi.

— Jamais, promit-elle, avant de sceller leur destin par un baiser.

Épilogue

Si la décision de se rendre à Camelen fut prise facilement, celle de révéler ses visions à Gwendolyn causa bien des nuits blanches à Emma.

Sans raison.

Gwendolyn avait fort bien pris la nouvelle. Et maintenant, assise sur le lit de sa sœur, Emma découvrait avec stupeur qu'elle n'était pas la seule à avoir gardé un secret.

Dans sa main ornée de la bague que lui avait offerte Darian, Emma tenait un parchemin roulé, maintenu par un ruban rouge. Dans son autre main, brillait un pendentif en forme de trèfle. Deux objets qui lui étaient apparus lors de ses visions.

Dans l'une, des personnes contemplaient le parchemin autour d'une table. Dans l'autre, une petite fille, qu'Emma savait désormais être la fille de Gwendolyn, portait le pendentif.

Emma jeta un coup d'œil vers sa sœur. Sa grossesse commençait à être visible, et son bonheur aussi. En définitive, son mariage avec Alberic paraissait la combler.

— Mère t'a donné cela avant sa mort ?

Gwen acquiesça.

— Quelques heures avant, oui, avec de brèves explications sur leur pouvoir et sans aucune précision sur la manière de les utiliser. Avec l'aide d'Alberic, j'ai appris depuis comment fonctionne le sortilège.

— Le sortilège ?

S'arrêtant à peine pour reprendre son souffle, Gwendolyn parla à Emma du message inscrit sur le parchemin, mais aussi de l'anneau que portait désormais Alberic et du pendentif, tous deux nécessaires pour que le charme se réalise.

Un charme transmis de mère en fille à travers les âges, le long d'une lignée ininterrompue depuis le roi Arthur. Un charme qui leur avait été confié par Merlin l'Enchanteur. Un charme destiné à rappeler le roi Arthur d'Avalon à l'heure où son royaume en aurait le plus besoin.

Emma fixa sa sœur, bouche bée.

— Rappeler le roi Arthur ?

Gwen soupira.

— Je sais que cela paraît impossible, mais je te le jure, Emma. Déroule le parchemin et dis-moi ce que tu vois.

Emma parcourut des mots illisibles, quoique vaguement familiers.

— Est-ce du gaélique ?

Gwen sourit.

— Tu vois le même langage que moi, peut-être parce que nous sommes sœurs et que mère aurait pu transmettre le parchemin à l'une ou l'autre d'entre nous. Quand Alberic regarde le parchemin, il croit reconnaître du gaélique, lui aussi, avec des variantes ici et là. Mais Rhys le barde y voit le langage des landes. En fait, il y a des garde-fous en place, pour que personne ne puisse lire le charme s'il n'y est pas destiné.

Il fallut à Emma quelques secondes pour prendre conscience que les mots apparaissaient en langues différentes selon les personnes.

Elle observa le parchemin.

— Je n'y comprends rien. Et toi ?

— Quelques mots seulement. Tout comme Alberic. Mais ceux dont nous saisissons le sens semblent en langue normande.

— En langue normande ? Je ne vois rien de tel.

Gwendolyn eut un léger rire.

— Parce que tu n'es pas destinée à lire le charme, Emma. Je le suis, comme ma fille le sera après moi. Je me suis toujours demandé pourquoi mère m'avait transmis le parchemin, plutôt qu'à toi. Peut-être parce que tu avais déjà tes visions ?

Tout s'expliquait, en particulier la vision qu'elle avait eue de la fille de Gwendolyn portant le pendentif.

— Tu dois donner le pendentif à ta fille le plus tôt possible, Gwen.

— J'en ai l'intention. Je lui expliquerai le charme et la nécessité de garder le secret. Je ne veux pas qu'elle connaisse les mêmes tourments que moi.

Emma hocha la tête. L'une et l'autre avaient souffert dans la solitude, parce que leur mère leur avait fait promettre de ne rien révéler à personne.

— Nous aurions dû nous confier l'une à l'autre plus tôt, soupira-t-elle. Ah, Gwen, nous étions si jeunes, si naïves.

Gwen rangea le parchemin et le pendentif dans leur pochette en velours.

— Mais nous ne le sommes plus. Je suis heureuse, et je crois que tu l'es aussi, dit-elle avec un sourire complice. Ton Darian est séduisant et plein d'attentions. Et nos maris semblent bien s'entendre. Il me semble que nous devrions fêter nos retrouvailles.

— Cela paraît un peu égoïste de célébrer notre bonheur sans Nicole.

Gwen fronça les sourcils.

— N'as-tu pas dit qu'elle acceptait volontiers de rester à Bledloe Abbey ?

— Si, pour le moment. Gwen, reprit Emma, frappée d'une pensée soudaine, tu es la gardienne d'un charme ancestral, et j'ai des visions. N'est-il pas raisonnable de supposer que Nicole, elle aussi, possède quelque pouvoir ? J'ai appris qu'elle s'était découvert une passion pour les plantes médicinales.

Gwen considéra la question, songeuse.

— Si elle avait eu une expérience inhabituelle, elle nous en aurait sûrement informées.

— Peut-être pas. Nous avons nous-mêmes longtemps gardé nos secrets.

— Hm. Parce que nos parents nous l'avaient demandé. Nicole aurait-elle pu se confier à notre père ? Ou à William ?

Gwen parut pensive.

— Nicole suivait William partout, et il l'adorait. C'est donc possible. Crois-tu qu'il faille lui poser la question ?

— Peut-être devrions-nous attendre de voir si elle aborde le sujet de son propre chef ? suggéra Emma, se souvenant qu'elles s'étaient alarmées trop vite des lettres de l'enfant. Ce ne serait pas la première fois que nous nous faisons du souci pour rien !

Un léger coup frappé à la porte annonça l'entrée d'Alberic dans la chambre. Darian le suivait en souriant.

Oh, comme elle aimait ce sourire !

Alberic entoura d'un bras les épaules de Gwendolyn.

— Vous êtes ici depuis le dîner, toutes les deux, et vos maris, cruellement abandonnés, ont décidé qu'une telle conduite devait cesser immédiatement.

Gwendolyn le taquina en retour.

— Pauvres amours.

Emma traversa la pièce pour aller prendre la main tendue de Darian.

— Loin de nous l'idée de vous négliger, mais nous avons perdu toute notion du temps en parlant.

— C'est ce que nous avons pensé, répondit-il. Avez-vous terminé ?

Certes, non, mais au cours des journées à venir, elles auraient d'autres occasions de converser, pendant que Darian serait à Wallingford. Son honneur l'obligeait à s'y rendre en personne afin d'annoncer au comte qu'il quittait son service.

— Pour le moment.

— En ce cas, nous vous souhaitons une bonne nuit, messire, madame.

Darian attira Emma dans le couloir, refermant la porte derrière eux. À quelques pas de là se trouvait la chambre qu'Emma, Gwendolyn et Nicole avaient autrefois partagée, et qu'elle occuperait cette fois avec Darian, avant son départ le lendemain matin.

Elle effleura du pouce l'anneau d'or qu'elle s'était vite habituée à porter. Il lui allait parfaitement, tout comme l'homme qui le lui avait offert. Darian lui manquerait durant les quelques jours à venir, mais sûre de leur amour et de leur engagement l'un envers l'autre, elle attendrait sereinement son retour.

— Tu ne m'avais pas prévenu que tu avais une dot.

Emma leva les yeux, surprise.

— Est-ce de cela qu'Alberic et toi avez parlé ? Je ne t'avais rien dit parce que j'ignorais si Alberic avait l'intention de respecter le souhait de mon père. Accepte-t-il de céder une partie de Camelen ?

Les yeux brillants, Darian posa ses paumes chaudes sur les joues d'Emma.

— Nous sommes parvenus à un accord. En échange de ma loyauté envers lui, il nous cède un manoir non loin d'ici, vers le sud. Apparemment, le logis est assez grand pour nous abriter, même avec plusieurs enfants et quelques serviteurs, conclut-il avec un sourire.

— Je connais le lieu, s'écria Emma, ravie. C'est un charmant manoir ! Mais Darian, il faut que tu sois bien certain de vouloir t'installer ici et d'être le vassal d'Alberic. J'aurais le cœur brisé pour toi si un jour tu te rendais compte que ce n'est pas le genre de vie que tu espérais.

Il baissa la tête, et leurs fronts se touchèrent.

— Alberic est un homme honorable, que je servirai avec bonne conscience. Devenir son vassal ne me posera aucune difficulté. Quant à fonder une famille, j'ai longtemps cru que je ne voudrais jamais le faire de peur de la perdre. Puis je t'ai rencontrée, et maintenant, il n'y a rien que je désire davantage. Si tu as d'autres souhaits de ton côté, je suis tout ouïe.

— Je veux que tu sois heureux dans ton choix.

— Et je te veux pleinement satisfaite du tien.

— En ce cas, je suggère que nous passions le reste de la nuit à œuvrer pour que notre maison soit remplie d'enfants.

Et, dans un rire complice, ils s'étreignirent passionnément.

8695

Composition Chesteroc
Achevé d'imprimer en France (La Flèche)
par Brodard et Taupin
le 5 mai 2008. 47275
Dépôt légal mai 2008. EAN 9782290009314

Éditions J'ai lu
87, quai Panhard-et-Levassor, 75013 Paris
Diffusion France et étranger : Flammarion

Et toujours la reine du roman sentimental :

Barbara Cartland

Le 2 juillet :
Lucia, mon amour (n° 8708)

Le 9 juillet :
Cœurs à l'unisson (n° 4447)

Nouveau ! 2 rendez-vous mensuels
aux alentours du 1er et du 15 de chaque mois.

Florilège

Deux aventures en un seul volume pour vivre doublement la passion

Le 2 juillet :

Le cercle des immortels ∞ Sherrilyn Kenyon (n° 8718)

1. L'homme maudit

La vie sentimentale de Grace est un désert. Pour fêter son anniversaire, elle ouvre alors un livre afin d'invoquer Julian de Macédoine qui, d'après la légende, est condamné par les dieux de l'Antiquité à offrir à ses maîtresses le plaisir absolu... Grace doit se rendre à l'évidence. Elle a eu droit à l'homme idéal et en tombe irrémédiablement amoureuse. Mais il n'a pas le droit d'aimer. Comment trouver un moyen de le libérer de son sortilège vieux de deux mille ans ?

2. Les démons de Kyrian

Amanda est très rationnelle. Bien qu'elle aime sa famille aux pouvoirs surnaturels, elle rêve d'une vie normale. Une fois de plus, son vœu n'est pas exaucé quand elle est assommée et reprend conscience enchaînée à un guerrier. Les dieux ont donné au prince Kyrian de Thrace beauté, force et goût du plaisir. Suite à une trahison, celui qui aurait pu dominer le monde est devenu le Maître des Ténèbres. Selon la légende, seul l'amour d'une femme pourra le ramener à la lumière...

Le club des menteurs ∞ Celeste Bradley (n° 8719)

1. L'espion de la couronne

Angleterre, 1813. Afin de jouir d'une plus grande liberté, Agatha Cunnington s'invente un mari et s'installe à Londres. Avec pour seul indice une lettre signée « Le Griffon », elle enquête sur la disparition de son frère James. Malheureusement, elle éveille bientôt des curiosités et se voit dans l'obligation de présenter son mari à la société londonienne...

2. Un imposteur à la cour

Londres, 1813. Un caricaturiste de génie au *London Sun* y épingle les plus hauts personnages de la société britannique, dont il dévoile les travers et les vices. Personne n'a jamais vu l'artiste, qui signe uniquement « Sir Thorogood », jusqu'au jour où sa présence est annoncée au bal des Rochester. Clara Simpson n'est pas la moins intriguée mais l'homme qu'elle rencontre est un imposteur. Et Clara est très bien placée pour le savoir... car « Sir Thorogood », c'est elle !

Nouveau ! 1 rendez-vous mensuel
aux alentours du 1er du mois.

Le 9 juillet :

Au cœur des montagnes Susan King (n° 7529)

Evan revient dans les Highlands après avoir hérité du titre et des propriétés des Kildonan à la mort de son père. Lors d'une promenade dans le Glen Shee, il tombe dans un ravin et se blesse grièvement. Pris dans une tempête de neige, il doit son salut au courage de Catriona, qui le traîne dans une cabane où tous deux passent la nuit. Aurait-elle pris ce risque si elle avait reconnu le fils de l'infâme comte de Kildonan, l'ennemi de la population ?

Tromperie et séduction Madeline Hunter (n° 8713)

Pourquoi lord Hayden Rothwell – le même qui a ruiné la famille d'Alexia Welbourne – lui offre-t-il aujourd'hui un travail ? Cet homme est-il seulement perfide ou éprouve-t-il des regrets ? Quand il lui propose d'être sa maîtresse et même la demande en mariage, elle ne sait pas si elle peut lui faire confiance. Quel genre d'homme ferait une chose pareille ? N'empêche que celui-ci est très séduisant et n'a pas l'air bien méchant quand il la prend dans ses bras…

Si vous aimez Aventures & Passions,
laissez-vous tenter par :

Passion intense

Quand l'amour vous plonge dans un monde de sensualité

Le 9 juillet :

Conférences très privées Nikki Soarde (n° 8715)

En plus d'être collègues, Lee Saunders et Carter McCrea sont surtout amis. Ainsi, ils partagent beaucoup de choses… Depuis un an, Lee est amoureuse de Carter, mais ce dernier a déjà une petite amie. Puis, un jour, celle-ci rompt et Carter vient trouver refuge dans les bras de Lee. Leur entente n'est-elle que physique ou cache-t-elle des sentiments plus profonds ?

Nouveau ! 1 rendez-vous mensuel
aux alentours du 15 de chaque mois.

Découvrez les prochaines nouveautés de nos différentes collections J'ai lu pour elle

AVENTURES & PASSIONS

Le 2 juillet :

Le secret de la passion ☙ Meagan McKinney (n° 3795)
Pour se venger de la haute société new-yorkaise qui refuse de le fréquenter à cause de ses origines, Trevor Sheridan, financier astucieux, décide de ruiner ces snobs. C'est ainsi que la jeune Alana Van Alen se retrouve sans fortune. Trevor lui propose alors un marché : en l'épousant, elle sera riche à nouveau. Mais elle cache un horrible secret...

Les sœurs Brantford —3. Piégés par le mariage ☙
Tracy Anne Warren (n° 8709)
Calme et réservée, Eliza Hammond attire seulement les célibataires intéressés par sa fortune. Afin de l'aider, sa meilleure amie lui présente lord Christopher Winter qui va la transformer en une sublime beauté. Reste alors un problème : plus ses leçons avancent, plus Eliza est attirée par Christopher et vice versa. Vont-t-ils admettre leurs vrais sentiments avant qu'il ne soit trop tard ?

Pour une caresse ☙ Lucy Monroe (n° 8710)
Élevée aux Indes, Thea Selwyn est directe et tout sauf hautaine. Pierson Drake est immédiatement attiré par cette sensuelle beauté qui lui semble tellement différente des autres femmes. En voyage pour l'Angleterre, ils se livrent alors à leur passion. Mais Thea, qui garde bien des secrets, sait que les démons du passé risquent de les séparer à jamais...

Nouveau ! 2 rendez-vous mensuels aux alentours du 1er et du 15 de chaque mois.